KB151160

Demian

The Classic Books

데미안

에밀 싱클레어의 젊은 시절 이야기

헤르만 헤세

북로드

나는 내 마음속에서 우러나오는 것,

그대로 살아보려 한 것뿐이었다.

그러나 그것이 왜 그렇게 힘들었던가!

내 이야기를 하려면 훨씬 이전부터 시작해야 한다. 할 수만 있다면 내 유년기가 시작된 첫해까지 혹은 더 아득한 나의 근원까지 거슬러 올라가야 하리라.

작가들은 소설을 쓸 때 자신들이 마치 신이라도 된 듯, 누군가의 인생사를 훤히 들여다보고 파악할 수 있으며 어느 대목이든 사실을 말할 수 있는 것처럼 거리낌 없이 서술하곤 한다. 나는 그러지 못한다. 작가들도 그러면 안 되듯이. 그리고 내 이야기는 그 어떤 작가의 그것보다 더 중요하다. 바로 나 자신의 이야기이며, 또 지어낸 어떤 가상의 인물 혹은 이상적이거나 존재하지 않는 그런 사람의 이야기가 아니라 실제로 단 한 번뿐인 인생을 살고 있는 사람의 이야기이기 때문이다. 오늘날 실제로 살아 있는 사람이란 무엇인가에 대한 인식은 예전보다 더 불분명하다. 그래서 사람들은 단 한 번밖에 살 수 없는, 자연의 소중한 시도인 인간들을 무더기로 쏘아 죽이고 있다. 우리가 더 이상 단 한 번밖에 살 수 없는 생명이 아니라면, 우리 한 사람 한 사람을 한 발의 총알로 이 세상에서 완전히 없애 버릴 수 있다면, 이야기를 쓰는 것 자체가 아무 의미 없는 일일 것이다. 모든 인간은 누구나 그 자신일 뿐만 아니라, 단 하나뿐인 아주 특별하고, 어떤 경우에도 중요하고 독특하며, 세상의 여러 현상들이 딱 한 번 교차하고 두 번 다시 반복되지 않는 하나의 '점(點)'이다. 그래서 한 사람 한 사람의 이야기는 중요하고 영원하며 신성한 것이다. 또한 그 한 사람 한 사람이 어떻게든 자연의 뜻을 충족하며 살아가는 한 대단한 존재이며 충분히 주목받을 가치가 있다. 누구든 그 안에 정신이 형상되어 있고, 누구든 그 속에서 창조물이 고뇌하고, 누구든 그 속에 구세주가 십자가에 못 박혀 있다.

오늘날 인간이란 어떤 존재인지 아는 사람은 극히 드물다. 그러나 많은 이들이 그것을 느끼고 있으며, 그만큼 더 홀가분하게 죽어간다. 내가 이 이야기를 다 쓰고 나면 좀더 홀가분하게 죽을 수 있듯이.

나 자신이 많은 것을 알고 있는 사람이라고는 감히 말할 수 없다. 나는 무언가를 찾는 구도자였고 지금도 그렇다. 그러나 더 이상 별을 보면서도, 책 속에서도 찾지 않는다. 이제 내 안의 피가 속삭이는 가르침에 귀 기울이기 시작했다. 내 이야기는 유쾌하지 않다. 꾸며낸 이야기들처럼 달콤하거나 화기애애하지도 않다. 더 이상 자기기만에 빠지고 싶지 않은 모든 인간들의 삶처럼 무의미와 혼란, 착

란과 꿈의 맛이 난다.

한 사람 한 사람의 삶은 자기 자신에게로 이르는 여정이며, 길을 찾고자 하는 시도이고 오솔길에 대한 암시다. 지금까지 어느 누구도 오롯이 자기 자신이 되어본 사람은 없다. 그런데도 누구나 자기 자신이 되려고 한다. 어떤 이는 모호하게, 어떤 이는 더 또렷하게, 누구나 자신이 할 수 있는 만큼 노력한다. 누구나 자기 출생의 잔재, 태고의 점액과 알껍데기를 죽을 때까지 지니고 간다. 어떤 이들은 결코 인간이 되지 못하고 개구리, 도마뱀, 개미에 머물고 만다. 또 어떤 이들은 위는 사람이고 아래는 물고기인 채로 남는다. 그러나 그 모두가 인간이 되라고 던진 자연의 투척물인 것이다. 그리고 모두 같은 유래, 말하자면 어머니가 같다. 우리 모두 같은 심연에서 생겨났다. 하지만 같은 심연에서 던져진 시도이자 투척물이기는 하나 각자 자기만의 목표를 이루기 위해 노력한다. 우리는 서로를 이해할 수는 있다. 하지만 자신을 설명할 수 있는 것은 오직 자기 자신뿐이다.

두 세계

열 살 때, 내가 살았던 소도시의 라틴어 학교에 다니던 시절 겪었던 일부터 이야기하려고 한다.

그 시절의 짙은 향내가 되살아나 고통과 함께 유쾌한 전율이 솟구치며 내 마음을 뒤흔든다. 어두운 골목들과 환한 집들, 탑들, 시간을 알리는 종소리와 사람들의 얼굴, 편안하고 따뜻한 분위기로 가득한 방들, 비밀과 무시무시한 유령에 대한 공포로 가득한 방들. 좁은 방의 온기, 토끼와 하녀들의 냄새, 민간약재와 말린 과일 향기가 난다. 그곳에서는 두 세계가 뒤엉켜 돌아가고 있었다. 2개의 극(極)에서 낮과 밤이 생겨나고 있었던 것이다.

하나의 세계는 아버지의 집이었다. 사실 좁고 작은 그 세계에는 내 부모님밖에 없었다. 내가 익히 잘 아는 그 세계는 아버지와 어머니의 세계였다. 사랑과 엄격함, 모범과 학교로 불리는 세계였다. 이 세계에 속하는 것은 부드러운 빛깔, 맑음과 청결이었다. 여기에는 부드럽고 다정한 말투, 깨끗이 씻은 손, 깨끗한 옷, 훌륭한 관습이 있었다. 이곳에서는 아침에 찬송가를 불렀고, 성탄절을 축하했다. 이 세계에는 미래로 똑바로 이어지는 선과 길이 있었다. 의무와 책임, 양심의 가책과 고해, 용서와 선한 결의, 사랑과 존경, 성경 말씀과 지혜가 있었다. 맑고 깨끗하고 아름답게 정돈된 삶을 살려면 그 세계를 목표로 삼아야 한다.

반면 또 하나의 세계는 바로 우리 집 안에서부터 이미 시작된 완전히 다른 세계였다. 냄새부터 달랐고, 말투도 달랐으며, 약속하는 것이나 요구하는 것도 달랐다. 이 두 번째 세계에는 하녀들과 공장의 수습공들이 있었고, 귀신 이야기와 추문이 떠돌았다. 그곳에는 무시무시하고 정신을 후리는 무섭고 수수께끼 같은 일들, 도살장이나 감옥, 술주정뱅이와 욕설을 내뱉는 여자들, 새끼를 낳는 암소들, 넘어진 말들, 강도의 침입과 살인, 자살 이야기들로 넘쳐났다. 이 모든 아름답고도 무시무시한, 거칠고 상스러운 일들이 주위에서, 바로 이웃 골목에서, 옆집에서 일어나고 있었고, 경찰 끄나풀들과 부랑자들이 어슬렁거렸다. 주정뱅이가 마누라를 두들겨 팼고, 저녁이면 공장에서 젊은 여자들이 떼거지로 꾸역꾸역 몰려나왔다. 늙은 여자들이 주문을 걸어 사람들의 정신을 빼앗거나 병들게 할 수도 있었다. 숲에는 강도들이 살고 있었고, 불을 지른 이들이 경찰에게 붙잡혔다. 어디서나, 어머니와 아버지가 계시던 우리 집 빼고 어디서나 이 두 번째 격렬한 세계의 냄새가 풍겼다. 그런데 그 냄새가 정말 좋았다. 이곳 우리 집에 평화와 질서와 고요, 의무와 선한 양심, 용서와 사랑이 존재한다는 것은 놀라운 일이었다. 그리고 시끄럽고 소란스럽고, 음침하고 폭력적인 그 모든 것들이 존재한다는 것과, 또 한 걸음이면 그러한 것들로부터 벗어나 어머니에게 도망갈 수 있다는 사실도 놀라웠다.

그리고 가장 기이한 사실은 그 두 세계가 나란히 붙어 있다는 것이었다. 정말이지 얼마나 가깝게 붙어 있었던지! 예를 들어 우리 집하녀 리나가 그랬다. 저녁 기도 시간 거실 문 앞에 앉아 있을 때의 리나는, 말끔하게 편 앞치마 위에 깨끗하게 씻은 손을 올리고 밝은 목소리로 함께 노래 부를 때의 리나는 아버지와 어머니, 우리들, 밝고 올바른 세계에 완전히 속해 있었다. 그 뒤 곧바로 부엌이나 헛간에서 머리가 없는 난쟁이 이야기를 내게 들려주거나 정육점이나 작은 가게에서 이웃 아낙들과 싸울 때 그녀는 딴 세상 사람이었고, 비밀에 둘러싸여 있었다. 그런데 모든 것이 그랬다. 특히 나 자신이 가장 그랬다. 물론 나는 밝고 올바른 세계에 속했다. 나는 우리 부모님의 자식이었으니까. 그러나 내 눈과 귀는 어디에서나 그 다른 것을 향해 있었고, 종종 낯설고 무시무시하며, 번번이 양심의 가책과 두려움이 엄습하곤 했지만 나는 그 다른 것들 안에서도 살고 있었다. 심지어 한동안 가장 살고 싶은 곳이 그 금단의 세계였고, 밝음으로의 귀환은 자주―그것이 제아무리 필연적이고 또 제아무리 선한 것이라도―덜 아름답고 더 지루하고 더 황량한 것으로의 귀

환 같은 것이었다. 때때로 나는 인생의 목표가 아버지와 어머니처럼 되는 것, 그토록 밝고 깨끗하며, 그토록 훌륭하고 정돈된 삶이라는 것을 깨달았다. 하지만 거기에 이르는 길은 멀었고, 그렇게 되기까지는 학교에 앉아 있어야 하고, 대학 공부를 하고 수많은 시험을 치러야 했다. 그리고 그 길은 자꾸만 다른 어두운 세계 옆을 지나갔으므로, 그 세계를 뚫고 가다 거기 머무르고 그 속에 침잠할 수도 있었다. 그렇게 된 탕아들이 있었고, 나는 그들의 이야기를 읽는 데 몰두하곤 했다. 그 이야기 속에는 아버지에게로, 선함으로의 귀환은 항상 구원이며 훌륭한 것이었다. 나도 그것이 옳고 선하고 바람직한 일이라고 느꼈다. 하지만 악당과 탕아들이 나오는 대목이 훨씬 더 매혹적이었다. 이런 고백을 해도 된다면, 그 탕아가 참회하고 다시 돌아오는 것이 어떤 때는 정말 유감스럽기까지 했다. 그러나 그런 말을 하지는 않았고, 생각도 하지 않았다. 그것은 어떤 예감이자 가능성으로 감정 저 깊은 곳에 막연히 자리하고 있었다. 악마를 상상한다면, 저 아래 거리에 있는 모습으로 쉽게 떠올릴 수 있었다. 변장을 하거나 거리낌 없이 모습을 드러내거나, 혹은 야시장이나 선술집에 있는 모습으로. 하지만 우리 집에 있는 모습은 결코 상상할 수 없었다.

내 누이들도 밝은 세계에 속했다. 내가 보기에 그들은 본질적으로 아버지와 어머니에 훨씬 더 가까운 듯했다. 나보다 더 착하고 예의 바르고 결점이 적었다. 그들에게도 단점이나 나쁜 버릇이 있었지만, 그렇게 심각한 건 아니었다. 악한 것과의 접촉이 그토록 힘들고 고통스러우면서도 어두운 세계와 훨씬 더 가까이 있던 나와는 달랐다. 누이들은 부모님과 똑같이 소중히 여겨지고 존중받아 마땅했다. 누이들과 다투기라도 하면 나중에 양심의 가책에 따라 용서를 빌어야 하는 나쁜 놈이자 원흉은 바로 나였다. 왜냐하면 누이들을 모욕하는 것은 부모님을, 선과 그 영역을 모욕하는 것이었기 때문이다. 내 누이들보다 차라리 극악무도한 뒷골목 부랑아들과 나눌 수 있는 비밀이 있었다. 밝고 깨끗하고 양심에 거리낄 것 없는 그런 좋은 날에는 누이들과 장난도 치고, 그들처럼 착하고 얌전하게 굴며, 올바르게 행동하는 고귀한 나 자신을 느낄 수 있어서 기뻤다. 천사라면 마땅히 그래야 했다! 그것은 우리가 알고 있는 최상의 것이었고, 우리는 성탄절이나 행복 같은 맑은 소리와 향기에 둘러싸여 천사로 지낼 수 있는 것은 달콤하고 멋진 일이라고 여겼다. 그런 시간과 나날들이 얼마나 드물었던지! 누이들과 악의 없는 장난을 칠 때 나의 열성과 과격함이 지나쳐 그들과 다투고 불쾌했던 적이 종종 있었다. 그러고 나면 화가 치민 나머지 분별없이 누이들이 끔찍이 싫어할 말과 행동을 했다. 그러나 그렇게 말하고 행동하는 동안에도 그것이 못된 짓임을 스스로 뼈저리게 느꼈다. 그러고 나면 기분이 좋지 않았고, 짙은 후회와 참회의 시간이 찾아왔다. 그리고 내가 용서를 구하는 괴로운 순간이 지나간 다음에는 한순간 혹은 몇 시간 동안 다시 밝은 빛줄기, 고요하고 갈등 없는 고마운 행복을 느끼는 것이었다.

　나는 라틴어 학교에 다녔다. 시장의 아들과 산림감독관의 아들도 같은 반이었는데, 가끔 우리 집에 오곤 했다. 거친 녀석들이었지만 그래도 선하고 허락된 세계의 일원이었다. 그런데도 나는 평소에는 우리가 무시하던 이웃의 공립학교 아이들과 가까이 지냈다. 그들 중 한 명에 관한 일로 내 이야기를 시작해야겠다.

　어느 한가롭던 오후─열 살을 갓 넘겼을 때였다─이웃 아이 둘과 빈둥거리고 있을 때 더 큰 아이 하나가 다가왔다. 열세 살쯤 된 억세고 거친 그 녀석은 재단사의 아들로 공립학교에 다니고 있었다. 그의 아버지는 술주정뱅이였던 데다 가족 모두 소문이 좋지 않았다. 나 역시 프란츠 크로머를 잘 알고 있었다. 나는 그가 무서웠다. 그래서 그가 우리에게 끼어드는 것이 싫었다. 그는 벌써 어른티를 내며 공장에 다니는 젊은 남자들의 걸음걸이와 말투를 따라 했다. 그가 하자는 대로 우리는 다리 옆으로 해서 강가로 내려갔고, 사람들 눈에 띄지 않게 첫 번째 다리 기둥 밑에 숨었다. 아치형 교각과 천천히 흐르는 강물 사이의 좁은 강변은 온통 쓰레기와 유리 조각들, 잡동사니 천지였고, 녹슨 철사 줄과 다른 쓰레기 더미가 어지럽게 뒤엉켜 있었다. 그곳에서 가끔 쓸모 있는 것들을 발견하기도 했다. 우리는 프란츠 크로머가 시키는 대로 그 구역을 뒤져서 찾아낸 것을 그에게 보여주어야 했다. 그러면 그는 그것을 호주머니에 집어넣거나 강물에 던져버렸다. 그는 우리에게 납이나 구리, 혹은 주석으로 된 물건이 있는지 잘 찾아보라고 시키고는 그런 것들을 죄 자기가 가졌다. 심지어 뿔로 만든 낡은 머리빗까지 자기 호주머니에 챙겨 넣었다. 나는 그와 어울리고 있자니 몹시 불안했다. 아버지가 아시면 그와 어울리는 것을 금할 것이기 때문이 아니라 프란츠 크로머 자체가 두려웠다. 그가 나를 받아들이고 다른 애들과 마찬가지로 대해주는 것은 좋았다. 그는 명령을 했고 우리는 복종했다. 그와 어울리기는 처음이었는데도 마치 오래전부터 그래 왔던 것 같았다.

이윽고 우리는 바닥에 앉았다. 프란츠는 어른처럼 강물에 침을 뱉었다. 이 사이로 침을 뱉어서 자기가 원하는 곳 어디든 전부 맞혔다. 우리는 이야기를 하기 시작했다. 소년들은 학생들이 저지르는 온갖 무용담과 나쁜 행동들을 자랑삼아 떠벌렸다. 나는 아무 말도 하지 않았다. 하지만 나의 침묵을 프란츠가 눈치채고 화를 내지 않을까 두려웠다. 내 친구 둘은 일찌감치 나한테서 떨어져 크로머 쪽에 붙어 있었다. 나는 그들 사이에서 이방인이었고 내 옷차림이나 행동거지가 그들의 반발심을 불러일으킨다고 느꼈다. 라틴어 학교 학생이고 양갓집 자식인 나를 프란츠가 좋아할 리 없었다. 그리고 다른 둘은 여차하면 낭패에 빠진 나를 모른 척 내버려둘 녀석들이었다.

순전히 두려움 때문에 결국 나도 이야기를 늘어놓기 시작했다. 나를 주인공으로 기가 막힌 도둑 이야기를 꾸며냈던 것이다. 모퉁이 물레방앗간 옆에 있는 과수원에서, 하고 이야기를 꺼냈다. 어느 날 밤 친구 하나와 사과를 한 자루 가득 훔쳤다고 했다. 그것도 보통 사과가 아니라 레네트나 황금색 파르메네 같은 최상급 품종이었다고 했다. 순간의 위기를 모면하고자 이 이야기 속으로 도피한 것이다. 나는 이야기를 꾸며내고 떠벌리는 데 능숙했다. 금방 말문이 막혀서 더 난처한 상황에 빠지지 않으려고 나는 최대한 기교를 부려 이야기를 부풀렸다. 한 명이 나무 위에 올라가 사과를 따서 아래로 던지는 동안 다른 한 명은 계속 망을 보아야 했다고 했다. 사과 자루도 얼마나 무거웠던지 절반은 도로 꺼내 두고 갈 정도였지만, 30분 뒤에 다시 가서 그것마저 모조리 갖고 왔다고 이야기했다.

이야기를 마쳤을 때 웬만큼 박수가 나오지 않을까 기대했던 것이, 나중에는 열을 올리며 이야기를 꾸며내는 데 도취해 있었던 것이다. 다른 작은 두 녀석들은 말없이 관망하듯 쳐다보고 있었으나, 프란츠 크로머는 반쯤 내려뜬 눈으로 나를 뚫어지게 쳐다보더니 으르대는 목소리로 물었다.

"그거 사실이야?"

"그럼."

내가 말했다.

"그러니까 진짜 있었던 일이란 말이지?"

"그렇다니까. 실제로 있었던 일이야."

속으로는 겁이 나서 숨이 막힐 것 같았지만 나는 주저하지 않고 딱 잘라 말했다.

"맹세할 수 있어?"

나는 깜짝 놀랐지만 곧바로 그렇다고 했다.

"그럼 맹세해. 하느님과 목숨을 걸고!"

"하느님과 목숨을 걸고!"

나는 말했다.

"그럼, 뭐."

이렇게 말하더니 그는 몸을 돌렸다.

나는 그걸로 잘 끝났다고 생각했고 그가 곧 일어나 돌아가려 하자 기뻤다. 다리 위에 다다랐을 때 나는 어렵게 집에 돌아가야 한다고 말을 꺼냈다.

"그렇게 서두를 것 뭐 있어? 어차피 우리는 같은 길로 가잖아."

프란츠가 웃으며 말했다.

그는 어슬렁거리며 천천히 걸어갔고, 나는 감히 도망칠 엄두도 나지 않았다. 그런데 그가 정말 우리 집 쪽으로 가고 있었다. 우리 집 현관문과 그 묵직한 구리 손잡이, 어머니 방의 창문과 커튼이 보이자 나는 숨을 깊이 들이쉬었다. 아, 집으로 돌아왔다! 아, 선하고 축복받은 귀가, 밝음 속으로, 평화 속으로의 귀환!

내가 재빨리 문을 살짝 열고 안으로 얼른 들어가서 등 뒤로 문을 닫으려는데 프란츠가 같이 밀고 들어왔다. 마당 쪽에서만 빛이 들어오는 서늘하고 어둠침침한 타일 바닥 복도에서 그가 내 곁에 선

채로 내 팔을 잡고 나지막이 말했다.

"야, 그렇게 서두를 것 없잖아!"

나는 깜짝 놀라 그를 쳐다보았다. 내 팔을 잡은 그의 손은 무쇠처럼 단단했다. 그가 무슨 의도로 그러는지, 혹시 내게 해코지라도 하려는 건 아닌지 생각해보았다. 지금 소리를 지르면 어떨까 하고 생각했다. 미친 듯이 큰 소리를 지르면 위층에서 누군가 제때 뛰어 내려와 나를 구해줄 수 있을까? 그러나 나는 단념했다.

"뭐라고? 대체 어쩌자는 거야?"

내가 물었다.

"별거 아냐. 그냥 좀 몇 가지 물어보자는 거지. 다른 사람들은 안 들어도 되는 거야."

"그래? 좋아, 뭘 더 말하라는 거야? 나 올라가야 돼. 알잖아."

"너도 알지? 물레방앗간 옆 과수원이 누구 건지?"

프란츠가 나지막이 물었다.

"아니, 몰라. 방앗간 주인 거 아냐?"

프란츠가 팔로 내 어깨를 감싸 자기 쪽으로 바짝 끌어당기는 바람에 그의 얼굴이 코앞에 있었다. 그의 눈에는 악의가 번득였고, 음흉한 미소를 짓고 있는 그의 얼굴에 잔인함과 위세가 넘쳐흘렀다.

"그래, 꼬마야, 그 과수원이 누구 것인지 말해주마. 나는 그 집이 사과를 도둑맞았다는 걸 진작에 알고 있었지. 또 과수원 주인이 누가 과일을 훔쳐갔는지 알려주는 사람한테 2마르크를 주기로 한 것도 말이야."

"세상에! 그래도 그 사람한테 아무 말 안 할 거지?"

내가 소리쳤다.

그의 명예심에 호소해봤자 헛일이라는 것을 느꼈다. 그는 다른 세계 사람이었다. 배신 따위는 그 애한테 범죄도 아니었다. 그것을 분명히 느꼈다. 이런 일에 관한 한 '다른' 세계의 사람들은 우리와 달랐다.

"아무 말 하지 말라고? 이 친구야, 넌 내가 2마르크를 만들어내는 위조지폐범이라도 되는 줄 아냐? 난 돈 없는 놈이야. 너처럼 부자 아버지도 없어. 그러니까 벌 수 있을 때 2마르크를 벌어야지. 어쩌면 주인이 더 줄지도 모르지."

크로머가 웃으며 말했다.

그가 갑자기 내 팔을 놓았다. 우리 집 현관 복도는 더 이상 평화롭고 안전하지 않았다. 나를 둘러싼 세계가 무너져 내렸다. 나를 신고하겠지, 나는 범죄자라고, 아버지 귀에도 들어갈 테고, 어쩌면 경찰도 오겠지. 모든 혼란이 가져올 공포가 엄습했고, 온갖 추악하고 위험한 것들이 나를 위협했다. 내가 훔치지 않았다는 것은 더 이상 중요하지 않았다. 더구나 나는 맹세까지 해버렸다. 오, 하느님 맙소사!

눈물이 솟구쳤다. 나는 매수를 해서라도 나 자신을 구해야겠다고 느꼈다. 그래서 절망적인 기분으로 호주머니를 죄 뒤졌다. 사과도 주머니칼도, 아무것도 없었다. 그때 내 시계가 떠올랐다. 작동하지 않았지만, '그냥' 지니고 다니던 낡은 은시계로, 할머니한테 물려받은 것이었다. 나는 그것을 얼른 꺼내 말했다.

"크로머, 내 말 좀 들어봐. 나를 신고하지 마. 너한테 좋을 것도 없잖아. 내 시계 줄게. 이거 봐. 이것 말고 가진 게 없어. 너 가져. 은이야. 물건은 좋은 거야. 살짝 고장이 나기는 했지만, 고치면 돼."

그는 미소를 지으며 자신의 큰 손으로 그것을 집었다. 나는 그의 손을 보며, 그 손이 얼마나 거칠고 깊은 적개심에 차 있는지를 느꼈다. 그 손을 뻗어 내 평화로운 삶을 움켜잡으려 했다.

"그거 은이야."

나는 소심하게 말했다.

"네 은이나 고물 시계 따위 관심 없어! 너나 직접 고쳐 써!"

그는 심히 경멸스럽게 말했다.

"하지만 프란츠, 좀 기다려봐! 시계 가져가! 진짜 은이야. 정말이라니까. 이것 말고는 정말 아무것도 없어."

그가 돌아가 버리지나 않을까 하는 두려움에 나는 몸을 떨며 외쳤다.

그가 경멸하듯 싸늘하게 나를 쳐다보았다.

"그러니까 내가 누구한테 가는지 너도 알긴 아는구나. 경찰한테 말할 수도 있어. 잘 아는 경찰이 있거든."

그는 돌아섰고, 나는 그런 그의 소매를 붙잡고 늘어졌다. 그렇게 되면 안 되었다. 그 애가 가고 나서 일어날 모든 일들을 겪느니 차라리 죽어버리는 게 더 나을 것 같았다.

"프란츠! 제발 어리석은 짓 하지 마! 그냥 장난치는 거지?"

나는 흥분해서 쉰 목소리로 애원했다.

"물론, 장난이지. 하지만 너한테는 좀 비싼 장난이 될 거야."

"그럼 내가 어떻게 해야 되는지 말해줘, 제발, 프란츠! 무슨 일이
든 할게!"

그는 반쯤 내려뜬 눈으로 나를 훑어보더니 다시 웃었다.

"그렇게 바보처럼 굴지 마! 너도 나만큼 잘 알고 있잖아. 난 2마
르크를 벌 수 있어. 그리고 그 돈을 포기할 만큼 부자가 아냐. 너도
알잖아. 하지만 너는 부자야. 심지어 시계도 가지고 있어. 넌 그저
나한테 2마르크를 주면 되는 거야. 그럼 다 잘되는 거지."

그는 짐짓 호의를 베풀기라도 하듯 말했다.

납득할 만한 논리였다. 그러나 2마르크라니! 그것은 나한테 10마
르크나 1백 마르크, 혹은 1천 마르크만큼이나 가지기 힘든 큰돈이
었다. 나한테는 돈이 없었다. 어머니 방에 놓아둔 작은 저금통이 하
나 있지만, 그 속에는 삼촌들이 오시거나 했을 때 받은 10페니히나
5페니히짜리 동전 몇 개가 들어 있을 뿐이었다. 그것 말고는 아무
것도 없었다. 그때는 아직 용돈을 받을 나이가 아니었다.

"전혀 없어. 한 푼도 없다고. 하지만 돈 말고는 다 줄게. 인디언 책
도 있고 병정들하고 나침반도 있어. 갖다 줄게."

나는 침울하게 말했다.

크로머는 뻔뻔스럽고 심술궂게 입을 삐죽이더니 바닥에 침을 탁 뱉었다. 그러고는 명령조로 말했다.

"그딴 소리 집어치워! 그런 잡동사니들은 너나 가져. 나침반이라고 했냐! 더 이상 화를 돋우지 말라고. 잘 들어. 돈 가져오란 말이야!"

"하지만 돈이 없어. 돈 같은 걸 받아본 적이 없단 말이야. 어떻게 할 수가 없어!"

"그러니까 내일 2마르크를 가져와. 학교 끝나고 저 아래 시장에서 기다릴 테니까. 그럼 끝나는 거야. 돈 안 가져오면, 두고 봐!"

"그래. 하지만 돈을 어디서 가져오라는 거야? 하느님 맙소사! 나한테는 한 푼도 없단 말이야."

"너희 집에 돈 많잖아. 돈 구하는 건 네 일이야. 내일 학교 마치고, 알았지? 그리고 말해두겠는데, 돈을 가져오지 않으면……."

그는 매서운 눈길로 내 눈을 쏘아보았다. 그리고 다시 침을 뱉더니 그림자처럼 사라져버렸다.

나는 계단을 올라갈 수가 없었다. 내 인생이 산산조각 나버렸다. 도망쳐서 다시는 돌아오지 않거나 물에 빠져 죽어버릴까도 생각했다. 그러나 그런 생각들이 또렷하게 떠오른 것은 아니었다. 나는 어둠 속에서 불행에 휩싸여 계단 맨 아래 칸에 몸을 잔뜩 웅크리고 앉아 있었다. 장작을 가지러 바구니를 들고 내려온 리나가 울고 있는 나를 발견했다.

리나에게 위층에 가서 아무 말 하지 말아달라고 부탁하고 계단을 올라갔다. 유리문 옆 옷걸이에 아버지의 모자와 어머니의 양산이 걸려 있었다. 이 모든 것들에서 고향의 다정함이 물결처럼 밀려왔다. 마치 집 나갔던 탕아가 옛 고향집 방을 보고 냄새를 맡는 것처럼 내 가슴은 간절히 바라고 감사하는 마음으로 그것들을 반겼다. 그러나 그 모든 것들은 이제 더 이상 나의 것이 아니었다. 그것들 모두 아버지와 어머니가 있는 밝은 세계의 것이었고, 나는 죄를 지은 채 낯선 물결 속으로 깊이 가라앉았고, 모험과 죄악에 얽혀들었으며, 적의 협박과 함께 위험과 두려움, 치욕이 기다리고 있었다. 모자와 양산, 오래된 고급 사암(砂岩) 바닥, 복도 장식장 위에 걸린 커다란 그림, 그리고 거실 안쪽에서 들려오는 누이들의 목소리, 그 모든 것들은 그 어느 때보다 더 사랑스럽고 다정하고 소중한 것이었다. 하지만 더 이상 위로가 되지 못했고 안전한 선(善)도 아니었다. 오직 비난일 뿐이었다. 이 모든 것이 더 이상 내 것이 아니었으며, 나는 그 유쾌함과 고요함 속에 비집고 들어갈 수 없었다. 나는 발깔개에 문질러 닦을 수도 없는 더러움을 발에 묻혀 왔다. 고향의 세계가 전혀 알지 못하는 그림자를 달고 들어온 것이다. 여태까지 얼마나 많은 비밀과 얼마나 많은 두려움을 가졌던가. 그러나 그 모든 것들은 오늘 내가 이 공간으로 끌어들인 것에 비하면 놀이나 장난에 지나지 않았다. 운명은 내 뒤를 쫓아왔고, 손을 뻗쳤다. 어머니조차 그 손으로부터 나를 보호해줄 수 없었고, 또 그 손에 대해 알아서도 안 되었다. 이제 내 범행이 도둑질이었건 거짓말이었건(나는 하느님과 내 목숨까지 걸고 맹세하지 않았던가!) 매한가지였다. 나의 죄는 이것이냐 저것이냐가 아니었다. 나의 죄는 내가 악마에게 손을 내밀었다는 사실이었다. 나는 왜 따라갔을까? 나는 왜 아버지보다 크로머의 말에 더 복종했을까? 나는 왜 저 도둑질 이야기를 꾸며냈을까? 마치 영웅적인 행동이라도 되는 양 범죄행위를 떠벌렸을까? 이제 악마가 내 손을 잡았고, 적이 내 뒤를 쫓고 있는 것이다.

한순간 나는 더 이상 내일 일에 대한 공포가 아니라 무엇보다도 내가 가는 길이 이제는 더 밑으로, 암흑 속으로 이어지리라는 무서운 확신이 들었다. 나는 또렷이 느꼈다. 내가 저지른 잘못에 이어 새로운 잘못이 뒤따를 것임을, 누이들 곁에 다가가거나 부모님께 인사하고 입맞춤하는 것이 거짓이 될 것임을, 가슴 깊은 곳에 운명과 비밀을 숨기게 되리라는 것을.

아버지의 모자를 보는 순간 신뢰와 희망이 내 안에서 번쩍 떠올랐다. 아버지께 모든 것을 털어놓으리라, 아버지의 심판과 벌을 받고 내 모든 비밀을 나누는 구원자로 삼으리라. 그것은 자주 견뎌내야 했던 참회에 지나지 않으리라. 힘들고 쓰라린 시간, 깊이 뉘우치며 용서를 구하는 것에 지나지 않으리라.

이 얼마나 달콤한가! 얼마나 매혹적인 생각인가! 그러나 그렇게 되지 않았다. 내가 그렇게 하지 못하리라는 것을 나 자신이 잘 알고 있었다. 나는 지금 비밀 한 자락을, 나 혼자 감내해야 할 죄를 지니고 있음을 알았다. 어쩌면 나는 기로에 서 있는지도 몰랐다. 어쩌면 나는 이제부터 영원히 나쁜 것에 속하고, 나쁜 사람들과 비밀을 나누고, 그들에게 예속되어 복종하고, 그들처럼 될 것이 틀림없으리라. 나는 어른 행세를 하고, 영웅인 척했다. 이제 나는 그 결과를 감당해야 했다.

방에 들어섰을 때 아버지가 젖은 구두를 나무라신 건 오히려 다행이었다. 아버지는 거기에 신경 쓰느라 더 안 좋은 것을 눈치채지 못하셨다. 아버지의 꾸중은 마음속으로 다른 것과 결부해 들었기에 참을 만했다. 그때 이상하게도 새로운 감정이 내 안에서 불꽃처럼 번뜩였다. 미늘이 가득 박힌 듯 날카롭고도 사악한 감정이었다. 내가 아버지보다 우월하다고 느낀 것이었다!

한순간 나는 아버지가 아무것도 모르는 것에 대해 일종의 경멸을 느꼈다. 아버지가 젖은 구두를 꾸지람하는 것은 대수롭지 않은 문제였다. '아버지가 아신다면!' 하는 생각이 들면서, 마치 살인을 고백해야 하는 판국에 빵 한 조각 훔친 죄로 심문을 받는 범인처럼 여겨졌다. 그것은 추하고 역겨운 감정이었다. 하지만 그것은 강렬했고 심히 자극적이었다. 그 느낌은 지금까지 그 어떤 생각보다 내 비밀과 내가 지은 죄에 단단히 나를 얽어맸다. 어쩌면 저 크로머 자식이 벌써 경찰에 일러바쳤겠지. 집에서 나를 어린애 취급하는 중에 내 머리 위로는 뇌우가 몰려오고 있었다!

지금까지 이야기한 이 모든 체험 중에서 이때야말로 훗날까지 영원히 남을 가장 중요한 순간이었다. 그것은 아버지라는 존재의 신성함에 처음으로 균열이 생긴 것이며, 내 유년 시절을 떠받치고 있던, 그리고 누구나 자기 자신이 되기 전에 깨뜨려야 하는 기둥 위에 새겨진 최초의 칼자국이었다. 우리 운명의 내면적이고 본질적인 선(線)은 아무도 보지 못하는 이런 경험들로 이루어진다. 그런 칼자국과 균열은 점점 늘어난다. 그것들은 아물고 잊혀지지만 가장 내밀한 방 안에 살아남아 계속 피를 흘리고 있다.

그 새로운 감정이 드는 순간 나 자신이 섬뜩하게 느껴졌다. 당장이라도 아버지 발에 입을 맞추며 용서를 빌고 싶었다. 그러나 본질적인 것은 사죄할 수 없는 법이다. 그리고 그 사실은 아이들조차 그 어떤 현인 못지않게 또렷이 느끼고 있다.

나는 나한테 일어난 일에 대해 곰곰이 생각해보고 내일 일에 대한 대책을 강구해야겠다고 생각했다. 그러나 그렇게 할 수 없었다. 그날 저녁 내내 나는 우리 집 거실의 달라진 공기에 적응하느라 여념이 없었다. 벽시계와 탁자, 성경과 거울, 벽에 걸린 책 선반과 그림들, 그런 것들이 마치 나에게 이별을 고하는 듯했다. 나는 얼어붙은 가슴으로 나의 세계가, 내 선하고 행복한 삶이 과거가 되어 나에게서 떨어져 나가는 것을 바라보았다. 그리고 내가 수액을 빨아들이는 새 뿌리가 바깥의 어둡고 낯선 곳에 붙박혀 있음을 느꼈다. 난생처음 죽음을 맛보았다. 죽음은 쓴맛이었다. 왜냐하면 그것은 탄생이고, 새것에 대한 불안과 두려움이었기 때문이다.

마침내 침대에 눕자 나는 기뻤다! 그 전에 마지막 연옥(煉獄)의 불길처럼 저녁 기도가 나를 훑고 지나갔던 것이다. 게다가 우리는 내가 가장 좋아하는 찬송가도 불렀다. 아, 나는 함께 부르지 못했다. 내게는 그 음 하나하나가 쓸개즙이며 독약이었기 때문이다. 아버지가 축복을 내리실 때도 나는 함께 기도하지 않았다. "저희 모두와 함께하소서!"라고 끝맺음하실 때 일말의 경련이 나를 이 테두리로부터 떼어놓았다. 그들 모두에게 신의 은총이 함께했다. 그러나 나와는 더 이상 함께하지 않았다. 춥고 몹시 지친 몸을 이끌고 나는 자리를 떠났다.

한동안 침대에 누워 있으면서 따스한 기운과 안도감이 부드럽게 내 몸을 휘감자, 내 마음은 또다시 불안에 떨었고, 조마조마한 기분으로 지나간 일 주위를 파닥거리고 있었다. 어머니는 늘 그렇듯 잘 자라고 인사했다. 어머니 발소리 여운이 아직도 방에 남아 있었다. 들고 계시던 촛불이 방문 틈새로 여전히 비치고 있었다. 나는 생각했다. 이제 어머니가 다시 돌아오셔서—어머니는 느끼셨을 테니까—내게 입맞추고 물으시겠지, 다정하게 희망을 불어넣어 주시며 물으실 거야. 그러면 난 울 것이고, 목에 걸린 돌덩이가 녹아 없어질 거야. 그러면 어머니한테 안겨 다 털어놓을 거야. 그러면 된 거야. 그러면 구원되는 거야! 나는 문득이 다시 어두워지고 나서도 한동안 더 귀를 기울이며 생각했다. 그렇게 돼야 해. 꼭 그렇게 될 거야.

그런 다음 나는 다시 그 문제로 돌아와 내 적의 눈을 들여다보았다. 그의 모습이 또렷이 보였다.

한쪽 눈을 찡그리고, 입가에는 야비한 미소가 흘렀다. 그리고 내가 그를 보면서 피할 수 없는 그 일을 속으로 삼키는 동안 그의 모습은 더 커지고 추악해졌다. 그의 사악한 눈이 악마처럼 번뜩였다. 내가 잠들 때까지 그는 내 곁에 바짝 붙어 있었다. 하지만 잠들고 나서 꿈속에 그가 나타나거나 오늘 있었던 일을 꿈꾸지는 않았다. 나는 부모님과 누이들과 함께 배를 타고 가는 꿈을 꾸었다. 평화로운 휴일의 밝은 빛이 온통 우리를 둘러싸고 있었다. 한밤중에 잠이 깼을 때도 행복한 여운이 남아 있었고, 햇빛에 빛나는 누이들의 하얀색 여름 원피스가 눈에 선했다. 그리고 다시 천국에서 현실로 떨어졌고, 사악한 눈을 번득이는 적과 다시 마주 섰다.

아침에 어머니가 급히 달려와, 벌써 늦었는데 왜 아직 침대에 누워 있느냐고 소리치셨다. 하지만 어머니가 내 안색이 좋지 않은 것을 보고 어디 아프냐고 물었을 때 나는 토를 하고 말았다.

그러고 나니 조금 괜찮았다. 몸이 조금 아플 때 아침 내내 누워 카모마일 차를 마시며, 어머니가 옆방을 청소하는 소리, 리나가 복도에서 고기를 가지고 온 정육점 점원을 맞이하는 소리를 듣는 것을 나는 무척 좋아했다. 학교에 가지 않는 오전은 어딘가 마법에 홀린 듯 동화 속 같았다. 아른거리며 방으로 비쳐 드는 햇살은 학교의 초록색 커튼 위로 떨어지던 그 햇살이 아니었다. 그러나 오늘은 그 것조차 무미건조했으며 다른 소리를 자아내고 있었다.

그래, 차라리 죽어버리면! 그러나 자주 그랬던 것처럼 나는 단지 몸이 조금 편치 않을 뿐이었고, 이런 정도로는 아무것도 되지 않는다. 이런 정도로는 학교에 가지 않아도 되지만, 11시에 시장에서 기다리고 있을 크로머로부터 나를 지켜주지는 못한다. 그리고 다정하게 대해주는 어머니도 위로가 되지 못했다. 성가시고 마음만 불편했다. 나는 곧 다시 잠든 척하며 생각에 생각을 거듭했다. 아무 소용 없었고, 나는 11시에 시장에 가야 했다. 그래서 나는 10시에 살그머니 일어나 몸이 다시 좋아졌다고 말씀드렸다. 그런 경우에는 대부분 다시 침대로 돌아가든지 아니며 오후 수업을 가야 했다. 나는 학교에 가고 싶다고 했다. 한 가지 계획을 세워두었던 것이다.

돈 한 푼 없이 크로머를 만날 수는 없었다. 작은 저금통을 손에 넣어야 했다. 그 속에 든 걸로 충분하지 않다는 건 알고 있었다. 모자라도 한참 모자랐지만 그래도 얼마간 들어 있었다. 그리고 빈손으로 가기보다 얼마라도 가져가서 크로머를 달래는 것이 낫다는 직감이 들었다.

양말 바람으로 어머니 방에 몰래 들어가 어머니의 책상 위에 놓인 내 저금통을 들고 나올 때 기분이 좋지 않았다. 그러나 어제 일보다 나쁘지는 않았다. 심장이 뛰어 숨이 막힐 것 같았다. 계단을 내려가서야 비로소 저금통이 잠겨 있는 것을 보았을 때도 여전히 가슴이 쿵쾅거렸다. 저금통 여는 것은 아주 간단했다. 얇은 양철 고리만 뜯어내면 되었다. 그러나 그것을 뜯어내려니 마음이 아팠다. 그렇게 해서 나는 진짜 도둑질을 한 것이다. 그동안은 사탕이나 과일을 몰래 집어 먹는 정도였다. 그런데 비록 내 돈이기는 하지만 돈을 훔친 것이다. 나는 내가 크로머와 그의 세계에 다시 한 걸음 더 다가섰으며, 버젓이 내리막길로 치닫게 되리라는 것을 느꼈고, 그에 저항했다. 악마가 데리고 갈지라도 이젠 되돌아갈 길이 없었다. 나는 두려운 마음으로 돈을 세어보았다. 저금통 속이 가득 찬 듯한 소리가 났지만 손에 쥐고 보니 턱없이 적은 액수였다. 65페니히였다. 저금통을 아래층 복도에 숨겨놓고, 평소 이 문을 지나다니던 때와 달리, 손에 돈을 꽉 움켜쥔 채 집을 나섰다. 위에서 누군가 나를 불렀다. 아니 부르는 것 같았다. 그래서 얼른 자리를 떴다.

아직 시간이 많이 남아 있었다. 나는 변해버린 시가지 골목을 지나, 한 번도 본 적 없는 구름 아래로, 나를 주시하는 집들과 나를 수상적게 쳐다보는 사람들을 지나 슬그머니 길을 돌아갔다. 예전에 학교 친구 하나가 가축시장 가는 길에 1탈러(Taler, 은화—옮긴이)를 주웠던 일이 떠올랐다. 하느님이 기적을 베푸셔서 내게도 그런 일이 일어나게 해주시기를 기도하고 싶었다. 그러나 나는 이제 더 이상 기도할 자격이 없었다. 설령 있다 하더라도 저금통이 멀쩡한 상태로 돌아가지는 않을 터였다.

프란츠 크로머는 멀리서도 나를 알아보았다. 하지만 아주 천천히 내게 다가왔고 나를 별로 의식하지 않는 듯했다. 그는 나한테 가까이 왔을 때 비로소 자기를 따라오라는 눈짓을 보내고는, 한 번도 뒤돌아보지 않고 느긋하게 걸어갔다. 슈트로가세('가세'는 작은 길, 골목길 등을를 따라 내려가 좁은 판자 다리를 지나 길 끝의 새로 짓고 있는 건물 앞에서 걸음을 멈췄다. 공사를 하고 있지는 않았다. 문과 창문이 아직 달리지 않은 벽만 덩그러니 세워져 있었다. 크로머는 한 번 돌아보더니 안으로 들어갔다. 나는 그를 따라 들어갔다. 그는 벽 뒤로 가서 자기 쪽으로 오라고 눈짓하더니 손을 내밀었다.

"가지고 왔지?"

그가 써늘하게 물었다.

나는 주먹 쥔 손을 호주머니에서 빼내 그의 활짝 편 손바닥에 돈을 털어놓았다. 그는 마지막 5페니히짜리 동전이 짤랑거리는 소리가 멈추기도 전에 돈을 다 세었다.

"65페니히잖아."

그가 나를 쳐다보며 말했다.

"그래. 그게 내가 가진 전부야. 너무 적다는 거 나도 알아. 하지만 그게 전부인 걸 어떡해. 더는 없단 말이야."

나는 주눅이 들어 말했다.

"난 네가 좀더 영리한 줄 알았는데. 명예를 아는 신사라면 지킬 건 지켜야지. 난 정당하지 않은 것을 가지고 싶은 마음은 조금도 없어. 그건 너도 알 거야. 네 푼돈일랑은 도로 집어넣어. 자! 다른 사람은, 너도 알겠지, 누굴 말하는지, 돈을 깎으려 들지 않아. 전부 지불하지."

그는 거의 부드러운 투로 나무랐다.

"하지만 나는, 나는 더 이상 돈이 없어! 이건 내 저금통에 들어 있던 전부야."

"그건 네 사정이지. 난 너를 불행에 빠뜨리고 싶지 않아. 넌 나한테 아직 1마르크 35페니히를 빚진 거야. 언제 받을 수 있을까?"

"꼭 줄게, 크로머! 지금은 모르겠지만, 어쩌면 곧, 내일이나 모레쯤 더 생길지도 몰라. 아버지께 말씀드릴 수 없다는 건 너도 이해하겠지."

"나는 아무래도 상관없어. 너한테 해코지할 마음 없다고 했잖아. 난 오늘 오전 중으로 돈을 받을 수도 있어. 너도 알다시피 나는 궁하거든. 넌 좋은 옷을 입고 있고, 나보다 더 좋은 점심을 먹겠지. 그러나 난 아무 말도 하지 않겠어. 뭐, 어쨌든 좀더 기다려주지. 내일모레 오후에 휘파람을 불지. 그때는 빠짐없이 가지고 와야 해. 내 휘파람 소리 알지?"

그는 내 앞에서 휘파람을 불어 보였다. 자주 들어서 익히 아는 소리였다.

"그래, 알고 있어."

내가 말했다.

그는 혼자 가버렸다. 마치 나하고는 아무 관련 없는 사람처럼. 그것은 우리 둘 사이의 거래였을 뿐 그 이상도 그 이하도 아니었다.

지금도 문득 크로머의 휘파람 소리가 들리면 나는 깜짝 놀랄 것 같다. 그때부터 나는 그 소리를 자주 들었고, 지금도 끊임없이 들려오는 것 같다. 어느 장소도, 놀이도, 일도, 생각도, 이 휘파람 소리가 뚫지 못하는 것이 없었다. 그 휘파람 소리는 나를 지배하고 이제는 내 운명이 되어버렸다. 부드러운 햇살에 단풍색이 찬란한 가을날 오후에는 종종 내가 특별히 좋아하는 우리 집 화단에 앉아 있곤 했다. 지난 시절 선머슴 아이들처럼 장난치고 싶은 이상한 충동이 일었다. 나는 내 나이보다 어린, 아직은 착하고 자유롭고 순수하며 의젓한 아이 역을 맡았다. 그러나 그렇게 한창 놀이를 하는 도중, 늘 예상은 하고 있었지만 매번 깜짝깜짝 놀라는 크로머의 휘파람 소리가 어디선가 들려와 상상의 실타래를 끊어버리고 짓밟았다. 그러면 나는 가야만 했다. 나를 고문하는 사람을 따라 끔찍한 곳으로 가야 했다. 그에게 변명을 늘어놓아야 했고, 돈 때문에 경고를 들어야 했다. 그 모든 일이 아마 몇 주간 계속되었을 것이다. 하지만 그때는 몇 년, 아니 영원처럼 느껴졌다. 돈을 가져갔던 적은 극히 드물었다. 기껏해야 5페니히나 10페니히짜리 동전 정도였다. 리나가 장바구니를 식탁에 올려둘 때 훔친 것들이었다. 그때마다 나는 크로머한테 욕을 먹었고, 멸시를 받아야 했다. 그를 속이고 그의 정당한 권리를 침해한 것은 나였으며, 그의 몫을 가로채고, 그를 불행하게 만든 것도 나였다! 내 평생 그렇게 심장이 죄어드는 고통을 겪은 적도 별로 없었다. 그보다 더 큰 절망, 그보다 더한 굴종을 느껴본 적이 없었다.

저금통은 장난감 돈을 채워 다시 제자리에 갖다 두었고, 아무도 그에 대해 물어보지 않았다. 그러나 언제라도 들통 날 수 있는 일이었다. 나는 크로머의 거친 휘파람 소리보다 어머니가 더 무서울 때가 많았다. 어머니가 조용히 내게 다가오실 때면, 저금통에 대해 물어보려고 그러는 건 아닐까, 하는 생각이 드는 것이었다.

내가 여러 차례 빈손으로 가자 내 악마는 나를 다른 방식으로 괴롭히고 이용하기 시작했다. 나는 그 대신 일을 해야 했다. 그의 아버지가 그에게 시킨 심부름을 내가 대신 해주었다. 그것 말고 다른 어려운 일도 시켰다. 10분 동안 한쪽 다리로만 뛴다든지, 지나가는 사람 치마에 쪽지를 붙이는 따위의 장난을 시켰다. 몇 날 며칠 밤 꿈속에서도 이 괴로운 일에 계속 시달렸고, 땀에 흠뻑 젖은 채 악몽에서 깨어나곤 했다.

한동안 나는 앓아누웠다. 잦은 구토와 오한이 났고, 밤에는 땀에 젖고 열에 들떠 누워 있었다. 어머니는 무슨 문제가 있다고 느꼈는지 신경을 많이 써주셨는데, 나는 그게 더 괴로웠다. 어머니의 관심에 신뢰로 답해드릴 수 없었기 때문이다.

어느 날 저녁, 내가 잠자리에 들었을 때 어머니께서 초콜릿 한 조각을 가지고 오셨다. 어린 시절 얌전하게 하루를 보낸 날이면 상으로 간식을 주시던 일들이 떠올랐다. 지금 어머니가 그 자리에 서서 나에게 초콜릿 조각을 내밀고 계셨다. 나는 너무나 괴로워 그저 고개만 저을 뿐이었다. 어머니는 무슨 일이 있느냐고 물으시며 내 머리를 쓰다듬어주셨다. 나는 그저 "아니에요! 아니에요! 아무것도 먹고 싶지 않아요!"라고 외칠 뿐이었다. 어머니는 초콜릿을 침대 옆 탁자 위에 올려두고 나가셨다. 다음 날 어머니께서 무슨 일인지 캐물으려 하실 때 나는 아무것도 모르는 척했다. 한번은 어머니께서 의사를 불러오셨다. 의사는 나를 진찰하더니 아침에 냉수욕을 하라는 처방을 내렸다.

그때 내 상태는 일종의 정신착란이었다. 우리 집의 정돈된 평화 한가운데서 나는 고통으로 주눅 든 채 유령처럼 살고 있었다. 다른 사람들의 생활에 관여하지도 않았고, 한시도 나 자신을 잊은 적이 거의 없었다. 자주 화를 내며 캐물으시는 아버지께도 마음을 닫고 냉담하게 굴었다.

카인

번민에 사로잡혀 있던 나는 전혀 예기치 못한 곳에서 구원받았다. 동시에 뭔가 새로운 것이 내 삶으로 들어왔고, 그것은 지금까지 계속 영향을 끼치고 있다.

얼마 전 우리 라틴어 학교에 전학생 하나가 새로 왔다. 우리 도시로 이사 온 부유한 미망인의 아들로 옷소매에 검은 띠를 두르고 있었다. 그는 나보다 한 학년 위였고, 나이도 몇 살 더 많았다. 곧 모든 학생들처럼 나도 그를 눈여겨보았다. 눈에 띄는 이 학생은 보기보다 나이가 훨씬 더 많은 것 같았으며, 누가 봐도 소년의 이미지는 아니었다. 우리 유치한 소년들 사이에서 어른처럼, 아니 그보다 더 신사처럼 낯설고도 성숙하게 행동했다. 인기 있는 건 아니었다. 놀이에 끼이지도 않았고 싸움 같은 데는 더더욱 끼이지 않았다. 다만 선생님들 앞에서도 자신만만하고 단호한 그의 어조가 다른 학생들의 호감을 샀다. 그의 이름은 막스 데미안이었다.

어느 날, 우리 학교에서 가끔 있는 일인데, 무슨 까닭인지 넓은 우리 교실에 다른 학급 학생들이 앉아 있었다. 데미안의 학급이었다. 우리 어린 학생들은 성경 이야기를 듣는 시간이었고, 큰 학생들은 작문을 했다. 카인과 아벨의 이야기를 억지로 들으면서 나는, 특히 매력적으로 느껴지는 데미안의 얼굴을 자주 건너다보았다. 그는 영민하고 밝은, 특히 야무진 얼굴을 작문 과제 위로 숙이고 주의를 기울여 집중하고 있었다. 그의 모습은 과제를 하고 있는 학생이라기보다, 오히려 자신의 연구에 몰두하고 있는 연구자처럼 보였다. 사실 그에게 호감이 가지는 않았다. 오히려 왠지 반감이 들었다. 그는 나보다 월등하고 또 침착했다. 근본적으로 너무나 도전적이리만큼 자신감에 차 있었다. 그리고 그의 눈은 아이들이 결코 좋아하지 않는 어른의 표정을 담고 있었다. 약간 슬픈 조소의 빛이 깃들어 있었던 것이다. 하지만 그에게 호감이 있든 반감이 있든 나는 그를 계속 쳐다보지 않을 수 없었다. 그러나 그가 내 쪽을 쳐다볼라치면 깜짝 놀라 눈길을 돌렸다. 당시에 그가 어떤 모습의 학생이었는지 지금 곰곰이 생각해보면 이렇게 표현할 수 있겠다. 그는 여러 면에서 다른 학생들과 달랐고 매우 독특한 개성이 두드러진 학생이었다. 동시에 그는 되도록 눈에 띄지 않으려고 온갖 노력을 기울였는데, 마치 농부의 자식들 속에서 그들과 똑같아 보이려고 갖은 애를 쓰는 변장한 왕자 같았다.

수업이 끝나고 집으로 돌아가는 길에 데미안이 내 뒤를 따라왔다. 다른 학생들이 뿔뿔이 흩어진 뒤, 나를 따라잡더니 인사를 했다. 이 인사 또한 우리처럼 학생 말투이기는 했지만 참으로 어른스럽고 정중했다.

"잠깐 같이 걸어도 될까?"

데미안이 친근하게 물었다. 나는 우쭐한 기분이 들었고 고개를 끄덕였다. 그런 다음 내가 사는 곳을 알려주었다.

"아, 거기? 나도 알아. 너희 집 현관문 위에 신기한 것이 붙어 있어서 관심이 갔어."

그가 미소 지으며 말했다.

나는 그가 무엇을 두고 하는 말인지 금방 알아차리지 못했다. 나보다 그가 우리 집을 더 잘 알고 있는 것 같아 놀라웠다. 아마 현관문 맨 위 아치형으로 띠를 두른 맨 꼭대기 쐐기돌에 일종의 문장(紋章)이 새겨져 있는데 그걸 말하는 것 같았다. 세월이 흐르면서 편편해지고 몇 번 페인트로 덧칠되었는데, 내가 아는 바로는 우리 집안과 전혀 상관없는 것이었다.

"그거 난 잘 몰라. 새나 아니면 그 비슷한 걸 거야. 아주 오래된 거야. 예전에는 그 집이 수도원의 일부였대."

나는 숫기 없게 말했다.

그러자 그가 고개를 끄덕이며 말했다.

"그럴지도 모르겠군. 자세히 한번 살펴봐! 가끔 정말 재미있는 것들이 있어. 내 생각에는 조롱이(수릿과의 새—옮긴이) 같아."

우리는 계속 걸어갔다. 나는 몹시 어색했다. 그런데 갑자기 무슨 재미있는 생각이라도 떠오른 듯 데미안이 웃었다.

"그래, 그때 너희 수업에 같이 있었던 적 있지. 이마에 표식을 달고 있는 카인에 관한 이야기였어, 그렇지? 그 이야기 마음에 들던?"

그가 유쾌하게 얘기했다.

전혀. 우리가 배우는 것들 중 내 마음에 드는 것은 거의 없었다. 하지만 나는 감히 그렇게 말하지 못했다. 마치 어른과 이야기하고 있는 것 같아서였다. 나는 그 이야기가 아주 마음에 들었다고 했다.

"이봐, 나한테 거짓말할 필요 없어. 하지만 사실 정말 독특한 이야기야. 수업 시간에 들은 어떤 다른 이야기보다 훨씬 특이해. 선생님은 그 이야기에 대해 설명을 별로 많이 하지 않고, 그저 신과 죄악, 그 밖의 그저 그런 얘기만 할 뿐이야. 하지만 내 생각에는 말이야."

그러다 그가 말을 멈추고 미소를 지으며 물었다.

"그런데 너, 이런 거에 관심 있니?"

그러더니 계속 말을 이었다.

"그래, 그러니까 내 생각에 말이야, 카인에 관한 이야기는 전혀 다르게 해석할 수도 있어. 우리가 배우는 많은 것들은 분명 진실이고 올바른 것이지만, 그 모든 것들을 선생님들의 시각과는 전혀 다르게 볼 수도 있단 말이야. 그렇게 보면 대개는 더 나은 의미를 지니게 되지. 예를 들어 카인의 이마에 찍힌 표식만 하더라도 우리가 들은 설명만으로는 충분하지 않잖아. 너도 그렇게 생각하지 않니?

누군가 형제와 싸움을 벌이다 상대를 때려죽이는 건 있을 수 있는 일이야. 그리고 나중에 그가 겁에 질린 나머지 굴복한다는 것 또한 있을 수 있지. 하지만 그의 비겁한 행동에 특별히 훈장을 주고 표창하는데, 그 훈장이 그를 지켜주고, 다른 모든 사람들이 겁을 먹는다는 건 정말 이상하지 않니?"

"그건 그래. 하지만 그 이야기를 어떻게 다르게 설명한다는 거지?"

나도 흥미를 보이며 말했다. 그 이야기에 마음이 끌렸던 것이다.

그가 내 어깨를 툭 치고 말했다.

"아주 간단해! 맨 처음 문제가 된 것은 그 표식이야. 어떤 사람이 있어. 그런데 그 사람의 얼굴에 다른 사람들이 겁먹을 만한 무언가가 있어. 사람들은 감히 그를 건드리지 못하지. 사람들은 그에게 외경심을 가지게 된 거야. 그와 그의 자식들에게. 어쩌면, 아니 분명 편지에 찍힌 소인처럼 그의 이마에 표식이 찍히지는 않았을 거야. 세상사 그렇게 단순한 일은 드물지. 오히려 거의 알아차릴 수 없는 무시무시한 무언가였을 거야. 사람들이 익히 알고 있는 것보다 더 재기 넘치고 대담한 그의 눈빛이었겠지. 그 남자는 힘을 가졌고, 사람들은 그를 무서워했지. 그에게는 '표식'이 있었고, 사람들은 그 표식에 대해 마음대로 설명할 수 있었지. 그리고 '사람들'은 언제나 자기 편한 대로 자기가 옳다고 여기는 것을 원하지. 사람들은 카인의 자손들에게 두려움을 느꼈어. 그들은 '표식'을 지니고 있었으니까. 그래서 사람들은 그 표식을 본래 의미인 표창이 아니라 그 반대로 설명한 거야. 이 표식을 가진 사내들은 무섭다고 했고, 또 실제로 그렇기도 했어. 용기와 자신만의 개성을 지닌 사람은 으레 무서운 법이니까. 두려움을 모르는 무서운 종족이 주위에 돌아다닌다는 것은 몹시 괴로운 일이야. 그래서 이제 이 종족에게 별명을 붙이고 꾸며낸 이야기를 덧붙인 거지. 복수도 하고, 모두에게 두려움을 견뎌낸 것을 어느 정도 보상하려고. 이해돼?"

"응. 그러니까 카인은 사실 전혀 나쁜 사람이 아니었단 말이군. 그럼 성경에 나오는 이야기들이 전부 사실이 아니라는 거야?"

"그렇기도 하고 아니기도 해. 그렇게 오래된 옛날 이야기들은 다 사실이긴 해. 하지만 항상 사실대로 기록되지 않고, 또 사실대로 설명되지도 않아. 간단히 말하면, 내 생각인데, 카인은 씩씩한 사내였는데, 그저 사람들이 그를 두려워했기 때문에 그런 이야기를 만들어 붙인 것 같아. 이 이야기는 단순한 소문이었어. 사람들이 제멋대로 떠들어대는 그런 것 말이야. 그리고 카인과 그의 후예들이 정말 일종의 '표식'을 지니고 있었고, 보통 사람들과 달랐다는 것은 명확한 사실이야."

나는 몹시 놀랐다.

"그럼 넌 동생을 돌로 쳐 죽인 것도 사실이 아니라고 생각해?"

충격을 받은 나는 되물었다.

"아냐! 죽인 건 사실이야! 강한 자가 약한 자를 쳐 죽였어. 하지만 정말 자기 형제였는지는 의심할 여지가 있어. 정말 형제였는지 아닌지는 별로 중요하지 않아. 결국 인간은 다 같은 형제니까. 그러니까 어떤 강한 자가 어떤 약한 자를 때려죽였다는 거야. 어쩌면 영웅적 행위였는지도 모르고 혹은 아닐 수도 있지. 여하튼 이제 약한 사람들은 잔뜩 겁에 질려 몹시 한탄하지. 그런데 '왜 너희도 그를 때려죽이지 않느냐'고 누군가 물으면, '우리는 겁쟁이라서 그렇다'고 대답하지 않고, '그럴 수 없습니다. 하느님이 그에게 표식을 주셨거든요'라고 말하는 거야. 대충 그런 식으로 그 사기극이 생겨난 것이 분명해. 아, 내가 너무 오래 붙잡고 있었네. 그럼 안녕!"

그는 나를 남겨둔 채 알트가세로 접어들었고, 혼자 남겨진 나는 그 어느 때보다 혼란스러웠다. 그가 가자마자 그가 했던 모든 말이 허무맹랑하게 생각되었다. 카인은 고결한 사람이고 아벨은 비겁자라니! 카인의 표식이 표창이라니! 그건 말도 안 되는 소리였으며, 신성을 모독하는 극악무도한 발언이었다. 그렇다면 도대체 사랑하는 하느님은 어디에 계시단 말인가? 하느님은 아벨의 제물을 받아들이지 않으셨던가? 아벨을 사랑하지 않았단 말인가? 아냐, 허튼소리야! 그래서 나는 데미안이 나를 놀리고 혼란에 빠뜨리려고 그런 거라고 짐작했다. 그는 정말 지독히도 영리한 녀석이었던 데다 말도 잘했다. 하지만 그게…… 아니었다…….

어쨌든 나는 지금까지 한 번도 성서나 다른 이야기에 대해 그토록 깊이 생각해본 적이 없다. 그리고 실로 오랜만에 몇 시간 혹은 저녁 내내 프란츠 크로머를 완전히 잊어버렸다. 나는 집에서 그 이야기를 다시 한번 더 통독했다. 그 이야기는 짧고 명료했다. 그리고 그 속에서 특별히 비밀스러운 해석을 찾아낸다는 건 완전 미친 짓이었다. 그렇다면 사람을 쳐 죽인 자도 모두 자신을 하느님의 총아라고 선언할 수 있다는 것이다! 아니다, 그건 터무니없는 말이었다. 다만 데미안이 아주 능숙하게 이야기했을 뿐이었다. 마치 모든 것이 자명하지 않냐는 듯, 그렇게 쉽고 멋지게. 게다가 그런 눈으로!

물론 내 상태도 그리 정상적인 것은 아니었다. 오히려 아주 혼란스러울 지경이었다. 얼마 전까지만 해도 나는 밝고 깨끗한 세계에 살고 있었고, 나 자신이 일종의 아벨이었다. 그러나 지금은 '다른' 세계에 이토록 깊이 박혀 있다. 이토록 깊이 떨어지고 가라앉아 있다. 그런데도 나는 마음 깊이 그런 것에 동의할 수 없는 것이다! 어떻게 그럴 수 있단 말인가? 그렇다. 그때 마음속에서 한 가지 기억이 번쩍 떠올라 한순간 숨을 쉴 수가 없었다. 지금의 비참한 상황이 시작되었던 저 고통스러운 저녁의 기억이, 그때 아버지와 그랬지, 한순간이나마 아버지와 아버지의 밝은 세계, 그리고 그의 지혜를 꿰뚫어본 듯 경멸하기까지 했다! 그렇다. 그때 나 자신이 카인이었고, 그의 표식을 달고 있었으며, 그 표식은 치욕이 아니라고, 그것은 표창이라고 제멋대로 생각했다. 그리고 내가 겪은 악과 불행으로 나는 아버지보다, 선하고 경건한 사람들보다 더 높은 곳에 있다고 착각했다.

그때 나는 또렷한 사고를 가지고 그 일을 경험했던 것은 아니었다. 하지만 이 모든 것이 그 속에 포함되어 있었다. 그 일로 나는 괴로웠지만 그래도 내 자존심을 채워주던 묘한 감정들이 한꺼번에 불타오른 것이었다.

곰곰이 생각해보면 두려움을 모르는 사람들과 비겁한 자들에 대해 데미안은 얼마나 말도 안 되게 얘기했던가! 카인의 이마에 찍힌 표식을 얼마나 기이하게 해석했던가! 어른 같은 그의 독특한 눈은 그때 얼마나 이상하리만큼 번득였던지! 그리고 어렴풋이 이런 생각이 머릿속을 스쳤다. 그 자신, 데미안이야말로 카인과 같은 존재가 아닐까? 자신이 카인과 비슷하다고 느끼지 않는다면 왜 그토록 카인을 두둔했을까? 그의 눈에는 왜 그런 힘이 담겨 있는 걸까? 그는 왜 그토록 '다른' 사람들, 겁에 질린 사람들, 사실 하느님이 더 마음에 들어 하시는 경건한 사람들을 그토록 조롱하듯 말한 것일까?

나는 끝도 없이 이런 생각을 했다. 우물 속에 돌 한 덩이가 떨어졌고, 그 우물은 내 젊은 영혼이었다. 그리고 오랫동안, 정말 오랜 기간, 카인, 살인, 표식은 인식과 회의, 비판에 이르고자 할 때 늘 출발점이 되었다.

나는 다른 학생들도 데미안에게 관심이 많다는 것을 알아차렸다. 카인에 관한 이야기는 아무에게도 말하지 않았다. 그런데 그는 다른 학생들에게도 흥미를 끌고 있는 듯했다. 적어도 '새로 온 학생'에 대한 소문들이 적잖이 돌았다. 내가 그 소문을 전부 들었다면,

어느 소문으로든 그의 면모를 알아냈을 것이고, 어느 소문이든 해명할 수 있었을 것이다. 하지만 내가 들은 것은 처음에 돌았던, 데미안의 어머니가 큰 부자라는 소문뿐이었다. 또 그녀는 절대 교회에 가지 않고, 그 아들도 그렇다는 말도 있었다. 그들이 유대인이라고 주장하는 사람도 있었고, 사람들에게 드러내지 않는 이슬람교도일지 모른다고도 했다. 막스 데미안의 강한 체력에 대해서도 동화 같은 이야기가 떠돌았다. 그 반에서 가장 힘센 학생이 데미안에게 싸움을 걸었고 그가 거절하자 겁쟁이라고 놀렸다가 단단히 혼이 났다는 소문은 사실이었다. 그 자리에 있었던 아이들 말로는 데미안이 그냥 한 손으로 그의 목덜미를 잡고 꽉 눌렀을 뿐인데 그 애의 얼굴이 하얗게 질렸고 급기야 슬그머니 도망갔는데, 그 후 며칠간 팔을 못 쓸 정도였다는 것이다. 어느 저녁에는 심지어 그 애가 죽었다는 말까지 나돌았다. 한동안 별별 이야기가 떠돌았고, 그것들을 다 믿었다. 모든 소문은 흥분되고 감탄할 만한 것들이었다. 그러고 나서 한동안은 잠잠했다. 그런데 얼마 지나지 않아 학생들 사이에 새로운 소문이 떠돌았다. 데미안이 여자애와 사귀고 있는데 이미 '모든 걸 다 아는' 정도라고 했다.

그러는 중에도 프란츠 크로머와의 일은 불가피하게 계속되고 있었다. 나는 그에게서 벗어날 수가 없었다. 그가 며칠씩 나를 내버려둘 때도 나는 그에게 얽매여 있었다. 내 꿈속에서 그는 내 그림자처럼 함께 살았다. 그러한 망상으로 인해 나는 그가 현실에서 시키지 않은 일조차 꿈속에서 하곤 했다. 꿈속에서 나는 완전히 그의 노예였다. 나는 현실보다 이 꿈속에서 더 많이 살았는데, 원래 나는 꿈을 많이 꾸는 편이었다. 나는 이 그림자로 인해 활력과 생기를 잃어갔다. 여러 꿈 중에서 특히 크로머가 나를 학대하는 꿈을 자주 꾸었다. 내게 침을 뱉고, 내 위에 올라타고 무릎으로 누르는 꿈이었다. 그리고 더 심한 것은 그가 중대한 범죄를 저지르도록 나를 꼬드기는 꿈이었다─꼬드긴다기보다 강력한 영향력으로 마구 강요하는 것이었다. 이 꿈들 중에서 가장 무서운, 거의 반쯤 미쳐서 깨어났던 것은 아버지에게 달려들어 살해하는 꿈이었다. 크로머가 칼을 갈아 내 손에 쥐어주었고, 우리는 어느 가로수 뒤에 숨어 누군가를 기다리고 있었다. 누구를 기다리는지 알 수 없었다. 누군가 다가오자 크로머가 내 팔을 누르며 저 사람을 찔러 죽여야 한다고 말했다. 그건 아버지였다. 그때 잠에서 깨어났다.

이런 일들과 관련해서 나는 여전히 카인과 아벨에 대해 생각했지만, 데미안에 대해서는 거의 생각하지 않았다. 그가 내게 다시 다가온 것은 이상하게도 또 꿈속에서였다. 또다시 내가 학대와 폭행을 당했는데, 이번에는 크로머 대신 데미안이 내 몸에 올라타 무릎으로 눌렀던 것이다. 그리고 그것은 아주 새롭고 인상 깊었다. 내가 고통과 저항에 몸부림치며 크로머에게 당했던 모든 것을 데미안에게는 기꺼이 겪으면서 기쁨과 두려움이 똑같이 내포된 기분을 느꼈다. 나는 이 꿈을 두 번이나 꾸었고, 그다음에 다시 크로머가 그 자리를 차지했다.

내가 꿈에서 겪은 것들과 현실에서 겪은 것들을 명확하게 구분하지 못한 지는 이미 오래였다. 어쨌든 크로머와의 좋지 않은 관계는 계속되었고, 그 녀석에게 빚진 돈을 이런저런 좀도둑질로 마침내 전부 갚고 나서도 끝나지 않았다. 아니, 이제 그는 이 좀도둑질까지 알아버렸다. 매번 돈이 어디서 났는지 물었기 때문이다. 그래서 이제 나는 예전보다 훨씬 더 그의 손아귀에 단단히 잡혀 있었다. 그는 번번이 아버지께 다 말해버리겠다고 위협했다. 그럴 때마다 나의 두려움은 처음부터 아버지께 직접 말하지 못한 깊은 후회보다 더 크지는 않았다. 그런데도 나는 아무리 비참할지언정 모든 것을 뉘우치지는 않았는데, 적어도 항상 뉘우치지는 않았고, 가끔 모든 것이 그렇게 될 수밖에 없었다는 느낌이 들었다. 내 위로 어떤 숙명이 드리웠고 그것을 깨뜨리려고 해봤자 소용없는 짓이었다.

이 상황에서 부모님도 적지 않은 고통을 겪었을 것이다. 낯선 영혼이 나한테 들러붙는 바람에 나는 그토록 친밀했던 우리 공동체와 더 이상 어울리지 않았던 것이다. 마치 잃어버린 낙원을 그리워하듯 그 공동체에 대한 향수가 번번이 솟구쳤다. 특히 어머니는 나를 나쁜 장난꾸러기라기보다 환자로 대하셨다. 그러나 진짜 내 상태가 어땠는지는 누이 둘의 태도를 보면 잘 알 수 있었다. 매우 조심스럽게 대하면서도, 한없이 나를 비참하게 만들었는데, 내가 일종의 뭔가에 사로잡힌 사람으로서, 비난받기보다 불쌍하게 여겨야 할, 그러나 악이 그 속에 자리 잡고 있다는 것이 그들의 태도에서 분명히 드러났다. 나는 사람들이 나를 위해, 예전과는 다르게 기도하는 것을 느꼈고, 이 기도가 부질없다는 것도 느꼈다. 고통을 덜고 싶은 갈망, 올바른 참회를 하고픈 욕구가 불타오르는 것을 매번 느꼈다. 그러나 나는 아버지에게도 어머니에게도 모든 것을 고백하거나 설명할 수 없으리라는 것도 이미 느끼고 있었다. 나는 알고 있었다. 이 모든 일들을 다정하게 들어주고, 조심스럽게 아껴주고, 심지어 안타까워할 것임을. 그러나 완전히 이해하지는 못할 것임을. 모든 것이 운명이었는데, 사람들은 일종의 탈선으로 여길 것임을.

아직 열한 살도 채 되지 않은 아이가 그렇게 느낄 수 있을 거라고는 대부분 믿지 못할 것임을 안다. 그 사람들한테 내 이야기를 하는 것이 아니다. 나는 인간을 더 잘 아는 사람들에게 이야기하고 있는 것이다. 자기의 감정을 이성적으로 생각할 줄 아는 어른은 아이에게 나타나는 이런 생각을 헤아리지 못하고 그런 체험도 할 수 없다고 여긴다. 그러나 나는 내 삶에서 그때처럼 그토록 깊이 체험하고 괴로워했던 적도 드물다.

비 내리는 어느 날, 나는 나를 괴롭히는 자로부터 성 앞 광장으로 나오라는 명령을 받았다. 나는 그곳에 서서 흠뻑 젖은 검은 나무에서 연신 떨어지는 축축한 마로니에 이파리들을 발로 헤집으며 기다렸다. 돈은 가지고 있지 않았다. 크로머에게 뭐든 줘야 할 것 같아

케이크 두 조각을 들고 나갔다. 나는 오래전부터 어느 한구석에서 오랫동안 그 애를 기다리는 데 익숙했다. 그리고 인간이 절대 바꿀 수 없는 것은 그냥 받아들이듯 나도 그것을 감내하고 있었다.

마침내 크로머가 왔다. 그날은 오래 머물지 않았다. 그는 내 옆구리를 주먹으로 몇 대 치고는 웃었고, 케이크를 받아 들고, 심지어 내게 눅눅한 담배를 권하기까지 했다. 물론 나는 받지 않았지만, 다른 때보다 훨씬 친절했다.

떠나면서 그가 말했다.

"참, 잊어버리기 전에 말해두는데 말이야, 다음에는 누나랑 같이 나와. 큰누나 말이야. 이름이 뭐라고 했지?"

나는 무슨 말인지 몰라 대답도 하지 못하고 그저 멍하니 쳐다보기만 했다.

"못 알아들었냐? 네 누나를 데려오라고."

"알아들었어, 크로머. 하지만 그건 안 돼. 그럴 수는 없어. 누나도 절대 오지 않을 거야."

나는 이번에도 역시나 꼬투리를 잡으려는 것뿐이라고 생각했다. 그는 자주 그랬다. 무언가 불가능한 것을 요구해서 나를 당황하게 만들고, 모욕을 준 다음 서서히 자기와 타협하게 만드는 것이었다. 그러면 나는 돈을 조금 주거나 다른 선물을 쥐어주고 모면하는 것이었다.

하지만 이번에는 그게 아니었다. 내가 거절했는데도 전혀 화를 내지 않았다.

"그럼, 잘 생각해봐. 네 누나와 알고 지내고 싶단 말이야. 한 번쯤은 그래도 되겠지. 넌 그냥 네 누나랑 산책을 나오기만 하면 돼. 그럼 내가 알아서 다가갈 테니까. 내일 휘파람을 부를 테니까, 그때 다시 얘기하자."

그가 얼버무리듯 말했다.

그가 가고 나서야 나는 그가 원하는 것이 무슨 의미인지 깨달았다. 나는 아직도 영락없는 어린애였다. 그래도 소년 소녀들이 몇 살 더 먹으면 어떤 비밀스럽고 금지된 상스러운 짓거리를 한다는 것쯤 들어 알고 있었다. 이제 돌연 이것이 얼마나 소름 끼치는 일인지 명확하게 깨달았다! 그러자 결코 그렇게 하지 않겠다는 확고한 결심이 섰다. 나중에 무슨 일이 일어날지, 크로머가 내게 어떻게 복수할지는 감히 생각해볼 엄두도 나지 않았다. 새로운 고문이 시작되었다. 아직도 충분하지 않았던 것이다.

두 손을 호주머니에 찔러 넣은 채 암담한 기분으로 나는 텅 빈 광장을 가로질러 갔다. 새로운 번민, 새로운 노예 생활!

그때 경쾌하고 나지막한 목소리가 나를 불렀다. 나는 깜짝 놀라 달아나기 시작했다. 누군가 나를 쫓아와 한 손으로 부드럽게 나를 잡았다. 막스 데미안이었다.

나는 잡히도록 내버려두었다.

"너였구나? 깜짝 놀랐잖아!"

나는 불안한 투로 말했다.

그가 나를 바라보았다. 그의 시선이 그때만큼 어른스럽고 압도적이며 동시에 마음을 꿰뚫어보는 듯한 적이 없었다. 우리는 서로 얘기를 나누지 않은 지 오래였다.

"그거 유감인걸. 하지만 들어봐. 누가 놀라게 한다고 그렇게 놀라면 안 돼."

그가 부드럽고도 특유의 단호한 어조로 말했다.

"뭐, 그럴 수도 있지."

"물론 그럴 수도 있지. 하지만 생각해봐. 너한테 아무 짓도 하지 않은 사람 앞에서 그렇게 깜짝 놀란다면, 그 사람은 왜 그런지 이상하게 생각할 것이고, 호기심이 발동하겠지. 그 누군가는 네가 이상할 정도로 잘 놀란다고 생각하겠지. 그리고 계속 생각해보겠지. 겁을 먹으면 그렇게 놀라는 거라고. 겁쟁이들은 항상 불안해하니까. 하지만 내가 보기에 넌 겁쟁이가 아냐. 안 그래? 아, 물론 영웅도 아니지. 넌 지금 무언가 두려운 게 있어. 두려워하는 사람도 있고. 하지만 그런 일이 절대 있어서는 안 돼. 절대 사람을 두려워해서는 안 돼. 나를 두려워하는 건 아니겠지? 설마, 그래?"

"아, 아냐. 전혀."

"그래, 그렇지. 하지만 너 두려운 사람이 있는 거지?"

"난 몰라……. 제발 그만둬. 나한테서 바라는 게 뭐야?"

그는 보조를 맞추며 나란히 걸었다. 나는 도망칠 궁리를 하며 더 빨리 걸어갔다. 옆으로 그의 시선이 느껴졌다.

그가 말을 이어나갔다.

"한번 가정해봐. 내가 너한테 호감을 가지고 있다고 말이야. 여하튼 나를 두려워할 필요 없어. 너하고 한 가지 실험을 해보고 싶어. 재미도 있고 또 너도 유용한 걸 배울 수 있을 거야. 잘 들어봐! 나는 가끔 독심술을 쓰곤 해. 뭐, 이상한 요술 같은 건 아냐. 하지만 어떻게 하는 건지 모르는 사람은 아주 신기해하지. 그걸로 사람들을 깜짝 놀라게 할 수도 있어. 자, 우리 한번 해보자. 그러니까 내가 너를 좋아하고 혹은 너에게 관심이 있어. 그리고 네 속마음이 어떤지 알아보고 싶은 거야. 벌써 그 첫발을 내디뎠지만 말이야. 너를 깜짝 놀라게 했어. 그러니까 넌 잘 놀란다는 말이거든. 네가 무슨 일이나 누군가를 두려워하고 있다는 거지. 그게 어디서 시작된 걸까? 사람은 누구도 두려워할 필요 없는데 누군가를 두려워한다면, 그건 그 사람에게 자신을 지배할 힘을 내주었기 때문이야. 예를 들어 나쁜 짓을 했다고 치자. 그런데 다른 사람이 그것을 알고 있단 말이지. 그럼 그는 너를 지배하는 힘을 갖게 되는 거야. 이해돼? 명확하지 않아?"

나는 무력하게 그의 얼굴을 쳐다보았다. 그의 얼굴은 여느 때처럼 진지하고 영리해 보였다. 그리고 호의도 있었지만, 부드러운 기색은 전혀 없고 오히려 엄격하기까지 했다. 정의감 혹은 그 비슷한 것이 깃들어 있었다. 나는 나 자신에게 무슨 일이 벌어지고 있는지 몰랐다. 그는 마치 마법사처럼 내 앞에 버티고 서 있었다.

"이해되니?"

그가 다시 한번 물었다.

나는 고개를 끄덕였다. 아무 말도 할 수 없었다.

"독심술이라는 거 우스꽝스럽게 보인다고 얘기했지만 아주 자연스럽게 되는 거야. 예를 들어 지난번에 너한테 카인과 아벨 이야기를 했을 때 네가 나에 대해 어떻게 생각했는지 정확하게 말해줄 수 있어. 그리고 그것과는 다른 이야기인데 말이야. 한 번쯤 넌 내 꿈을 꾸었을 거야. 하지만 그 얘기는 그만하자! 넌 영리한 애야. 다른 애들은 어찌나 바보 같은지! 난 내가 신뢰하는 똑똑한 소년과 어디서든 얘기하고 싶어. 너도 괜찮지?"

"물론이지. 무슨 말인지 하나도 모르겠지만."

"그럼 그 재미있는 실험을 한번 더 해보자! 그러니까 우리는 S라는 소년이 잘 놀란다는 걸 알아냈지. 그 아이는 누군가를 무서워해. 아마 그 누군가와 아주 불편한 비밀이 있을 거야. 어때, 대충 맞지?"

마치 꿈속에서처럼 나는 그의 목소리, 그의 영향력에 압도되고 있었다. 나는 그저 고개만 끄덕이고 있을 뿐이었다. 오직 내 속에서만 나올 수 있는 목소리가 이야기하고 있지 않은가? 모든 것을 알고 있는 그 목소리가 아닌가? 나 자신보다 더 명확하게 알고 있는.

데미안이 내 어깨를 세게 치더니 말했다.

"그럼 맞구나. 그럴 줄 알았어. 그럼 이제 딱 한 가지만 더 물어보

자. 아까 저쪽으로 간 녀석 이름 알아?"

나는 흠칫했다. 침범하는 순간 내 비밀은 고통스럽게 내 속에서 다시 꿈틀거리며 밝은 빛 속으로 나오려 하지 않았다.

"누구 말야? 나 말고 아무도 없었어."

그가 웃으며 말했다.

"그냥 말해. 그 애 이름이 뭐야?"

그가 다시 웃었다.

나는 나직이 속삭였다.

"프란츠 크로머 말이야?"

"브라보! 넌 역시 똑똑한 애야. 우리는 계속 친구로 지낼 수 있겠다. 그런데 너한테 말해줄 게 있어. 그 크로머인지 뭔지 말야, 그 애는 나쁜 놈이야. 그 애 얼굴에 불량배라고 씌어 있어! 네가 보기에는 어때?"

나는 한숨을 내쉬며 말했다.

"맞아. 나쁜 놈이야. 악마 같은 놈이라고! 하지만 그 애가 알아서는 안 돼! 하느님 맙소사, 절대 알면 안 돼! 너, 그 녀석 알아? 그 애도 널 알아?"

"조용히 좀 해! 그 녀석은 갔어. 그리고 나를 몰라. 아직은. 하지만 나는 그 녀석을 꼭 알고 싶어. 공립학교 다니지?"

"그래."

"몇 학년이야?"

"5학년. 하지만 그 애한테 아무 말 하지 말아줘! 제발 부탁이야. 아무 말도 하지 말아줘!"

"안심해. 너한테는 아무 일 없을 테니까. 아마 넌 그 크로머에 대해 더 얘기해줄 마음이 없겠지?"

"말할 수 없어! 안 돼. 나를 좀 내버려둬!"

한동안 말이 없던 그가 이윽고 입을 열었다.

"유감인걸. 이 실험을 좀더 해볼 수 있었을 텐데 말이야. 하지만 너를 괴롭히고 싶지 않아. 그 애를 두려워하는 것은 옳지 않은 일이라는 건 너도 알고 있지, 그렇지? 그렇게 두려움은 우리를 완전히 망가뜨리는 거야. 그런 것에서 벗어나야 해. 네가 진정으로 사내가 되고 싶다면 넌 그 두려움을 떨쳐버려야 해. 무슨 말인지 알겠지?"

"물론. 다 옳은 말이야……. 하지만 어쩔 수가 없어. 넌 잘 몰라……."

"넌 네가 생각하는 것보다 내가 더 많은 걸 알고 있다는 것을 확인했잖아. 너 혹시 그 애한테 돈이라도 빚진 거야?"

"그래, 그것도 있고. 하지만 그게 중요한 건 아니야. 난 말할 수 없어. 말할 수 없다고!"

"그러니까 네가 그 애에게 빚진 돈을 내가 대신 갚아준다고 해도 소용없는 거야? 그 정도 돈이라면 충분히 줄 수 있어."

"아냐, 아니라니까. 그게 아냐. 제발 부탁이야. 이 얘기는 아무한테도 하지 말아줘! 한 마디도! 왜 나를 괴롭히는 거야!"

"나를 믿어, 싱클레어. 넌 언젠가 너희의 비밀을 나한테 들려주게 될 거야."

"절대 그럴 일 없을 거야. 절대!"

내가 격렬하게 소리를 질렀다.

"너 좋을 대로 하렴. 난 그냥 어쩌면 네가 나중에 한 번 더 나한테 말해주겠지 싶을 뿐이야. 물론 당연히 너 스스로 말이야! 내가 크로머 녀석처럼 굴 거라고 생각하는 건 아니지?"

"아, 아냐. 하지만 넌 무슨 일인지 전혀 몰라!"

"전혀 모르지. 단지 그 일에 대해 곰곰이 생각할 뿐이야. 그리고 난 절대 크로머처럼 하지 않을 거야. 믿어줘. 그리고 너도 나한테 빚진 것 없잖아."

우리는 한동안 묵묵히 걸어갔다. 나는 차츰 마음이 가라앉았다. 그러나 데미안이 알고 있다는 사실이 점점 수수께끼처럼 여겨졌다.

그가 빗속에서 올이 성긴 모직 외투를 단단히 여미며 말했다.

"난 이제 집에 가야겠어. 이왕 여기까지 왔으니 한 가지만 더 말할게. 넌 그 녀석한테 벗어나야 해! 다른 방법이 없다면 그 애를 때려죽여 버려! 네가 그러면 좋겠어. 그럼 너한테 탄복해서 내가 기꺼이 도와줄 거야."

나는 새로운 불안감에 사로잡혔다. 불현듯 카인의 이야기가 다시 떠올랐다. 무시무시한 기분이 들어 훌쩍거리기 시작했다. 소름 끼치는 일들이 내 주위를 잔뜩 둘러싸고 있었다.

데미안이 미소 지으며 말했다.

"그럼 됐어. 그냥 집에 가! 잘될 거야. 때려죽이는 게 제일 간단하겠지만 말이야. 그런 일은 가장 간단한 방법이 최선이야. 네 친구 크로머하고 가까이 지내봐야 좋을 것 하나 없어."

나는 집으로 돌아왔다. 마치 집을 떠난 지 1년쯤 된 것 같았다. 모든 것이 달라 보였다. 나와 크로머 사이에 미래와 같은 어떤 것이, 희망과 같은 어떤 것이 존재했다. 나는 더 이상 혼자가 아니었다! 그리고 이제야 비로소 여러 주일 동안 내 비밀과 함께 나 혼자 얼마나 몸서리쳤는지 깨달았다. 그리고 곧바로 내가 가끔씩 깊이 생각했던 것들이 떠올랐다. 부모님께 고해를 하면 괴로운 마음을 덜겠지만 나를 완전히 구원하지는 못하리라는 것을. 이제 나는 다른, 낯선 사람에게 거의 고해를 한 것과 마찬가지였다. 그리고 구원의 예감이 강한 향기를 풍기며 나에게 다가왔다.

그 뒤로 오랫동안 나는 두려움을 극복하지 못했다. 여전히 적과의 길고도 무서운 대결을 각오하고 있었던 것이다. 그랬기에 모든 것이 전혀 드러나지 않고 조용히 흘러가는 것이 더 기이했다.

우리 집 앞에서 들려오던 크로머의 휘파람 소리가 하루가 지나고 이틀, 사흘, 일주일이 지나도 들리지 않았다. 나는 감히 믿을 엄두도 나지 않았다. 그가 갑자기, 전혀 예기치 못한 바로 그때 그곳에 다시 나타나 서 있지 않을까 싶어 마음속으로 상황을 주시하고 있었다. 그러나 그는 없었고, 나타나지 않았다! 계속 그랬다. 나는 이 새로운 자유가 믿어지지 않았다. 마침내 프란츠 크로머와 한 번 더 마주쳤을 때까지도. 그는 맞은편에서 자일러가세를 내려오고 있었다. 그는 나를 보자 움찔하더니 얼굴을 험상궂게 찡그리며 나와 마주치지 않으려고 돌아서서 달아났다.

나로서는 상상도 할 수 없는 일이었다! 나의 적이 나를 피해 달아나다니! 나의 악마가 나를 두려워하다니! 기쁨과 놀라움이 내 온몸을 꿰뚫고 지나갔다.

그 무렵 어느 날 데미안이 다시 나타났다. 학교 앞에서 그가 나를 기다리고 있었다.

"안녕."

내가 인사했다.

"좋은 아침이야, 싱클레어. 어떻게 지내는지 궁금했어. 그 크로머 녀석, 이제는 너를 건드리지 않지, 그지?"

"네가 그렇게 한 거야? 대체 어떻게 한 거야? 어떻게 했길래 그 애가 그래? 난 도저히 이해할 수 없어. 그 녀석은 더 이상 나타나지도 않아."

"그거 잘됐네. 나중에 다시 나타나면, 내 생각에는 그러지 않겠지만, 워낙 파렴치한 녀석이니까, 그 녀석한테 데미안을 기억하라고만 말해."

"그게 무슨 말이야? 그 녀석하고 싸웠어? 아니면 때렸어?"

"아니야. 난 그런 짓 안 해. 그저 너한테 한 것처럼 그 녀석하고도 얘기를 했을 뿐이야. 그리고 너를 건드리지 않는 게 자신에게도 좋다는 점을 분명히 말해줬지."

"오, 설마 그 애한테 돈을 준 건 아니겠지?"

"아냐. 그 방법은 네가 벌써 시험해봤잖아?"

나는 더 캐묻고 싶었지만 그는 가버렸다. 그리고 나는 지난번에 그를 보며 느꼈던, 감사하는 마음과 부끄러운 마음, 경탄과 두려움, 호의와 거부감이 뒤엉킨 답답한 기분으로 남아 있었다.

나는 곧 그를 다시 만나리라 마음먹었다. 그리고 모든 것에 대해, 또 카인의 문제에 대해서도 그와 이야기를 나누려고 했다.

하지만 그러지 못했다.

감사하는 마음은 결코 나의 덕목이 아니었다. 그리고 또 그것을 아이들에게 요구하는 것 자체가 잘못이었다. 그래서 내가 막스 데미안에게 전혀 고마워하지 않은 것이 지금도 그다지 놀랍지 않다. 그때 데미안이 크로머의 마수로부터 벗어나게 해주지 않았다면 나는 평생 병들고 타락했을 거라고 지금도 확신하고 있다. 그 당시에도 나는 그 구원을 내 소년 시절 최대의 경험이라고 생각했다. 그런데도 그가 기적을 이루자마자 나를 해방시켜 준 구원자를 도외시해버렸다.

감사하지 않는다는 것은, 이미 말했듯이 내게는 이상한 것이 아니었다. 나 자신이 특이하다고 느낀 점은 단지 호기심이 없었다는 것이었다. 데미안을 가까이 대하게 되었던 그 비밀들을 조금이라도 더 알아보려고 하지도 않고 어떻게 단 하루라도 그렇게 평온하게 살 수 있었을까? 카인에 대해, 크로머에 대해, 그리고 독심술에 대해 좀더 들어보고 싶은 욕망을 어떻게 억제할 수 있었던 것일까?

이해하기 힘들겠지만 사실이 그랬다. 나는 갑자기 악마의 그물에서 풀려났고, 다시 밝고 즐거운 세계가 내 앞에 놓이게 되었다. 더 이상 두려움에 발작을 일으키거나 숨 막힐 듯한 심장 고동 소리에 시달리지 않았다. 저주의 주문이 풀렸다. 더 이상 괴롭힘을 당하는 저주받은 자가 아니었고, 다시 예전과 다름없는 학생으로 돌아갔다. 내 본성은 될 수 있는 한 빨리 균형과 안정 속으로 되돌아가려 애썼다. 그리하여 무엇보다 그 추하고 위협적인 것들을 떨쳐버리고 잊어버리는 데 온 힘을 쏟았다. 놀랍게도 내 죄와 불안의 모든 긴 이야기들이 어떤 흉터나 인상도 남기지 않고 빨리 기억에서 사라져 갔다.

그뿐 아니라 내가 나의 조력자이자 구원자마저 빨리 잊어버리려 한 것도 이제는 이해한다. 저주받은 비탄의 골짜기에서, 크로머와의 몸서리치는 종속 관계로부터 나는 상처 입은 영혼의 모든 욕구와 힘을 다해 도망쳐 나와, 다시 열린 잃어버린 낙원으로, 아버지와 어머니의 밝은 세계로, 누이들에게로, 순수의 향기 속으로, 아벨을 사랑하던 신의 호의 속으로 돌아왔다.

데미안과 짧은 대화를 나눈 다음 날, 나는 다시 자유를 찾았음을 확신했고, 그 일이 다시 일어날지도 모른다는 두려움도 들지 않자 그토록 갈망했던 것을 실행에 옮겼다. 고해를 한 것이다. 어머니께 가서 자물쇠가 망가지고 돈 대신 장난감으로 채워진 저금통을 보여 드렸고, 얼마나 오랫동안 내가 지은 죄로 인해 못된 가해자에게 얽매어 있었는지 말씀드렸다. 어머니는 다 이해하지는 못했지만 그 저금통과 달라진 나의 눈빛과 목소리로 내가 회복되어 어머니께 돌아왔다고 느꼈다.

그리고 나는 이제 벅찬 기분으로, 나의 원상 복귀를, 탕아의 귀향 축제를 벌였다. 어머니는 나를 아버지께 데려가셨고, 같은 이야기가 되풀이되었고, 질문과 감격의 탄성이 터져 나왔고, 두 분 모두 내 머리를 쓰다듬으며 오랜 압박감을 떨치고 안도의 한숨을 쉬셨다. 다 잘되었다. 모든 것이 동화 속 이야기 같았고, 모든 것이 놀라우리만큼 순조롭게 풀렸다.

이제 나는 진정한 열정을 가지고 이 순조로움 속으로 도피했다. 평화와 부모님의 신뢰를 되찾은 상태는 아무리 해도 싫증 나지 않았다. 나는 집안의 모범 소년이 되었고, 어느 때보다 더 누이들과 사이좋게 지냈다. 기도 시간에는 구원받은 회개자의 심정으로 좋아하는 옛 노래를 함께 불렀다. 어떤 거짓도 없이 가슴에서 우러난 것이었다.

하지만 완전히 해결된 것은 아니었다! 그리고 바로 이 부분에서 내가 데미안을 잊어버린 진짜 이유를 해명할 수 있다. 나는 그에게 고해를 했어야 했다! 그랬더라면 집에서처럼 그렇게 화려하거나 감동적이지는 않았겠지만 나한테는 더 유익한 결과를 가져다주었을 것이다. 이제 나는 모든 뿌리를 뻗어 예전의 낙원 같은 세계에 매달렸고, 집으로 돌아왔고, 가족들이 너그럽게 받아주었다. 하지만 데미안은 결코 이 세계에 속하는 사람이 아니었고, 이 세계에 어울리지 않았다. 크로머와 다르기는 했지만, 그 역시 또 다른 유혹자였고, 이제는 영원히 알고 싶지 않은 또 다른 두 번째 사악한 세계와 나를 엮어주었다. 나 자신이 겨우 다시 아벨이 된 지금, 아벨을 버리고 카인을 찬양하는 일에 동조할 생각도 없었고, 또 그러고 싶지도 않았다.

　겉으로 드러난 상황은 그랬다. 그러나 내면적인 관계는 이러했다. 나는 크로머와 그 악마의 손아귀에서 풀려났다. 그러나 그것은 나 자신의 힘과 노력에 의한 것이 아니었다. 나는 세상의 좁은 길을 걸어가려 했지만, 그 길이 너무 미끄러웠다. 친절한 손길이 나를 붙잡아 구원해준 지금, 한눈팔지 않고 어머니 품으로, 포근하게 감싸는 경건한 유년 시절의 아늑함 속으로 다시 돌아갔다. 나는 실제보다 더 어리고 더 의존적이고 더 아이처럼 굴었다. 크로머에 대한 예속을 또 다른 새로운 예속으로 대체해야만 했던 것이다. 혼자서는 갈 수 없었기 때문이다. 그렇게 나는 눈먼 가슴으로 아버지와 어머니의 예속을, 그것이 유일한 것이 아님을 이미 알아버린 예전의 좋아하던 '밝은 세계'의 예속을 택한 것이다. 그렇게 하지 않았더라면 나는 데미안에게 의지하고 그에게 모든 것을 털어놓았을 것이다. 내가 그렇게 하지 않은 것은 그때 그의 낯선 사상에 대한 당연한 불신 때문이었던 것 같다. 사실 그것은 두려움 외에 아무것도 아니었다. 데미안은 부모님이 나에게 요구한 것보다 더 많은 것을, 훨씬 더 많은 것을 요구했을 것이며, 자극과 경고, 조롱과 풍자로 나를 더 독립적으로 만들려고 했을 것이다. 아, 오늘에야 나는 알았다. 인간에게 있어 자신에게로 이르는 길을 가는 것보다 더 거북한 것은 세상에 없다는 것을!

그런데도 나는 반년쯤 뒤 그 유혹을 이길 수 없어 산책하는 길에 아버지께 여쭤본 적이 있다. 어떤 사람들은 카인이 아벨보다 더 훌륭하다고 해석하는데 어떻게 생각하시는지 물었다. 아버지는 굉장히 놀라셨고, 그것은 새로울 것 없는 견해라고 설명했다. 이미 원시 기독교 시대에도 있었고, '카인교도'라고 자칭하는 사이비 종파들이 전파했다는 것이다. 그러나 당연히 이 황당한 교리는 우리의 믿음을 깨뜨리려는 악마의 유혹 이외에 아무것도 아니라고 하셨다. 왜냐하면 카인이 옳고 아벨이 옳지 않다고 믿는다면 신이 오류를 범한 것이 되고, 성서의 신은 올바른 유일신이 아니라 그릇된 신이 되기 때문이었다. 실제로 카인교도들은 그 비슷한 것을 가르치고 설교하기도 했다. 그러나 이 이교도 행위는 이미 오래전에 사라졌다. 그래서 아버지는 내가 아는 학교 친구가 그것에 대해 뭔가를 들었다는 사실이 이상할 따름이라고 하셨다. 어쨌든 그런 생각은 버려야 한다고 진지하게 경고했다.

예수와 함께
십자가에 매달린 도둑

나의 유년 시절, 부모님 곁에서 누렸던 안락한 생활, 아이의 사랑, 부드럽고 사랑스럽고 밝은 환경에서 충분히 즐기며 살아가는 삶에 대한 이야기는 아름답고 감미롭고 사랑스러운 것이다. 그러나 내 삶에서 정작 흥미로웠던 것은 나 자신에게 도달하기 위해 내딛었던 발걸음들이었다. 그 모든 아름다운 휴식처, 행복의 섬들과 낙원들, 그 마력을 나도 모를 리 없지만 그 모든 것들을 저 먼 광채 속에 남겨두려 한다. 그리고 그곳에 다시 발을 들이려고 갈망하지 않는다.

그래서 나는 소년 시절에 대해서는 나에게 닥친 새로운 것, 나를 앞으로 몰아대고 나를 찢어버리려 했던 것에 대해서만 이야기하고 있다.

이런 자극들은 항상 '다른 세계'로부터 왔고, 매번 두려움과 강압, 양심의 가책이 따랐으며, 그것들은 늘 혁명적이었고, 내가 기꺼이 머물고 싶었던 평화를 위협했다.

나에게 허용된 밝은 세계에서는 숨기고 감추어야 하는 어떤 원시적 욕구가 내 안에 도사리고 있다는 사실을 새로 발견했던 시절이 찾아왔다. 누구나 그렇듯 나 역시 서서히 눈뜨게 되는 성(性)에 대한 감정이 적이자 파괴자로, 금기와 유혹, 그리고 죄악으로 덮쳐왔다. 내 호기심이 추구한 것, 꿈과 쾌락, 두려움이 나에게 가져다준 것, 사춘기의 큰 비밀, 이런 것들은 평화로움으로 둘러싸인 유년의 행복과는 어울리지 않았다. 나는 다른 사람들처럼 행동했다. 나는 이미 어린아이가 아닌 아이의 이중생활을 누리고 있었다. 내 의식은 가정과 허용된 세계 속에 살면서 어슴푸레 떠오르는 새로운 세계를 부정했다. 그러나 동시에 꿈, 충동, 은밀한 소망들 속에서 살았다. 그 위에 저 의식적 삶이 늘 불안한 다리를 짓고 있었는데, 내 안의 유년 세계가 붕괴되고 있었기 때문이다.

거의 모든 부모들처럼 우리 부모님도 입 밖에 내지 않았고, 내 안에 싹트는 본능적 욕구를 살펴주지 않았다. 그들은 단지 현실을 부정하며 어린아이의 세계에 안주하려는 나의 가망 없는 노력만 더없이 세심하게 살펴줄 뿐이었다. 그 노력은 점점 비현실적이고 위선적인 것이 되어갔다. 부모가 이 부분에 얼마나 도움이 될 수 있는지 모르겠다. 그리고 우리 부모님을 비난하지도 않는다. 나 자신을 완성하고 자신의 길을 발견하는 것은 내 몫이고, 유복하게 자란 대부분의 아이들처럼 나도 내 일을 제대로 해내지 못했다.

누구나 이런 시련을 겪게 마련이다. 평범한 사람에게 이것은 자기 삶의 욕구가 주위 세계와 가장 치열하게 다투는 분기점이고, 가장 쓰라린 투쟁을 해야만 앞으로 나아가는 길을 쟁취할 수 있는 전환점이다. 삶에서 오직 한 번, 유년 시절이 사그라지고 서서히 허물어질 때, 우리가 사랑했던 모든 것들이 우리를 떠나려 할 때, 갑자기 고독과 우주의 치명적인 차가움을 느낄 때, 수많은 사람들은 우리의 운명인, 이 죽음과 새로운 탄생을 경험한다. 그리고 그들은 영원히 이 절벽에 매달리고, 일생 동안 돌이킬 수 없는 과거에, 모든 꿈 중에서도 가장 사악하고 살인적인 잃어버린 낙원에 대한 꿈에 고통스럽게 들러붙어 있는 것이다.

이야기로 돌아가 보자. 유년 시절에 종말을 고하던 느낌, 꿈의 영상들은 그리 중요하지 않다. 중요한 것은 '어두운 세계', '다른 세계'가 다시 나타났다는 것이다. 한때는 프란츠 크로머였던 것이 지금은 나 자신 속에 박혀 있었다. 그로써 '다른 세계'가 외부에서도 나를 지배하는 힘을 다시 얻게 되었다.

크로머와의 일이 있고 나서 몇 해가 흘렀다. 내 삶에서 저 극적이고 죄악에 찬 시절은 아주 멀리, 짧은 악몽처럼 흔적도 없이 사라졌다. 프란츠 크로머는 이미 내 삶에서 잊혀져 가끔 마주치더라도 거의 신경 쓰지 않았다. 그러나 내 비극의 또 다른 중요한 인물, 막스 데미안은 내 주위에서 완전히 사라지지 않았다. 하지만 그는 한동안 먼 가장자리에서, 눈에는 보이지만 영향을 미치지는 않을 정도로 존재했다. 그런 그가 마침내 점점 다가왔고, 또다시 나에게 힘과 영향력을 뻗쳤다.

그때 내가 데미안에 대해 알고 있던 것들을 곰곰이 생각해본다. 1년 남짓 그와 단 한 번도 얘기를 나누지 않았는지도 모른다. 내가 먼저 그를 피했고, 그도 억지로 다가서지 않았다. 언젠가 서로 마주쳤을 때 그는 나를 향해 고개를 끄덕였다. 가끔 그 친절한 태도에 비웃음이나 냉소적인 비난과 같은 미묘한 울림이 깃든 듯도 했지만, 내 상상일 뿐인지도 모른다. 내가 그와 함께 겪었던 사건과 그가 나에게 끼친 기이한 영향력은 그나 나나 둘 다 잊어버린 듯했다.

그의 모습을 떠올려본다. 그리고 지금 그를 생각해보니, 그는 역시 그곳에 있었고, 내가 그를 의식했던 것 같다. 학교에 가는 그의 모습이 보인다. 혼자 혹은 다른 더 큰 학생들과 함께 있는 그가. 자신만의 공기에 둘러싸여, 자기의 법칙에 따라 살면서, 낯설고 고독하게 조용히 하늘의 별처럼 거닐고 있는 그의 모습이 보인다. 아무도 그를 사랑하지 않았고, 그의 어머니 말고는 아무도 그와 친하게 지내지 않았지만, 그 어머니조차 어린아이가 아니라 성인 대하듯 하는 것 같았다. 선생님들은 되도록 그를 내버려두었다. 그는 좋은 학생이었지만 누구한테 잘 보이려고 애쓰지 않았다. 가끔 그가 선생님 앞에서 주장했다는 성서 주해나 말대꾸를 소문으로 들었을 뿐이었다. 그 말대꾸는 신랄한 도전과 풍자라고밖에 생각할 수 없는 것들이었다.

눈을 감고 기억을 떠올려본다. 그의 모습이 떠오른다. 어디였지?

그래, 거기였어. 우리 집 앞 좁은 골목. 어느 날 거기 서서 수첩을 들고 스케치를 하고 있는 그를 보았다. 우리 집 현관문 위에 붙어 있는, 새가 그려진 오래된 문장을 그리고 있었다. 나는 창가 커튼 뒤에 숨어서 그를 바라보았다. 문장을 바라보는 그의 주의 깊고 서늘하고 맑은 얼굴에 깊이 감탄하며 쳐다보았다. 그것은 어른의 얼굴이었고, 탐구자 혹은 예술가의 얼굴이었으며, 우월하고 의지로 가득 찬, 이상하게도 환하고 차가우면서 뭔가를 아는 눈빛이었다.

그리고 다시 그의 모습이 보인다. 며칠 뒤 길에서였다. 학교에서 돌아오는 길에 우리 모두 쓰러진 말 한 마리를 에워싸고 있었다. 말은 농부의 수레 끌채에 묶인 채 쓰러져 있었고, 무언가를 애걸하듯 열린 콧구멍으로 숨을 헐떡이고 있었다. 눈에 보이지 않는 상처에서 피가 흘러나와 말이 누워 있는 쪽 길의 하얀 먼지가 점점 검붉게 물들었다. 그 광경을 보고는 역겨워서 몸을 돌리다 데미안의 얼굴을 보았다. 그는 사람들을 헤집고 앞으로 나오지 않고 그 특유의 편안하고 아주 우아한 자세로 맨 뒤에 서 있었다. 말의 얼굴을 보는 듯한 그의 눈빛은 다시 그 깊고, 고요한, 광적이지만 흥분하지 않는 주의력으로 빛나고 있었다. 나는 한동안 그를 눈여겨보았다. 명확하게 뭔지는 모르겠지만 아주 독특한 뭔가를 느꼈다. 나는 데미안의 얼굴을 보았다. 소년의 얼굴뿐만 아니라 어른의 얼굴 외에 더 많은 것을 보았다. 혹은 느꼈다고 생각했다. 남자의 얼굴만이 아니라 또 다른 어떤 것도 있음을. 여자의 얼굴도 엿보였다. 특히 그 얼굴은, 한순간 남자답지도, 아이 같지도 않았고, 나이를 먹었다거나 어리지도 않은, 어쩌면 수천 살은 먹은 듯한, 어쩌면 시간을 초월한 듯, 우리가 사는 지금과는 다른 시대의 인장이 찍힌 듯 보였다. 짐 승들이나 그렇게 보일 수 있을 것이다. 혹은 나무들 혹은 별들이 그 럴지도 모르겠다. 어른이 된 지금 내가 말하고 있는 것을 그때는 알 지 못했고, 정확히 느끼지 못했지만, 아마 그 비슷한 것이었다. 어쩌 면 그는 잘생겼을 것이고, 어쩌면 내 마음에 들었을 것이고, 어쩌면 싫었을 수도 있다. 그것 역시 분명하게 말할 수 없다. 나는 다만 그 가 우리와 달랐고, 한 마리 짐승 같았다는 것, 혹은 귀신, 혹은 어떤 형상 같았다는 것만 기억할 뿐이다. 그의 모습이 어떠했는지는 모 르겠지만, 그는 달랐다. 상상할 수 없을 만큼 남달랐다.

더 이상 기억나지 않는다. 그리고 어쩌면 이 기억의 일부도 그 후 에 받은 인상인지 모른다.

몇 살 더 나이를 먹고서야 비로소 나는 그와 더 가까운 사이가 되 었다. 데미안은 관습대로 교회에서 받는 견진성사를 또래들과 같이 받지 않았고, 그에 관한 소문들이 또 한바탕 꼬리에 꼬리를 물고 퍼 져 나갔다. 학교에서는 그가 원래 유대인이거나, 어쩌면 이슬람교 도인지 모른다고 했다. 또 어떤 이들은 그의 어머니와 함께 어떤 종 교도 믿지 않거나 혹은 어떤 터무니없는 사교(邪教) 집단에 속한다고 도 했다. 그런 소문과 관련해 그와 그의 어머니가 연인처럼 산다는 의심을 산 적도 있었던 것 같다. 아마도 그가 어떤 신앙 없이 자라서 그랬던 것 같다. 그리고 이것이 그의 미래에 해가 될지도 모른다고 우려했던 것 같다. 그러나 어쨌든 그의 어머니는 또래보다 2년이나 늦은 시기에 아들의 견진성사를 결심했다. 그래서 그는 한 달 동안 우리 반에서 견진성사 준비 수업을 함께 들었다.

한동안 나는 그와 최대한 거리를 두었다. 나는 그와 엮이고 싶지 않았다. 그는 너무도 많은 소문과 비밀에 둘러싸여 있었다. 그러나 특히 내가 힘들었던 것은 크로머 사건 이후로 내 마음속에 남겨졌던 부담감이었다. 그리고 그 당시 나는 나만의 비밀에 정신이 빠져 다른 것을 생각할 여념이 없었다. 내가 견진성사 수업을 하던 때와 결정적으로 성적인 문제에 눈을 뜬 시기가 같았던 것이다. 내가 아무리 좋게 마음먹더라도 경건한 가르침에 관심을 기울이기 쉽지 않았다. 신부님의 말씀들은 나와는 거리가 먼, 고요하고 신성한 비현실적인 세계에 놓여 있었다. 그것들이 굉장히 아름답고 가치 있는 것인지는 몰라도 결코 현실적이거나 자극적이지 않았다. 그러나 저 다른 것은 극도로 현실적이고 자극적이었다.

이러한 상태로 인해 수업에 무관심할수록 점점 더 막스 데미안에게 관심이 끌렸다. 그 무언가가 우리를 엮어주는 듯했다. 나는 이 줄을 가능한 정확히 더듬어가야 했다. 내가 기억하는 한 그것은 어쩌면 학교 교실에 불이 켜져 있던 어느 이른 아침 수업 시간부터였다. 우리 종교 담당 선생님이 카인과 아벨 이야기를 하던 참이었다. 나는 그 이야기에 거의 주의를 기울이지 않았다. 너무 졸려서 귀에 들어오지도 않았다. 그때 신부님이 목청을 높여 카인의 표식에 대해 열심히 설명하기 시작했다. 그 순간 나는 일종의 영감 혹은 경고 같은 것을 느꼈다. 순간적으로 눈을 돌려보니 앞줄에 앉은 데미안이 뒤돌아 나를 보고 있었다. 무슨 말을 하는 듯한, 조소 같기도 하고 진지한 것 같기도 한 밝은 눈빛이었다. 그가 나를 쳐다본 것은 단 한순간이었다. 하지만 나는 갑자기 정신을 바짝 차리고 신부님의 말씀에 귀 기울였다. 신부님은 카인의 표식에 대해 이야기하고 있었다. 그리고 신부님의 가르침이 틀릴 수도 있고, 또 다른 시각으로 보면 비판의 여지가 있을 수도 있다는 인식을 마음 깊이 깨달았던 것이다.

이 순간 데미안과 나는 다시 연관을 맺게 되었다. 그리고 기이하게도 이런 영혼의 동질감을 느끼자마자 그 감정이 마법처럼 공간으로도 퍼져 나가는 것을 깨달았다. 그가 직접 그렇게 했는지 아니면 순전히 우연이었는지는 모른다―당시 나는 우연이라고 굳게 믿었다. 며칠 뒤 데미안은 갑자기 종교 시간에 자리를 바꿔 내 바로 앞에 앉았다(학생들로 꽉 들어찬 가난한 빈민자 숙소 같은 교실의 아침 공기 속에서 그의 목에서 풍기던 부드럽고 상쾌한 비누 향기를 얼마나 기분 좋게 맡았는지 지금도 똑똑히 기억하고 있다). 그리고 며칠 뒤 그는 또다시 자리를 옮겨 이번에는 내 옆에 앉았다. 그리고 그는 그 겨울이 지나고 봄이 다 갈 때까지 계속 거기에 앉았다.

아침 수업 시간이 완전히 달라졌다. 더 이상 졸리지도 지루하지도 않았다. 그 시간이 즐겁고 기다려지기까지 했다. 이따금 우리 둘은 신부님 말씀에 몰두했다. 이상한 이야기나 독특한 격언들을 암시하는 데는 옆자리에 앉은 그의 눈짓 하나로 충분했다. 그리고 그와는 전혀 다른 확고한 시선 하나만으로도 나한테 경고하고, 내 안의 비판과 의심을 불러일으키기에 충분했다.

그러나 우리는 불량 학생으로 수업을 전혀 듣지 않을 때도 많았다. 데미안은 선생님과 다른 학생들을 언제나 깍듯이 대했다. 남학생들이 흔히 저지르는 멍청한 짓을 한 적도 없다. 큰 소리로 웃거나 떠들지도 않았고, 선생님들께 꾸중을 들은 적도 없다. 그러나 아주 조용히, 말로 속삭이는 것이 아니라 어떤 신호나 눈길로 자신이 열중하는 일에 나를 끌어들였다. 이는 그의 독특한 방식 중 하나였다.

이를테면 그는 어떤 학생들이 자기의 관심을 끄는지, 어떤 방식으로 그들을 연구하는지 말해주었다. 많은 학생들을 아주 정확히 파악하고 있었다. 성경 구절의 독송이 시작되기 전에 그가 나에게 말했다. "내가 엄지손가락으로 네게 신호를 보내면 저 애가 우리 쪽을 돌아보거나 아니면 목덜미를 긁을 거야." 등등. 그리고 나서 나는 수업 중에 그 말을 거의 생각하지 않고 있었는데, 갑자기 막스가 눈에 띄는 몸짓으로 내게 엄지손가락을 쳐들었다. 나는 재빨리 그가 지목했던 학생을 쳐다보았다. 그러면 매번 철사 줄에 매인 듯 막스가, 말했던 행동을 하는 것이었다. 나는 선생님한테도 한번 시험해보라고 요청했다. 그는 난감해하며 시험해보려고 하지 않았다.

그러나 한번은 내가 숙제를 해오지 않았다며 신부님이 아무 질문도 하지 말았으면 좋겠다고 말하자 나를 도와주었다. 신부님은 교리문답의 한 장을 암송할 학생을 찾고 있었고, 이리저리 훑어보던 신부님의 시선이 죄책감이 역력한 내 얼굴에 고정되었다. 신부님이 천천히 내 쪽으로 다가와 손가락으로 나를 가리키며 내 이름을 부르려던 찰나, 갑자기 어수선하게 혹은 불안스럽게 굴면서 손가락으로 옷깃을 만지작거리며 자기 얼굴을 똑바로 쳐다보고 있는 데미안에게 무언가를 물어보려는 듯하더니, 다시 놀라면서 방향을 바꿔 자리를 옮기고 잠시 기침을 하고 나서 다른 학생을 지목했다.

이 장난을 몹시 재미있어 했는데, 나는 내 친구가 나에게도 이런 장난을 쳤다는 것을 서서히 알아차리게 되었다. 학교 가는 길에 갑자기 데미안이 내 뒤를 따라오고 있다는 느낌이 들어 돌아보면 그가 정말 거기에 있었다.

"너는 정말 어떻게 다른 사람들이 네가 원하는 대로 생각하게 만들 수 있지?"

내가 물었다.

그는 예의 어른 같은 태도로 침착하게 흔쾌히 털어놓았다.

"아니야. 그렇게 할 수 없어. 신부님이 그렇게 말씀하셔도 인간에게 자유의지 같은 건 없어. 다른 사람이 본인이 원하는 대로 내가 생각하게 할 수도 없고, 또 내가 원하는 대로 다른 사람이 생각하게 할 수도 없어. 하지만 누군가를 자세히 관찰할 수는 있지. 그러면 그 사람이 무슨 생각을 하는지 꽤 정확하게 알 수 있을 거야. 그런 다음에는 그가 어떤 행동을 할지 대부분 알아차릴 수 있어. 아주 간단해. 단지 사람들이 그걸 모를 뿐이야. 당연히 연습이 필요하지. 가령 나비 중에는 암컷이 수컷보다 훨씬 드문 종류가 있어. 이 나방 역시 다른 모든 동물들과 마찬가지로 수정해야만 암나방이 알을 낳고 번식하는 거지. 네가 이 암나방 한 마리를 가지고 있다면―자연과학자들이 많이 시험한 것인데―밤마다 수나방들이 이 암나방한테 날아올 거야. 그것도 몇 시간씩 걸리는 곳에서! 몇 시간씩 걸리는 곳, 생각해봐! 몇 킬로미터나 떨어진 곳에서 모든 수나방들이 그 지역에 단 한 마리 있는 암나방의 냄새를 맡는 거야! 사람들이 어떻게 그럴 수 있는지 설명하려고 하지만 쉽지 않아. 일종의 후각 같은 뭔가가 있는 게 틀림없어. 혹은 뛰어난 사냥개들이 눈에 띄지 않는 흔적을 찾아내 뒤쫓는 그런 것 말이야. 이해할 수 있겠어? 그것도 이와 같은 거야. 자연에는 그런 일들이 수두룩하지. 하지만 그 누구도 그것을 설명할 수는 없어. 그러나 난 이렇게 말할 수 있어. 이 암나방이 수나방의 수만큼 많다면 수나방들은 절대 그런 예민한 후각을 가지지 못했을 거라고! 수나방들은 그렇게 단련되었기 때문에 비로소 그러한 감각을 지니게 된 거야. 동물이나 사람이 어떤 특정한 것에 모든 주의력과 모든 의지를 집중한다면 거기에 도달할 수 있을 거야. 그게 다야. 네가 물어본 것도 바로 이런 거야. 한 인간을 충분히 정확하게 살펴본다면, 그 사람에 관해 그 자신보다 더 많이 알게 돼!"

'독심술'이라는 말이 거의 혀끝까지 나와서, 그가 오래전 크로머의 일을 떠올리게 할 뻔했다. 하지만 이 또한 우리의 관계에서 기이한 일 중 하나였다. 몇 년 전 그가 내 인생에 그토록 진지하게 간여했던 일에 대해 그나 나나 털끝만큼도 언급하지 않았던 것이다. 우리 사이에는 아무 일도 없었다거나 혹은 우리 둘 다 상대가 그 일을 깡그리 잊어버렸다고 굳게 믿고 있는 듯했다. 심지어 한두 번 같이 길을 걷다가 프란츠 크로머와 마주친 적이 있는데도 우리는 눈길도 주고받지 않았고 그에 대해 한 마디도 하지 않았다.

"그런데 그 의지 얘기는 뭐야? 넌 인간에게 자유의지 같은 건 없다고 했어. 그런데 그다음에는 또 의지를 무언가에 집중하기만 하면 목적에 도달할 수 있다고 했잖아. 그건 앞뒤가 안 맞는 말이잖아! 내 의지의 주인이 내가 아닌데, 어떻게 내 의지를 이리저리 마음대로 향하게 할 수 있지?"

내가 이렇게 묻자 그가 내 어깨를 두드렸다. 기쁠 때면 항상 하는 몸짓이었다.

그가 웃으며 말했다.

"훌륭한 질문이야. 사람은 항상 질문을 하고, 의구심을 가져야 해. 그건 본질적으로 아주 간단해. 나비 같은 것은 별이나 그 밖의 다른 어떤 것에 그 의지를 두려고 해도 그럴 수 없어. 그렇게 하려고 하지도 않고. 나비는 오로지 자신에게 의미 있고 가치 있는 것, 자신에게 필요한 것, 무조건 가져야 하는 것만 찾아다녀. 그리고 그에 관해 정말 엄청난 일을 해내는 거지. 자신 말고 다른 어떤 동물도 가지고 있지 않은 마법 같은 육감을 발달시키는 거지! 우리의 어떤 감각은 확실히 동물의 그것보다 활동 범위가 더 크고 관심 영역도 훨씬 넓어. 하지만 우리 역시 비교적 매우 좁은 범위에 묶여 있고 그 이상 넘어갈 수 없어. 물론 이런저런 상상을 할 수는 있겠지. 언젠가는 꼭 북극에 가보고 싶다든가 뭐 그런 것들을 말이야. 그러나 그것은 내 마음속에 그 소원이 온전히 자리 잡고, 그것으로 가득 찰 때 비로소 강하게 원하고 실행할 수 있는 거야. 실제로 그렇게 하고, 너의 내면이 명령하는 것을 시도하면 그렇게 될 거야. 잘 조련된 말처럼 네 의지를 팽팽하게 긴장시킬 수 있지. 그런데 예를 들어 내가 우리 신부님이 앞으로는 안경을 쓰지 않게 해보겠다는 그런 건 할 수 없어. 그건 말도 안 되는 일이야. 그러나 지난가을 앞에 앉았던 내 자리를 옮기려고 굳게 마음먹었을 때는 잘되었어. 그때 알파벳 순으로 나보다 앞이었던 아이가 아파서 결석했다가 갑자기 다시 나왔고, 누군가 그 애한테 자리를 내주어야 했는데 당연히 내가 그랬지. 왜냐하면 내 의지는 그 즉시 기회를 잡을 준비가 되어 있었으니까."

"그래. 그때는 나도 이상하다고 여겼어. 우리가 서로에게 관심을 가진 순간부터 너는 점점 내 가까이 자리를 옮겼어. 그런데 어떻게 된 거야? 처음부터 내 옆자리로 오지 않고 몇 자리 떨어진 앞쪽에 앉았잖아? 그건 어떻게 된 거야?"

"그건 이렇게 된 거야. 나도 처음 앉았던 자리를 떠나려고 마음먹었을 때는 어디로 가야 할지 확실히 몰랐어. 단지 훨씬 뒤쪽으로 가야겠다는 생각뿐이었지. 네 옆으로 가고 싶은 내 의지를 아직 의식하지 못했던 거지. 그와 동시에 너의 의지가 나를 끌어주고 도와주었어. 내가 네 앞자리에 앉고 나서야 내 소원이 절반밖에 이루어지지 않았다는 것을 알았지. 내가 원하는 것은 오직 네 옆자리에 앉는 것뿐이었다는 것을 깨달은 거지."

"하지만 그때 새로 온 학생은 한 명도 없었잖아."

"없었지. 하지만 나는 내가 원하는 대로 행동했고, 쉽게 네 옆자리에 앉았지. 나하고 자리를 바꾼 그 아이는 이상하게 여기기는 했지만 그냥 내가 하자는 대로 했어. 그리고 신부님은 뭔가 달라졌다는 것을 한 번은 눈치챘을 거야. 나를 상대할 때마다 신부님은 뭔가 마음이 편치 않았을 거야. 신부님은 분명 내 이름이 데미안이라는 것을 알고 계신데, 이름이 D로 시작하는 내가 훨씬 뒤쪽 S로 시작하는 아이들 줄에 앉아 있는 것이 이상하다고도 생각하셨을 거야. 하지만 그것이 신부님의 의식까지 파고들지는 않았던 거야. 왜냐하면 내 의지가 그에 맞서 끊임없이 방해했기 때문이지. 사람 좋은 신부님은 가끔 이상하다는 것을 눈치채고 나를 쳐다보며 생각하기 시작하지. 그러면 나는 아주 간단한 방법으로 방해하는 거야. 그럴 때마다 신부님의 눈을 뚫어지게 쳐다보는 거지. 대부분의 사람들이 그걸 못 견뎌해. 안절부절못하는 거야. 네가 누군가를 상대로 어떤 일을 이루고자 할 때, 불현듯 그 사람의 눈을 뚫어지게 응시하는데도 상대가 전혀 동요하지 않는다면 포기하는 것이 좋아! 그 사람한테서는 아무것도 얻어낼 수 없거든. 절대! 하지만 그런 일은 아주 드물어. 내 경우 그 방법이 통하지 않는 사람은 딱 한 명뿐이었어."

"그게 누군데?"

나는 얼른 물어보았다.

그는 생각에 잠길 때 그렇듯 눈을 약간 가늘게 뜨고 나를 쳐다보았다. 그는 아무 대답도 하지 않고 눈길을 돌렸다. 나는 너무너무 궁금했는데도 다시 물어보지 않았다.

그러나 그때 그가 자기 어머니 이야기를 한 것이 아닌가 생각된다. 그는 어머니와 아주 친밀한 듯했는데도, 나한테 한 번도 어머니 얘기를 하지 않았고, 집에 데려간 적도 없다. 그의 어머니가 어떻게 생겼는지도 몰랐다.

그 당시 나는 가끔 그와 같은 방법으로 어떤 것에 내 의지를 집중해 그것에 도달하려고 시도해보았다. 꼭 이루고 싶은 간절한 소망이 있었던 것이다. 하지만 소용없었고 성공하지 못했다. 그에 대해 차마 데미안에게 얘기할 엄두는 나지 않았다. 내가 마음속으로 원했던 것을 그에게 고백할 수는 없었다. 그리고 그도 물어보지 않았다.

그동안 종교적인 나의 신앙에는 많은 틈이 벌어져 있었다. 하지만 데미안의 영향을 받은 나의 견해는 전적으로 불신앙을 드러내는 동급생들의 견해와는 확연히 다른 것이었다. 그런 학생들이 몇 명 있었는데 그들이 하는 말을 들어보면, 어떤 신을 믿는다는 건 우스운 짓이고 인간으로서 체통 없는 일이라느니, 삼위일체나 예수가 동정녀에게서 태어났다는 건 말도 안 되는 이야기고, 오늘날에도 그런 헛소리를 퍼뜨리고 다니는 것은 수치스러운 짓이라는 것이다. 나는 그렇게 생각하지 않았다. 회의에 빠져 있을 때조차 유년 시절의 그 모든 체험을 통해 우리 부모님이 사시는 것과 같은 경건한 삶이 어떤 것인지 충분히 알고 있었다. 그리고 그런 삶이 체통을 잃는 것도, 위선적인 것도 아님을 알고 있었다. 오히려 나는 예전처럼 종교적인 것에 더없이 깊은 경외심을 가지고 있었다. 데미안은 단지 내가 성서 이야기와 교리를 보다 자유롭게, 보다 주관적으로, 보다 유희적으로, 더욱 상상력을 가지고 해석하게 해주었다. 적어도 나는 언제나 그가 제시하는 해석들을 기꺼이 받아들이고 즐겼다.

물론 나에게는 많은 것들이 급작스러웠는데, 카인에 관한 것도 그랬다. 그리고 한번은 견진성사 수업 시간에 그보다 훨씬 더 대담한 견해로 나를 깜짝 놀라게 했다. 선생님이 골고다 언덕(예수가 못 박혀 죽은 예루살렘 교외의 언덕―옮긴이)에 대해 이야기하고 있었다. 구세주의 고난과 죽음에 대한 성경 이야기는 내가 어릴 때부터 인상 깊게 느낀 것이었다. 어릴 때 아버지께서 가끔 부활절 전 수난 금요일에 예수의 수난 이야기를 읽어주시면, 나는 깊이 사로잡힌 나머지 이토록 고난에 차고 아름다운, 창백하고 유령 같은, 그러나 또 무섭도록 생생한 세계에서, 겟세마네 동산(예수가 죽기 전날 최후의 만찬을 끝내고 제자들과 올라가 마지막 기도를 올린 동산. 유다의 배반으로 체포된 곳─옮긴이)에서, 골고다 언덕에서 살았다. 바흐의 〈마태수난곡〉을 들을 때면 이 은밀한 세계의 음산하고 처참한 수난의 빛이 온갖 신비로운 전율로 내 속에 흘러넘쳤다. 나는 지금도 이 음악과 〈비극적 행위(Actus tragicus)〉(바흐의 칸타타 BWV106─옮긴이)가 이 모든 시와 예술적 표현의 정수라고 생각한다.

그런데 수업이 끝날 때쯤 데미안이 생각에 잠겨 나에게 말했다.

"싱클레어, 여기 마음에 안 드는 부분이 있어. 그 이야기를 다시한번 읽어보고 음미해봐. 뭔가 맥 빠지는 것이 있어. 예수와 함께 처형된 강도들 이야기 말이야. 언덕 위에 십자가 3개가 나란히 세워져 있다니 대단하지 않아! 그런데 그건 우직한 강도들에 관한 감상적인 교리 이야기일 뿐이야! 처음에 강도들은 수치스런 짓을 저지른 범죄자였지. 신은 그 모든 걸 알고 계셨어. 그런데 마지막에는 마음이 약해져 개심과 회개의 눈물을 흘리는 향연을 벌이다니! 무덤에서 두 걸음 떨어진 곳에서 하는 그런 회개가 도대체 무슨 의미가 있는 거지? 오, 제발! 그것 역시 달콤하나 정직하지 못한, 지극히 교화적인 배경에다 감동을 녹여낸, 진짜 엉터리 신부님의 설교에 지나지 않아. 네가 지금 그 두 강도 중 하나를 친구로 선택해야 한다면, 혹은 둘 중 누가 더 믿을 만한지 고른다면, 분명 질질 짜는 개종자 쪽은 아닐 거야. 다른 쪽이야. 성깔 있는 사내. 그는 개종 따위 무시했어. 그의 입장에서 개종은 단지 듣기 좋은 잡소리에 지나지 않았겠지. 그는 자신의 길을 끝까지 갔고, 마지막 순간까지 자신이 거기까지 가도록 도와준 악마로부터 비겁하게 도망치지 않았어. 성깔 있는 사람이야. 성깔 있는 사람은 성경 이야기에서 번번이 손해를 보는 것으로 나오지. 그도 어쩌면 카인의 후예가 아닐까? 그렇게 생각하지 않아?"

나는 매우 당황스러웠다. 이 십자가 수난 이야기는 의심의 여지가 없다고 믿었는데, 지금에야 비로소, 얼마나 특징 없이, 얼마나 부족한 상상력과 공상을 가지고 듣고 읽었는지 깨닫게 되었다. 그런데도 데미안의 새로운 견해가 숙명적으로 들렸고, 내가 고수해야 한다고 믿었던 내 안의 관념들을 뒤집어엎어야 한다고 위협하는 듯했다. 아니다. 그렇게 아무나, 더욱이 가장 신성한 성인들마저 함부로 다루어서는 안 된다.

언제나 그렇듯 그는 내가 그 어떤 말을 하기도 전에 곧바로 내 안의 저항심을 알아차리고 체념한 듯 말했다.

"나도 알고 있어. 그건 옛날 얘기야. 심각하게 생각할 필요 없어! 하지만 너한테 뭔가 말해두고 싶어. 이 종교의 결점을 아주 뚜렷하게 보여주는 것이 여기 있다고. 문제는 구약이든 신약이든 완전무결한 이 신이 탁월하기는 하지만 원래 그가 드러내야 하는 그런 신이 아니라는 거야. 그는 선하고, 고귀하고, 아버지이며, 아름답고,

존엄하고, 감상적이거든. 맞아! 하지만 세상은 또 다른 것들로도 이루어져 있어. 그런데 그 다른 것들은 모두 악마의 것으로 간주되는 거야. 세상의 이 다른 부분이 몽땅, 이 절반이 은폐되고 묵살되는 거야. 사람들이 신을 모든 생명의 아버지라고 찬미하면서도 모든 생명의 근원인 성생활은 간단히 묵살해버리고, 어쩌면 악마의 행위이자 죄악이라고 표명하지! 나는 사람들이 이 신을 여호와로 숭배하는 데는 전혀 반대하지 않아. 조금도. 그러나 우리는 전부를 숭배하고 신성시해야 한다고 생각해. 인위적으로 분리된, 이 공식적인 절반뿐만 아니라 세계 전체를 말이야! 따라서 우리는 신에게 예배를 드리는 동시에 악마에게도 예배를 드려야 한다는 거야. 그게 맞는 것 같아. 아니면 악마도 포함하는 신을 만들어내든가. 지극히 자연스러운 세상일들을 행할 때 그 앞에서 눈을 감지 않아도 되는 그런 신 말이야."

평소 그답지 않게 흥분했지만 곧 다시 미소를 지었고, 더 이상 나한테 강요하지 않았다.

그러나 내 안에서는 그 말들이, 매순간 품고 있었으나 누군가에게 한 마디도 꺼내지 않았던 내 유년 시절 전체의 수수께끼를 맞추고 있었다. 그때 데미안이 신과 악마에 대해, 또 신적이고 공식적인 것과 묵살된 악마의 세계에 대해 말한 그것은, 바로 나의 생각이었고, 나의 신화, 두 세계에 관한 혹은 절반의 세계에 관한, 밝은 세계와 어두운 세계에 관한 나의 생각이었던 것이다. 내 문제가 모든 인간의 문제, 모든 삶과 사유의 문제라는 통찰이 불현듯 신성한 그림자처럼 나를 엄습했다. 그리고 지극히 개인적인 나 자신의 삶과 의견이 거대하고 영원한 이념의 흐름과 얼마나 깊이 연관되어 있는지 문득 느끼는 순간 두려움과 경외심이 밀려왔다. 뭔가를 확인해주어 흐뭇하기는 했지만 그러한 통찰이 결코 기껍지는 않았다. 가혹하고 떨떠름한 통찰이었다. 거기에는 일종의 책임감이라는 울림이, 이제 더 이상 어린아이일 수 없다는, 홀로 서야 한다는 울림이 내포되어 있었기 때문이다.

나는 생애 처음으로 그토록 깊은 비밀을 털어놓았다. 내 친구에게 아주 어렸을 때부터 지녀온 '두 세계'에 대한 견해를 들려주었던 것이다. 그리고 그는 곧바로 내 마음 깊은 곳에서는 자기의 말에 동의하고 옳다고 생각하고 있음을 알아챘다. 하지만 그는 그런 것을 이용하거나 하지 않았다. 그가 어느 때보다 더 주의 깊게 귀 기울이고 내 눈을 들여다보는 바람에 나는 눈길을 돌리고 말았다. 왜냐하면 그의 시선에서 또다시 저 기이하고 동물적이며 시간을 초월한, 가늠할 수 없는 나이를 보았기 때문이다.

"그 얘기는 다음에 더 하자."

그가 아껴주듯 말했다.

"네가 남들에게 말하는 것보다 훨씬 더 많은 생각을 하고 있다는 것을 알아. 그렇다면 너는 네가 생각한 것 그대로 살아가지 못한다는 것도 알고 있는 거야. 그리고 그건 좋은 게 아니지. 우리가 그에 따라 살아가는 생각 그것만이 가치 있는 거야. 너의 그 '허락된 세계'는 단지 세상의 절반일 뿐이라는 것을 넌 알았어. 그리고 나머지 절반은 신부님이나 선생님들이 그렇듯 감추려고 하지. 넌 그게 잘 안 될 거야! 일단 생각하기 시작하면 누구도 안 돼!"

그 말이 깊이 와 닿았다.

나는 거의 소리치듯 말했다.

"하지만 금지된 일, 추한 일들이 있다는 건 너도 부인하지 못할 거야! 그리고 일단 금지된 것들은 포기해야 하잖아. 살인과 다른 악덕들이 행해지고 있다는 걸 알아. 하지만 그렇다고 해서 나까지 말려들어 범죄자가 되어야 한다는 거야?"

"오늘 그 얘기를 다 끝낼 수는 없어."

막스는 나를 진정시키듯 말했다.

"너한테 사람을 쳐 죽이거나 소녀를 강간 살인하라는 말이 아냐. 그건 안 될 일이지. 하지만 너는 '허락된', '금지된' 것이 실제로 어떤 것인지 분별하는 데까지 이르지 못했어. 이제 겨우 진실 한 조각을 느꼈을 뿐이야. 다른 것도 올 거야. 기대해도 돼! 예를 들어 너는 1년 전쯤부터 네 안에서 다른 모든 것보다 더 강한 충동 하나가 솟구치는 것을 느끼고 있고, 그리고 그것을 '금지된' 것으로 간주하고 있어. 그리스인들과 다른 많은 민족들은 반대로 이 충동을 신성한 것으로 여기고 큰 축제를 열어 숭배했어. 그러니까 '금지된' 것이 영원한 것은 아니야. 바뀔 수 있는 것이지. 오늘도 누군가가 여자와 함께 신부님 앞에서 결혼하고 나면 그 여자와 같이 자도 돼. 다른 민족들은 또 달라. 그러니까 누구나 무엇이 허락된 것이고 무엇이 금지된 것인지―자신에게 금지되어 있는지 스스로 찾아내야 하는 거야. 금지된 것을 하면 어마어마한 악당이 될 수도 있어. 물론 반대로 악당이라야 금지된 것을 할 수 있지. 사실 그건 안일함의 문제일 뿐이야! 너무 안일해서 스스로 사고하고 스스로를 심판하지 못하는 사람은 금지된 것에 그냥 순응하지. 늘 그러는 사람은 그렇게 살기가 더 쉽거든. 다른 사람들은 스스로 계율을 느끼지. 모든 명예로운 남자들이 매일 하는 일들도 다 그들에게는 금지된 거야. 그리고 그 밖에 엄금된 다른 것들은 허락되어 있지. 각자 스스로 책임져야 해."

그는 너무 많은 말을 한 것이 후회되는 듯 돌연 말을 멈췄다. 나는 그때 이미 그가 어떤 기분인지 대충 알 수 있었다. 그렇게 편하게, 겉으로는 아무 생각 없이 그저 떠오르는 대로 지껄이는 듯 보였는데, 언젠가 그도 말했듯 '단지 지껄이기 위한' 대화를 도저히 견딜 수 없었던 것이다. 그러나 그는 내가 진정한 관심 외에도 지나친 유희, 재치 있는 수다를 즐기고 있음을, 혹은 간단히 말해 완벽한 진지함이 부족하다는 것을 느꼈다.

마지막 이 '완벽한 진지함'이라는 말을 다시 읽어보니 갑자기 다른 장면이 하나 떠오른다. 내가 아직 절반은 어린아이였던 그 시절에 막스 데미안과 경험했던 가장 인상적인 장면이었다.

우리의 견진성사가 다가오고 있었다. 그리고 종교 수업 마지막 시간은 최후의 만찬에 관한 것이었다. 신부님은 중요한 내용이었던 만큼 더 고심하셨고 이 시간에는 일종의 서품식 같은 분위기가 느껴지기도 했다. 하지만 그 마지막 한두 시간의 교리 수업 중에 나는 다른 생각에 팔려 있었다. 그것도 내 친구라는 한 사람에 관해. 교회라는 공동체에서 엄숙한 의미를 지니는 견진성사가 다가오는 중에, 약 반년 동안 배운 교리 수업의 가치가 수업 내용이 아닌, 오히려 데미안 곁에서 그의 영향을 받은 데 있다는 생각이 몰려들었던 것이다. 내가 이제 받아들일 준비가 된 것은 교회가 아니라 전혀 다른 어떤 곳이었다. 어떻게든 이 지상에 존재하는 것이 틀림없는, 그리고 그 대표자이자 사자(使者)가 내 친구라고 느끼는 사상과 개성의 교단이었다.

나는 이 생각을 떨쳐버리고자 애썼다. 그 모든 것들에도 불구하고 견진성사 의식은 어느 정도 엄숙하게 치르고 싶었던 것이다. 그리고 이 생각은 나의 새로운 생각들과는 어울리지 않는 것 같았다. 하지만 나는 내가 원하는 대로 하고 싶었다. 그런 생각은 다가오는 교회 축제와 점차 결부되어 갔다. 나는 그 의식을 남들과 다르게 치를 준비가 되어 있었다. 내게 있어서 그 의식은 데미안을 통해 알게 된 사상의 세계로 들어가는 것을 의미했다.

다시 한번 그와 활발히 논쟁을 한 것도 바로 그 무렵이었다. 그것은 견진성사 교리 수업 전이었다. 내 친구는 단추를 꽉 채워놓은 듯, 제법 애어른처럼 점잔 빼듯 늘어놓는 내 이야기에 조금도 기뻐하지 않는 듯했다.

그는 어색하리만큼 진지하게 말했다.

"우리는 말이 너무 많아. 똑똑한 말들이기는 하지만 아무런 가치가 없어. 전혀 아무런. 그저 자기 자신으로부터 떠날 뿐이야. 그리고 자신으로부터 떠나는 것은 죄악이야. 사람은 자기 속으로 완전히 들어갈 수 있어야 해. 거북이처럼."

그러고 나서 우리는 곧바로 교실에 들어갔다. 수업이 시작되었다. 나는 주의를 집중하려고 애썼고, 그런 나를 데미안은 방해하지 않았다. 얼마 뒤 내 옆쪽이 뭔가 이상하다는 느낌이 들기 시작했다. 마치 그 자리가 비어 있는 듯한 일종의 공허함이랄까, 서늘한, 그 비슷한 기분이 들었다. 그런 느낌이 내리누르는 것 같아 나는 옆을 돌아보았다.

거기에는 여느 때처럼 내 친구가 똑바른 자세로 앉아 있었다. 그러나 다른 때와는 전혀 달랐다. 알 수 없는 무언가가 그에게서 흘러나와 그를 에워싸고 있었다. 나는 그가 눈을 감고 있다고 생각했다. 그러나 그는 눈을 뜨고 있었다. 하지만 그 눈은 아무것도 보고 있지 않았다. 뭔가를 보고 있는 눈빛이 아니었다. 그저 굳어 있었고 내면이나 혹은 훨씬 더 먼 곳을 향해 있었다. 미동조차 하지 않고 그는 거기에 앉아 있었다. 숨조차 쉬지 않는 것 같았다. 그의 입은 나무나 돌로 깎아놓은 듯했다. 얼굴은 창백했고, 돌처럼 전체적으로 핏기가 없었다. 갈색 머리카락만 살아 있는 것 같았다. 두 손은 그의 앞 긴 의자 위에 놓여 있었다. 돌이나 과일 같은 사물처럼 생기 없이 고요하게, 창백하고 조금도 움직이지 않은 채 놓여 있었다. 그러나 축 늘어진 것이 아니라 그 속에 강한 생명을 에워싸고 있는 단단하고 훌륭한 껍질 같았다.

그 모습을 보는 순간 나는 몸이 떨렸다. 나는 그가 죽었다고 생각했다. 하마터면 크게 소리 지를 뻔했다. 그러나 나는 그가 죽지 않았다는 것을 알고 있었다. 나는 마법에 사로잡힌 듯한 시선을 그의 얼굴에서, 핏기 없는, 돌 같은 가면에서 뗄 수 없었다. 그리고 나는 느꼈다. 저것이 데미안이었어! 나와 함께 걷거나 이야기할 때 그는 단지 절반의 데미안이었다. 가끔 어떤 역할을 하고, 적당히 순응하며, 호의를 가지고 함께하던 사람이었다. 그러나 진짜 데미안은 저런 모습이었다. 이렇게 돌처럼 굳은, 태곳적처럼 늙고, 동물 같고, 돌 같으며, 아름답고 차가운, 죽었으나 내면은 이제까지 들어본 적 없는 생명력으로 가득 차 있는 모습이었다. 그리고 그의 주위는 적막한 공허, 에테르(ether, 하늘에 가득한 빛과 대기—옮긴이)와 별들의 공간, 고독한 죽음이 에워싸고 있었다.

지금 그가 자기 속으로 완전히 침잠해버렸음을 느끼는 순간 전율이 일어났다. 나는 한 번도 그토록 고독했던 적이 없다. 나는 그와 아무 관계도 없고, 그는 내가 도달할 수 없는 존재였다. 그는 세상에서 가장 멀리 떨어진 섬보다 더 멀리 있었다.

나 말고는 아무도 그것을 보지 못한다니, 이해할 수 없었다! 모두 보아야 했다. 모두 전율을 느껴야 했다! 그러나 그를 주의 깊게 보는 사람이 없었다. 그는 그림처럼 앉아 있었다. 우상처럼 꼿꼿이 앉아 있었다. 그렇게 생각할 수밖에 없었다. 파리 한 마리가 그의 이마에 내려앉아 코와 입술 위로 천천히 기어 다녔는데도 그는 미동조차 하지 않았다.

어디에, 지금 그는 어디에 있는 걸까? 무슨 생각을 하고 있는 걸까? 무엇을 느끼는 거지? 천국에 있는 걸까, 지옥에 있는 걸까?

그것을 물어볼 수가 없었다. 수업이 끝날 무렵 그가 다시 살아 숨쉬고, 나와 눈길이 마주쳤을 때 그는 예전의 그와 다름없었다. 그는 어디에서 왔을까? 그는 어디에 갔다 온 걸까? 그는 피곤해 보였다. 그의 얼굴에 다시 생기가 돌았고 손은 다시 움직였지만, 그의 갈색 머리카락은 윤기가 없고 피로해 보였다.

그 뒤 며칠 동안 나는 침실에서 몇 차례 새로운 연습에 몰두했다. 몸을 똑바로 세우고 의자에 앉아 눈을 고정한 채 꼼짝도 하지 않고 버텼다. 얼마나 오랫동안 버티는지, 그동안 무엇을 느끼는지 알아보려는 것이었다. 하지만 나는 단지 지친 나머지 눈꺼풀에 심한 경련만 일어났을 뿐이다.

그러고 나서 얼마 지나지 않아 견진성사가 있었는데, 썩 중요한 기억이 없다.

이제 모든 것이 달라졌다. 유년 시절은 내 주위에서부터 무너져 내렸다. 부모님은 조금 당황하며 나를 살피셨다. 누이들은 아주 낯선 존재가 되었다. 각성으로 인해 친숙한 감정과 기쁨이 왜곡되고 퇴색되었다. 정원에서 향기가 느껴지지 않았고, 숲에 마음이 끌리지 않았으며, 나를 둘러싸고 있는 세계가 낡은 물건들을 싸게 파는 것처럼 아무 의미도, 아무 매력도 없었다. 책들은 종이, 음악은 소리일 뿐이었다. 그렇게 가을이면 나무 주위로 나뭇잎이 떨어지지만 나무는 그것을 느끼지 못한다. 나무 위로 비가 혹은 태양이, 혹은 서리가 내린다. 나무 속 가장 좁은 곳, 가장 깊숙한 곳으로 생명이 천천히 들어간다. 나무는 죽는 것이 아니다. 기다리는 것이다.

나는 방학이 끝나면 처음으로 집을 떠나 다른 학교에 가기로 결정되었다. 어머니는 특히 더 다정하게 대해주시며, 미리 작별 인사를 하고, 사랑, 향수, 잊지 못할 것들을 내 가슴에 불어넣어 주려고 애썼다.

데미안은 여행을 떠났다. 나는 혼자가 되었다.

베아트리체

내 친구를 다시 만나지 못한 채 나는 방학이 끝날 무렵 성(聖) ○ ○ 시로 갔다. 부모님 두 분 다 오셔서 세심하게 살피며 김나지움(독일의 중등교육기관—옮긴이)의 선생님 댁인 남학생 하숙집에 나를 맡겼다. 부모님께서 당신들이 나를 도대체 어떤 곳으로 밀어 넣었는지 아셨다면 아마 너무 놀라 굳어버리셨을 것이다.

시간이 흐르면서 내가 좋은 아들, 쓸모 있는 시민이 될 수 있을지, 혹은 내 천성이 다른 길로 이끌지는 여전히 의문이었다. 아버지의 집과 정신의 그늘 속에서 행복하고자 했던 내 마지막 시도는 오랫동안 지속되었고, 때로는 성공하는 듯도 했지만 결국 완전히 실패로 끝났다.

견진성사를 치른 후 방학 동안 내가 처음으로 느낀 묘한 공허함과 고독과 적적함(나중에 이 감정을 또 얼마나 겪었는지. 이 공허함, 이 편치 않은 분위기를!)은 그렇게 빨리 사그라지지 않았다. 고향과의 이별은 이상하리만큼 쉬웠다. 하나도 슬프지 않다는 사실이 민망할 지경이었다. 누이들은 까닭 없이 울어댔다. 나는 눈물이 나오지 않았다. 그런 나 자신에게 놀랐다. 나는 원래 감수성이 풍부한 아이, 본성이 꽤 착한 아이였다. 하지만 지금 나는 완전히 변해버렸다. 나는 바깥 세계에 거의 무관심했고, 많은 날들을 내면에 귀 기울이고, 강물 소리를 듣고, 내 마음 깊은 곳에서 속삭이는 금지된 어둠의 물결 소리를 듣는 데 몰두했다. 나는 지난 반년 동안 아주 빠르게 성장했다. 키가 훌쩍 크고, 마르고, 미숙한 상태로 세상을 바라보았다. 나에게서 소년의 사랑스러움을 찾아볼 수 없었다. 사람들이 그런 나를 사랑할 수 없다는 것을 스스로도 느꼈고, 나조차 나 자신을 조금도 사랑하지 않았다. 막스 데미안에 대한 크나큰 그리움이 수시로 밀려왔다. 하지만 또 수시로 그를 미워했고, 마치 몹쓸 병처럼 나를 덮고 있는, 내 삶의 빈곤함을 그의 탓으로 돌리기도 했다.

하숙집에서 나는 처음에는 사랑받거나 주목받지 못했다. 처음에는 나를 놀리다가 다음에는 나를 배제했고, 나중에는 나를 의뭉스럽고 패기 없는 인간, 기분 나쁜 괴짜라고 여겼다. 나는 그 역할이 마음에 들어서 더 과장되게 굴었으며, 고독 속으로 나를 더욱 밀어넣었다. 내가 속으로는 자주 비애와 절망에 짓눌린 발작에 몸부림치는 동안, 겉으로는 그 고독이 지극히 남성적인 태도로 세상을 경멸하는 듯 보였다. 학교에서는 집에서 쌓은 지식으로 버텼다. 전에 다니던 곳보다 수준이 떨어진 학급이어서 나는 또래 친구들을 어린

아이 취급하며 적이 경멸했다.

그렇게 1년이 흘렀다. 첫 방학을 맞아 집에 돌아왔을 때도 새로운 건 없었다. 그래서 나는 선선히 다시 떠났다.

11월 초 무렵이었다. 나는 날씨에 상관없이 습관적으로 사색에 잠겨 짧은 산책을 즐겼다. 그런 산책길에서 일종의 희열을 자주 맛보았다. 우수와 세상에 대한 경멸, 자기혐오로 가득한 희열이었다. 그렇게 나는 어느 날 어스름 무렵 축축하고 안개 낀 교외를 어슬렁거렸다. 텅 빈 공원의 넓은 가로수 길이 나를 부르는 듯했다. 길에는 낙엽이 두껍게 쌓여 있었다. 나는 음울한 쾌락을 느끼며 발로 낙엽을 헤집었다. 축축하고 쌉쌀한 냄새가 났다. 멀리 있는 나무들이 안개 속에서 유령처럼 크고 희미하게 나타났다.

가로수 길 끝에 이르러 나는 엉거주춤하게 멈춰 서서, 검은 이파리를 응시하며 그 썩어가며 사멸하는 축축한 향기를 탐닉하듯 들이마셨다. 내 안의 무언가가 그에 응하며 반갑게 맞이했던 것이다. 아, 인생은 얼마나 무미건조한지!

옆길에서 외투 깃을 바람에 날리며 누군가 다가왔다. 내가 계속 걸어가려 하자 그가 나를 불렀다.

"여, 싱클레어!"

그가 다가왔다. 우리 하숙집에서 나이가 제일 많은 알폰스 벡이었다. 나는 항상 그와 마주하는 것이 좋았고 아무런 반감도 없었다. 다른 후배들한테도 그렇듯이 늘 빈정거리는 투로 아저씨같이 대할 때 말고는. 그는 곰처럼 힘이 장사라고 했다. 우리 하숙집 선생님도 꼼짝 못한다고 했고, 김나지움 학생들 사이에 떠도는 많은 무용담의 주인공이었다.

"너 여기서 대체 뭐 하고 있는 거냐?"

이따금 나이가 더 많은 사람들이 자기보다 어린 사람에게 다가가면서 하는 그런 말투로 붙임성 있게 그가 물었다.

"음, 내기할래? 너 시 짓고 있었지?"

"그런 생각 안 했어."

나는 무뚝뚝하게 말했다.

알폰스는 껄껄 웃음을 터뜨리더니 나와 나란히 걸으면서 이야기를 늘어놓았다. 나에게는 생소한 방식으로.

"내가 이해 못할까 봐 염려하지 마, 싱클레어. 이런 안개 낀 가을 저녁에 상념에 젖어 걷는다는 건, 뭔가 있는 거야. 그럴 때는 기꺼이 시 한 수 짓는 거지. 나도 알아. 당연히 죽어가는 자연에 대해, 그리고 자연과 비슷한 잃어버린 청춘에 대해. 하인리히 하이네를 보라고."

"난 그렇게 감상적이지 않아."

내가 제지했다.

"뭐, 좋도록 해! 하지만 이런 날씨에는 말이야, 포도주나 그 비슷한 것이 있는 어디 조용한 곳을 찾는 것도 나쁘지 않아. 같이 갈래? 마침 나도 아주 외롭거든. 싫어? 모범생으로 남고 싶다면 굳이 유혹

하지 않겠어."

조금 뒤 우리는 교외 작은 술집에 앉아 품질이 의심적은 포도주를 마시며 두꺼운 술잔을 부딪쳤다. 처음에는 그리 마음에 들지 않았지만, 어쨌든 뭔가 새로운 일이었다. 하지만 나는 술이 약해서 금세 말이 많아졌다. 내 마음속의 창문 하나가 열린 것 같았다. 세상이 들어오는 것 같았다. 얼마나 오랫동안, 얼마나 지독하게 오랫동안 나는 마음속에 있던 것을 털어놓지 못했던가! 나는 공상하던 것들을 떠들어대기 시작했고, 그러다 카인과 아벨 이야기를 가장 멋지게 늘어놓았다.

벡은 재미있게 내 이야기에 귀 기울였다. 마침내 내가 무언가를 주는 사람이 생겼고, 그가 내게 귀를 기울이는 것이다! 그는 내 어깨를 두드리더니, 대단한 녀석이라고 했다. 나는 이야기하고 싶고 들려주고 싶은, 쌓이고 쌓인 욕구를 탐닉하듯 쏟아내는 기쁨에, 인정받았다는 기쁨에, 그것도 나보다 나이 많은 사람에게 웬만큼 인정받았다는 기쁨에 가슴이 벅찼다. 그가 나를 천재적인 녀석이라고 불렀을 때, 그 말은 달콤하고 독한 포도주처럼 내 영혼 속으로 스며들었다. 세상이 새로운 색채로 불타올랐다. 수백 개의 멋진 샘에서 생각들이 흘러넘쳤다. 활기와 술의 열기가 타올랐다. 우리는 선생님들과 친구들 이야기를 했는데, 서로 더할 나위 없이 잘 통하는 것 같았다. 우리는 그리스 사람들과 이교에 대해서도 이야기했고, 벡은 나에게서 무조건 연애 무용담을 끌어내려고 했다. 그러나 나는 이야기할 게 없었다. 경험이 전혀 없었으니까. 내가 마음속으로 느끼고, 그려보고, 상상해보았던 것이 내 안에서 불타고 있기는 했다. 하지만 술김이라도 털어놓거나 들려줄 수 없었다. 벡은 여자에 관해 아는 것이 많았다. 나는 흥분해서 동화 같은 그 이야기들에 귀 기울였다. 그리고 믿을 수 없는 얘기를 들었다. 결코 있을 수 없다고 여기던 것이 무미건조한 현실 속으로 들어왔고, 가능해 보였다. 알폰스 벡은 아마 열여덟 살 정도 되었던 것 같은데 이미 경험이 많았다. 그리고 이런저런 일을 겪어보니 여자애들은 이렇다고 했다. 여자애들은 좋아하는 것만 해주고 예의 바르고 친절하게 대해주기만을 바라는데, 그렇게 하면 근사하겠지만 실제로는 그렇지 않다는 것이다. 그래서 성숙한 여인들한테서 성공을 기대하기 쉽다는 것이었다. 그런 여자들은 배려심이 더 깊기 때문이라고 했다. 예를 들어 문구점의 야겔트 부인하고 말이 잘 통하고, 계산대 뒤에서 벌어지는 일들은 어떤 책에도 씌어 있지 않다는 것이었다.

나는 넋을 잃을 정도로 깊이 매혹되어 앉아 있었다. 물론 내가 야겔트 부인을 곧바로 사랑할 리는 없었다. 그러나 여하튼 그건 전혀 들어본 적 없는 이야기였다. 적어도 나보다 더 나이 많은 사람들에게는 내가 한 번도 꿈꿔 본 적 없는 어떤 샘이 솟고 있는 것 같았다. 물론 틀린 소리가 없지는 않았고, 내가 생각했던 사랑의 맛보다 모든 면에서 더 하찮고 평범했다. 그러나 어쨌든 현실이 그랬고, 삶이자 모험이었다. 그것을 경험했고, 그것을 당연시 여기는 이가 내 옆에 앉아 있었다.

우리의 대화는 수준이 약간 떨어졌고, 뭔가를 빠뜨리고 있었다. 나는 더 이상 천재적인 어린 사내가 아니었다. 지금은 어른 남자의 말에 귀 기울이고 있는 소년에 지나지 않았다. 하지만 그래도 지난 몇 달 동안의 내 생활에 비하면 즐겁고 천국 같았다. 그 밖에도 내가 서서히 느끼기 시작한 것처럼, 이렇게 술집에 앉아 있는 것부터 우리가 이야기하는 것까지 모두 금지된 것이었다. 아주 철저히 금지된 것이었다. 아무튼 나는 그 속에서 활기와 변혁을 맛보았다.

그날 밤을 지금도 똑똑히 기억하고 있다. 우리 둘은 밤늦게 어슴푸레 타오르는 가스등을 지나, 차갑고 축축한 밤공기 속을 걸어 집으로 돌아갔다. 나는 난생처음 술에 취해 있었다. 그리 좋지는 않았다. 몹시 힘들었다. 그래도 어떤 자극과 감미로움이 있었다. 그것은 반란이며 방종이었고, 삶이자 영혼이었다. 벡은 나한테 머리에 피도 안 마른 애송이라고 욕을 해대면서도, 기운차게 나를 떠안았다. 절반은 둘러메고 집으로 데려가 열린 복도 창문으로 나를 집어넣고 자신도 몰래 들어왔다.

나는 아주 잠깐 죽은 듯이 잠들었다가 몹시 괴로워하며 깨어났고, 술이 깨자 엄청난 슬픔이 덮쳐왔다. 나는 침대에 앉아 있었다. 낮에 입었던 셔츠를 여전히 입고 있었고, 옷가지와 신발은 바닥에 내팽개쳐져 있었으며, 담배와 구토 냄새가 났다. 두통과 메스꺼움, 타는 듯한 갈증 속에서 오랫동안 떠오르지 않았던 영상들이 보였다. 고향과 부모님 집, 아버지와 어머니, 누이들과 정원이 보였다. 조용하고 포근한 내 침실, 학교와 시장 광장이 보였으며, 데미안과 견진성사 수업 시간도 떠올랐다. 이 모든 것들은 밝고 광채로 에워싸여 있었으며, 모든 것들이 훌륭하고, 신성했으며 순수했다. 그리고 어제만 하더라도, 몇 시간 전만 하더라도 그 모든 것들이 내 것이었고, 나를 기다렸는데, 이제는, 바로 이 시각 타락하고 저주받았음을 알게 되었다. 더 이상 내 것이 아니었고, 나를 내쫓고, 혐오스럽게 나를 쳐다보고 있는 것이었다! 가장 오랜 황금 같던 유년기의 정원으로 되돌아가 보니 부모님께 받았던 모든 사랑과 진심, 어머니의 입맞춤, 해마다 맞이했던 성탄절, 집에서 보낸 경건하고 환한 일요일 아침, 정원의 꽃 하나하나, 이 모든 것들이 황폐해 있었다. 모든 것을 내가 발로 짓밟아버린 것이다. 지금 추적자가 나타나 나를 묶고, 인간쓰레기에 신전을 모독한 자라며 끌고 간다면 나는 인정하고 기꺼이 따라갔을 것이다. 그래야 마땅하다고 느꼈을 것이다.

그러니까 나의 마음은 그랬다! 어슬렁거리며 세상을 경멸하던 나! 정신적으로 자부심을 가지고 데미안과 같은 생각을 했던 나! 인간쓰레기에 돼지처럼 추잡하고, 술에 취하고 더렵혀진, 역겹고 파렴치한, 지독한 충동에 휘몰린 거친 야수, 나는 그런 모습이었다! 모든 것이 순결하고 광채와 사랑스럽고 부드러운 분위기에 둘러싸여 있던 저 정원에서 온 나는, 바흐의 음악과 아름다운 시를 사랑했던 나는 그런 모습이었다! 아직도 술에 취해 억제하지 못하고 충동적으로 터뜨리는 내 웃음소리가 들렸다. 그게 나였다!

하지만 이 모든 것에도 불구하고 이러한 고통에서 쾌감을 느꼈다. 그토록 오랫동안 맹목적이고 미련하게 기어 들어가 있었기에, 그렇게 오랫동안 내 마음은 침묵한 채 구석 자리에 옹색하게 웅크리고 있었기에, 이런 자기 고발, 이 전율, 영혼의 이 모든 메스꺼운 감정까지 반가웠다. 그것은 분명 감정이었다. 불꽃이 솟구쳤다. 그 속에서 심장도 떨렸다! 혼란스럽게도 비참한 심정 속에서 그 어떤 해방과 봄기운 같은 것을 느꼈던 것이다.

그러는 동안 겉으로 보기에 나는 꾸준히 내리막길을 걷고 있었다. 처음 술 취한 것으로 그치지 않았다. 우리 학교 학생들은 술집에 자주 드나들었고 곧잘 행패도 부렸다. 나는 그런 짓을 하는 무리 중 가장 어린 편이었다. 그리고 곧 끼워주는 애송이가 아니라 주동자이자 주목받는 별이 되었다. 유명하고 대담무쌍한 술집 단골이었다. 나는 또다시 완전히 어두운 세계, 악마 편에 속했고, 그리고 그 세계에서 알아주는 놈으로 통했다.

하지만 내 기분은 비참했다. 나는 자신을 파괴하는 방탕한 생활에 젖어 있었다. 동급생들 사이에서 지도자이자 멋진 놈으로, 굉장히 예리하고 재치 있는 놈으로 통하는 반면, 내 마음 깊은 곳에서는 두려움에 가득 찬 영혼이 불안에 떨고 있었다. 언젠가 일요일 아침 술집에서 나오다 말쑥하게 머리를 빗어 넘긴 아이들이 일요일에만 특별히 입는 옷차림으로 밝고 즐겁게 놀고 있는 것을 보고 눈물이 흘렀던 기억이 아직 생생하다. 그리고 싸구려 술집의 더러운 탁자에 기대어 맥주를 마시고 웃으며 듣도 보도 못한 냉소로 친구들을 조롱하거나 놀라게 하면서도, 가슴속으로는 내가 조소하는 모든 것에 특히 경외심을 가지고, 마음속으로 흐느끼며 내 영혼 앞에, 내 과거 앞에, 내 어머니 앞에, 신 앞에 무릎 꿇고 있었던 것이다.

단 한 번도 내 동행인들과 하나가 되지 못했던 것, 그들 속에서 외로웠고, 그래서 그토록 힘들었던 데는 충분한 이유가 있었다. 나는 술집의 영웅이었고 아주 거친 사람들이 좋아하는 독설가였다. 선생님들과 학교, 부모님, 교회에 대해 재기 넘치고 과감하게 이야기했다. 음담패설도 아무렇지 않게 들었고, 하나 정도 직접 얘기하기도 했다. 그러나 나는 우리 패거리들이 여자들에게 갈 때는 같이 간 적이 한 번도 없었다. 나는 혼자였고, 내가 지껄이는 말대로라면 뻔뻔한 향락주의자였어야 했는데, 나는 사랑에 대해 불타는 그리움으로, 가망 없는 동경으로 가득 차 있었다. 그 누구도 나보다 더 상처받기 쉽고, 그 누구도 나보다 더 부끄러워하지 않았다. 그리고 이따금 예쁜 양갓집 소녀들이 말쑥하게 차려입고 밝고 우아하게 내 앞을 지나가는 모습을 보면, 그들은 내게 놀랍고 순결한 꿈 같았다. 나보다 천배는 더 선하고 순결했다. 얼마 동안 나는 야겔트 부인의 문구점에도 갈 수 없었다. 야겔트 부인을 보면 알폰스 벡이 그 여자에 관해 들려준 이야기가 생각나 얼굴이 화끈거렸기 때문이다.

그런데 내가 새로운 친구들 사이에서 끊임없이 외롭고 남다르다는 것을 느낄수록 나는 그들에게서 더욱 헤어날 수 없었다. 그때 나 자신이 폭음과 허풍을 늘어놓으며 즐거워했는지는 지금도 잘 모르겠다. 그리고 술도 좀처럼 늘지 않아서 먹고 나면 항상 괴로웠다. 모든 것이 억지로 하는 것 같았다. 나는 스스로 어떻게 해야 할지 몰랐기 때문에 그저 해야 하는 것만 했다. 오래도록 혼자 있는 것이 두려웠고, 항상 마음이 쏠려 있던 수많은 달콤하고 부끄럽고 은밀한 감정이 엄습하는 것이 두려웠고, 그렇게 자주 엄습하던 미숙한 사랑의 상념이 두려웠다.

내게 가장 아쉬웠던 것은 친구였다. 자주 만나던 동급생이 두서넛 있기는 했다. 그러나 그들은 착한 편에 속했고, 내 악행은 이미 오래전부터 공공연한 비밀이었다. 그들은 나를 피했다. 모두 나를 발밑으로 디디고 있는 기반이 흔들리는, 아무 희망 없는 탕아로 생각했다. 선생님들은 나에 대해 많은 것을 알고 있었다. 나는 여러 차례 엄한 벌도 받았고, 결국에는 퇴학을 당하는 일만 남았다고 생각했다. 이미 오래전부터 나 자신이 더 이상 좋은 학생이 아니라는 것을 알고 있었고, 퇴학을 당하기까지 그리 오래 걸리지 않으리라는 예감으로 겨우 버티며 나 자신을 속이고 있었다.

신이 우리를 고독하게 만들어서 자기 자신에게 이르게 하는 길은 수없이 많다. 그런 길을 그때 신이 나와 함께 갔던 것이다. 그것은 마치 악몽과도 같았다. 더러움과 끈적거림 너머, 깨진 맥주 잔과 냉소로 지낸 밤 너머로 나를 보았다. 추하고 더러운 길을 고통에 몸부림치며 쉴 새 없이 기어가는 넋을 잃은 몽상가를. 공주를 찾아가는 길에 오물과 악취와 배설물이 넘치는 뒷골목에 처박히는 그런 꿈들이었다. 나는 그렇게 지냈다. 이렇게 썩 좋지 못한 방식으로, 고독에 빠지도록, 나와 내 유년 시절 사이에 냉혹한 미소를 띤 파수꾼들이 지키고 있는 에덴의 문이 가로막고 있도록 정해져 있었던 것이다. 그것은 나 자신을 향한 향수의 시작이었고 각성이었다.

하숙집 선생님의 경고 편지를 받은 아버지가 성 ○○ 시에 와서 내 앞에 나타났을 때, 나는 처음으로 놀라 몸을 떨었다. 하지만 그해 겨울이 끝날 무렵 아버지께서 두 번째로 오셔서 꾸중을 하시고, 애원을 하시고, 어머니를 들먹이셔도 나는 냉담하고 무관심한 태도로 일관했다. 결국 아버지는 몹시 격분한 나머지 내가 바뀌지 않으면, 창피함과 수치를 무릅쓰고라도 퇴학시켜 감화원에 집어넣겠다고 하셨다. 그러시든지! 그때 아버지가 떠나실 때 나는 마음이 아팠다. 아버지는 아무것도 해내지 못하셨다. 나에게로 오는 어떤 길도 찾지 못하셨다. 그리고 때때로 나는 아버지가 그럴 수밖에 없었다고 느꼈다.

내가 무엇이 되든 나는 아무 상관 없었다. 특이하고 그다지 아름답지 않은 방식으로, 술집에 앉아 의기양양하게 우쭐거리며 나는 세상과 싸우고 있었다. 그것은 내 나름의 저항하는 방식이었다. 그렇게 해서 나 자신을 망가뜨렸다. 가끔은 이렇게 생각하기도 했다. 세상이 나 같은 사람을 필요로 하지 않는다면, 그런 인간에게 더 나은 자리, 더 높은 과제를 줄 수 없다면, 나 같은 사람들은 파경에 이르고 말 것이라고. 그러면 세상이 손해 보는 것이라고.

그해 성탄절 휴가는 전혀 즐겁지 않았다. 어머니는 나를 보고 경악하셨다. 키가 더 자란 데다 야윈 얼굴은 회색빛으로 축 늘어져 있었고, 눈가에 염증까지 생겨 피폐한 모습이었다. 처음으로 거뭇거뭇 콧수염이 나기 시작한 데다 얼마 전부터 쓰기 시작한 안경 탓에 어머니 눈에는 내가 더욱 낯선 모습이었던 것이다. 누이들은 뒤로 물러나 킥킥거렸다. 모든 것이 불편했다. 서재에서 나눈 아버지와의 대화도 불편하고 씁쓸했으며, 몇몇 친척들의 인사도 반갑지 않았고, 무엇보다 성탄절 전야가 괴로웠다. 성탄절은, 내가 태어난 이래로, 우리 집에서 가장 중요한 날이었다. 축제와 사랑과 감사가 넘치는 저녁이며, 부모님과 나 사이의 유대를 새롭게 다지는 저녁이었다. 그러나 이번에는 모든 것이 답답하고 당혹스러울 뿐이었다. 여느 때처럼 아버지는 복음서에 나오는 들판의 양치기에 관한 대목을 읽으셨다. '그들은 그곳에서 양떼를 지키고 있었노라.' 전과 마찬가지로 누이들은 환하게 웃으며 선물이 놓인 탁자 앞에 서 있었다. 하지만 아버지의 목소리는 즐겁지 않았고, 얼굴은 늙고 갑갑해 보였다. 어머니는 슬픈 표정이었다. 그리고 내게는 모든 것이, 선물과 성탄절 축하 인사, 복음서와 전구로 장식된 크리스마스트리, 그 모든 것이 괴롭고 거북스러웠다. 렙쿠흔(향신료와 꿀이 듬뿍 든 성탄절 쿠키—옮긴이)의 달콤한 냄새를 맡는 순간 그보다 더 달콤한 추억의 짙은 구름이 잔뜩 피어올랐다. 크리스마스트리는 전나무 향기를 내뿜으며 이제는 더 이상 존재하지 않는 이야기들을 들려주었다. 나는 그 저녁과 성탄절 휴일이 어서 빨리 지나가기만을 고대했다.

겨우내 그랬다. 얼마 전에 나는 교무회의로부터 강력한 경고와 함께 퇴학 처분의 위협을 받았다. 오래 걸리지는 않을 것이다. 뭐, 좋으실 대로! 아무래도 상관없었다.

나는 막스 데미안에게 특히 섭섭했다. 그동안 그를 한 번도 보지 못했던 것이다. 나는 성 ○○ 시에서 학교를 다니던 초반에 그에게 두 번 편지를 썼지만 한 번도 답장을 받지 못했다. 그래서 이번 방학에도 그를 찾아가지 않았다.

가을에 알폰스 벡을 만났던 바로 그 공원에서, 한 소녀가 내 눈에 띈 것은 초봄 가시나무 울타리가 초록색을 띠기 시작할 즈음이었다. 불쾌한 생각과 근심에 싸여 혼자 산책하고 있을 때였다. 건강도 나빠졌고, 그 밖에도 끊임없이 돈에 쪼들려 학교 친구들에게 빚을 지고 있었다. 집에서 돈을 타내기 위해 필요한 지출 명목을 꾸며야 했고, 여러 가게에 담뱃값 등등의 외상이 늘어가고 있었다. 하지만 심각하게 걱정한 것은 아니었다. 머지않아 이곳 생활도 끝나고 내가 물속에 뛰어들거나 감화원으로 끌려가면, 이런 사소한 일쯤이야 아무것도 아닐 것이다. 그러나 나는 줄곧 그런 아름답지 못한 일들을 마주하고, 그것들에 시달리며 하루하루를 보냈다.

그 봄날 공원에서 나는 몹시 눈길을 끄는 한 소녀를 만났다. 그녀는 키가 크고 날씬했으며 우아한 옷차림새에 영리한 소년 같은 얼굴이었다. 나는 그녀를 보자마자 마음에 들었고, 내가 좋아하는 타입이었으며, 내 상상력을 자극했다. 그녀는 나보다 나이가 더 많아 보이지는 않았지만, 훨씬 성숙하고 우아했으며 윤곽이 뚜렷하고, 거의 숙녀 같았다. 그러면서도 내가 특히 좋아하는 오만하고 소년 같은 모습이 있었던 것이다.

지금까지 나는 한 번도 내가 반한 소녀에게 접근하지 못했다. 이 소녀도 마찬가지였다. 그러나 그녀는 이전의 다른 모든 여자들보다 더 인상 깊었고, 이번에 움튼 연모의 감정은 내 인생에 강렬한 영향을 끼쳤다.

갑자기 또다시 하나의 모습이, 고귀하고 존경할 만한 모습이 내 앞에 서 있었다. 아, 그리고 어떤 욕구도, 어떤 충동도 외경심과 숭배를 향한 갈망보다 더 깊고 격렬하지는 못했다! 나는 그녀에게 베아트리체라는 이름을 붙여주었다. 단테를 읽어본 적은 없지만 내가 가지고 있는 복제판 영국 그림에서 보아 알고 있었다. 영국의 라파엘전파(前派) 풍의 소녀상이었다. 팔다리가 매우 길고 날씬하며 작고 갸름한 얼굴과 두 손에 영혼이 깃들어 있었다. 나의 아름답고 젊은 소녀는 내가 좋아하는 그 날씬하고 소년 같은 몸매를 가지고 얼굴에 영혼이 깃든 듯한 분위기였지만 그녀와 똑같지는 않았다.

나는 베아트리체와 단 한 마디도 나눈 적이 없다. 그런데도 그 당시 그녀는 나에게 지극히 깊은 영향을 끼쳤다. 그녀는 자신의 영상을 내 앞에 세워준 것이었다. 나에게 성전을 열어주었고, 내가 사원에서 기도하게 만들었다. 하루아침에 나는 술집을 돌아다니거나 밤에 배회하는 짓을 그만두었다. 나는 다시 혼자 지낼 수 있게 되었고, 다시 기꺼이 책을 읽었으며, 산책을 즐겼다.

갑작스럽게 돌변하자 사람들이 잔뜩 비웃었다. 하지만 나는 사랑하고 숭배할 무언가를 가지고 있었다. 나는 다시 이상(理想)을 가졌고, 삶은 다시 예감과 찬란하고 신비스러운 여명이었다. 그랬기 때문에 사람들의 비웃음에도 전혀 동요하지 않았다. 나는 비록 우러러보는 한 영상의 노예이자 하인에 불과했지만 다시 나 자신에게 돌아왔다.

일말의 감동 없이는 그 시절을 되돌아볼 수 없다. 나는 더없는 노력과 진심을 다해 폐허가 된 삶의 한 시기에 '밝은 세계'를 세우고자 했다. 나는 다시 내 안의 어둠과 악을 떨쳐버리고 완전히 밝은 세계에서, 신들 앞에 무릎 꿇고 머물고 싶은 단 하나의 바람으로 살았다. 어쨌든 지금의 이 '밝은 세계'는 어느 정도 나의 창조물이었다. 그것은 더 이상 어머니와, 책임지지 않아도 되는 아늑함으로 도망치고 기어드는 것이 아니었다. 그것은 나 스스로 생각해내고 요구한, 책임과 자기 규율이 있는 새로운 의무였다.

내가 힘들어했고 늘 그로부터 도망가려고 했던 성에 관한 문제는 이제 이 성스러운 불 속에서 영혼과 기도로 정화되었다. 음울하고 추한 것이 있어서는 안 되었다. 신음하며 지새운 밤이 있어서도 안 되었고, 음란한 환상 앞에서 뛰던 심장의 고동도, 금지된 문 앞에서 몰래 엿듣던 짓도, 음탕함도 있어서는 안 되었다. 그 모든 것 대신 베아트리체의 영상을 세운 제단을 만들었다. 그리고 그녀를 숭배함으로써 영혼과 신들에게 나를 바쳤다. 어두운 힘에서 빼앗은 내 삶의 몫을 밝은 힘에게 제물로 바쳤다. 나의 목표는 쾌락이 아니라 순결함이었고, 행복이 아니라 아름다움과 영성(靈性)이었다.

베아트리체에 대한 숭배는 내 인생을 완전히 바꾸어놓았다. 어제까지만 해도 조숙한 냉소자였던 나는 이제 성인이 되겠다는 목표를 지닌 사원의 시종이었다. 나는 늘 하던 나쁜 생활에서 벗어났을 뿐 아니라 모든 것을 바꾸려 노력했고, 모든 것 안에 순결, 고귀함, 품위를 불어넣으려 했으며, 먹고 마실 때나 말하고 옷을 입을 때도 그것을 염두에 두었다. 냉수욕으로 아침을 시작하기도 했다. 처음에는 억지로 참으며 나 자신을 다그쳐야 했다. 나는 진지하고 고상하게 행동했고, 몸을 꼿꼿이 세우고, 걸음은 좀더 천천히 품위 있게 걸었다. 사람들 눈에는 우스꽝스럽게 보였을지 몰라도 내 마음은 신에 대한 예배로 가득했다.

새로운 신념을 표현하기 위해 생각해낸 모든 훈련 중에 중요한 한 가지가 있었다. 그림을 그리기 시작한 것이다. 내가 가지고 있던 그 영국의 베아트리체 그림이 그 소녀와 꼭 닮지 않았기 때문이었다. 나 자신을 위해 그녀를 그려보고 싶었다. 완전히 새로운 기쁨과 희망을 안고, 얼마 전부터 가진 내 방에, 아름다운 종이와 물감, 붓을 모으고, 팔레트와 유리잔, 도자기 접시, 연필 등을 가지런히 놓아두었다. 내가 산 부드러운 템페라 수성물감에 푹 빠졌다. 그중 강렬한 크로뮴산(酸) 초록색도 있었는데, 처음에 하얀 작은 접시에서 반짝이던 것이 아직도 눈에 선하다.

나는 조심스럽게 시작했다. 처음부터 얼굴을 그리기는 어려워 일단 다른 걸로 시험해보았다. 장식품들, 꽃, 상상 속의 작은 풍경들, 예배당 옆에 서 있는 나무 한 그루, 측백나무가 있는 로마의 다리를 그렸다. 나는 가끔 이 장난 같은 행위에 완전히 빠져서, 물감 상자를 선물받은 아이처럼 행복해했다. 마침내 나는 베아트리체를 그리기 시작했다.

몇 장은 완전히 망쳐서 버렸다. 이따금 거리에서 마주쳤던 소녀의 얼굴을 상상해보려고 할수록 더 안 되었다. 결국 나는 그것을 포기하고 그냥 얼굴 하나를 그리기 시작했다. 물감과 붓 가는 대로, 환상이 이끄는 대로 그렸다. 그렇게 완성된 것은 꿈꾸었던 얼굴이었고, 별다른 불만이 없었다. 하지만 나는 즉시 새로 그리기 시작했고, 매번 새로 그릴 때마다 그림은 더욱 뚜렷해졌다. 비록 실제 모습과 전혀 닮지 않았다 하더라도 그 유형에 가까워갔다.

점점 더 꿈꾸는 듯한 붓놀림으로, 대상 없이, 무의식적인 듯, 장난스럽게 더듬거리듯, 점점 능숙하게 선을 긋고 면을 채워갔다. 마침내 어느 날 거의 무의식적으로 얼굴 하나를 완성했는데, 그 전의 것들보다 훨씬 더 강하게 내게 말을 거는 듯했다. 그 소녀의 얼굴이 아니었다. 결코 그 얼굴일 수 없었다. 그것은 무언가 다른, 비현실적인 모습이었다. 그렇다고 그 가치가 덜한 것은 아니었다. 그것은 소녀의 얼굴이라기보다 차라리 소년의 머리 같았다. 머리카락은 나의 예쁜 소녀처럼 밝은 금발이 아니라 붉은빛을 띤 갈색이었다. 턱은 억세고 각졌으며, 입술은 붉게 타오르고, 전체적으로 경직되고 가면 같기도 했지만 인상적이고 신비스러운 생명으로 가득 차 있었다.

완성된 그림 앞에 앉으니 묘한 느낌이 들었다. 그것은 일종의 신을 그린 그림이나 신성한 가면처럼 보였다. 반은 남성적이고 반은 여성적이며, 나이도 가늠할 수 없고, 꿈꾸는 듯하면서도 동시에 굳은 의지가 보이는, 내밀한 생명력이 깃든 것 같으면서도 경직되어 보였다. 이 얼굴은 내게 뭔가를 이야기하는 것 같았다. 그것은 나의 일부였고, 나에게 뭔가를 요구하고 있었다. 그리고 누군가를 닮은 것 같은데, 그게 누구인지 알 수가 없었다.

한동안 그 초상화가 내 머릿속을 떠나지 않았고, 그것과 함께 생활했다. 나는 그것을 서랍 속에 숨겨두었다. 아무도 우연히 그것을 보고 나를 비웃지 못하도록. 그러나 나는 내 방에 혼자 있을 때면 곧바로 그 그림을 꺼내 들여다보았다. 저녁이면 침대 위쪽 맞은편 벽에 핀으로 꽂아놓고 잠들 때까지 쳐다보았고, 아침에 깨어나서 처음 보는 것도 그 그림이었다.

바로 그 무렵 어린아이 때 늘 그랬던 것처럼 나는 다시 수시로 꿈을 꾸기 시작했다. 마치 몇 년 동안 전혀 꿈을 꾸지 않은 것 같았다. 이제 다시 꿈을 꾸었다. 완전히 새로운 형상들이, 그리고 내가 그린 그 초상화가 점점 더 자주 꿈속에 나타났다. 살아서 말을 하고, 친절하거나 혹은 적대적으로 대하고, 가끔 인상을 찌푸리기도 하고, 어떤 때는 한없이 아름답고 조화로우며 기품 있었다.

그러던 어느 날 아침 그런 꿈에서 깨어났을 때, 나는 불현듯 깨달았다. 그 그림은 믿을 수 없을 만큼 친근하게 나를 쳐다보고 있었고, 내 이름을 부르는 것 같았다. 나를 잘 아는 것 같았다. 어머니처럼 까마득한 시절부터 나를 바라보고 있었던 것 같았다. 두근거리는 가슴으로 나는 그림을 쳐다보았다. 숱이 많은 갈색 머리카락을, 반쯤 여성스러운 그 입술을, 특히 밝고(그림이 저절로 그렇게 말라 있었다) 또렷한 이마를, 그리고 점점 더 뚜렷하게 깨달음을, 재발견을, 앎을 느꼈다.

나는 침대에서 벌떡 일어나 그 얼굴 앞에 바싹 다가서서, 오른쪽 눈이 조금 더 높게 그려진, 크게 뜨고 있는 초록색 눈동자를 들여다보았다. 그러자 문득 그 오른쪽 눈이 움찔했다. 미묘하게 살짝, 그러나 분명 움찔했다. 그리고 그 움직임으로 나는 그 그림이 누구인지 알아보았다…….

어쩜 이리도 늦게 알아보다니! 그것은 데미안의 얼굴이었다.

그 후 나는 그 그림 속 모습을 내가 기억하고 있는 데미안의 실제 표정과 자주 비교해보았다. 비슷하지만 똑같은 것은 아니었다. 그러나 어쨌든 그것은 데미안이었다.

언젠가 초여름 저녁 서향인 내 방 창으로 붉은 태양빛이 비스듬히 비쳐 들었다. 방 안은 점점 어둑어둑해졌다. 그때 베아트리체의 초상, 혹은 데미안의 초상을 창살에 핀으로 고정하고 석양이 비추면 어떤 모습이 될지 보고 싶었다. 얼굴 윤곽이 사라졌지만 붉은 테두리가 진 눈, 밝은 이마, 격하게 붉은 입술이 캔버스 위에서 짙고 강렬하게 타올랐다. 빛이 사라지고 나서도 나는 한동안 그림을 마주하고 앉아 있었다. 그러자 차츰 그 그림은 베아트리체도 데미안도 아닌, 나 자신이라는 느낌이 들었다. 그림은 나와 비슷하지 않았다. 그럴 리도 없었다. 그러나 그것은 나의 삶을 결정한 그것이었고, 나의 내면, 나의 운명 혹은 나의 데몬(Demon, 수호신, 영적 존재, 신과 인간의 중간자, 악마—옮긴이)이었다. 내가 언젠가 친구를 얻는다면 저런 모습이리라. 언젠가 연인이 생긴다면 저런 모습이리라. 내 삶과 죽음도 저럴 것이다. 이것은 내 운명의 소리이고 리듬이었다.

그로부터 몇 주 동안 나는 예전에 읽었던 모든 책들보다 더 깊은 인상을 받은 책 한 권을 읽기 시작했다. 그 후로도 니체를 제외하고는 그런 경험을 한 적이 거의 없었다. 그것은 편지와 잠언들을 모은 노발리스 전집 중 한 권이었는데, 상당 부분을 이해할 수 없었지만 모든 글들이 이루 말할 수 없이 나를 매혹하고 잡아끌었다. 그 잠언들 중 하나가 생각난다. 나는 그것을 초상화 밑에 펜으로 적어두었다. "운명과 기질은 하나의 개념을 가진 다른 이름이다." 그 말을 그때 이해했던 것이다.

내가 베아트리체라고 이름 붙여준 그 소녀와 자주 마주쳤지만 더 이상 아무런 마음의 동요가 없었다. 그러나 항상 부드러운 일체감과 감성적인 어떤 예감을 느꼈다. 너는 나와 연결되어 있지. 하지만 네가 아니라 너의 그림만이. 너는 내 운명의 일부분이란다.

막스 데미안을 향한 그리움이 또다시 강렬하게 솟구쳤다. 몇 년째 나는 그의 소식을 전혀 듣지 못했다. 방학 때 딱 한 번 그를 만난 적 있다. 나는 이 짧은 만남을 기록하지 않았다는 것을 이제야 깨달았다. 그리고 그것이 수치심과 허영에서 비롯된 것임을 알겠다. 이제 덧붙여야겠다.

그러니까 술집을 드나들던 시절 고향 도시에서, 늘 피곤하고 해쓱한 얼굴로 지팡이를 돌리며, 늘 한결같은 속물들의 경멸스러운 늙은 얼굴들을 쳐다보며 어슬렁거리고 있는데 나의 옛 친구가 내 쪽으로 걸어오는 것이 보였다. 그 순간 나는 흠칫했다. 그리고 번개처럼 프란츠 크로머가 생각났다. 제발 데미안이 그 일을 잊어버렸기를! 그 일에 대해 데미안에게 빚을 지고 있다는 사실은 정말이지 불쾌했다. 사실 그것은 바보 같던 어린 시절 이야기일 뿐이었지만, 그래도 빚을 진 건 사실이었다.

그는 내가 인사를 하는지 안 하는지 보려고 기다리는 것 같았다. 가능한 태연한 척 인사를 건네자 그가 손을 내밀었다. 다시 그 특유의 악수였다! 그렇게 굳고 따스하면서도 서늘하고 남자다운!

그는 내 얼굴을 가만히 들여다보며 말했다.

"많이 컸구나, 싱클레어."

그는 하나도 변하지 않았다. 그때처럼 성숙하고, 여전히 그때처럼 젊었다.

그는 나와 함께 걸었다. 우리는 산책하면서 그저 사소한 이야기만 나누었고, 그 시기에 관해서는 한 마디도 하지 않았다. 나는 예전에 그에게 편지 한 통을 썼으나 답장을 받지 못했던 생각이 났다. 아, 제발 그 멍청하고 바보 같은 편지도 잊어버렸으면! 그는 그에 대해 아무 말도 하지 않았다!

베아트리체도, 초상화도 없을 때였다. 아직도 나의 황량한 시절의 한가운데 있었다. 시내로 들어가기 전 나는 그에게 술집에 같이 가자고 청했다. 그가 따라왔다. 나는 호기를 부리며 포도주 한 병을 시켰고, 그에게도 따라주었다. 그와 잔을 부딪치며 대학생들이 술 마시는 습관을 능숙하게 과시했다. 첫 잔을 단숨에 비우기까지 했다.

"술집에 자주 가?"

그가 물었다.

"어, 그래. 뭐 딱히 할 게 없잖아? 그래도 이게 제일 재밌는 일이거든."

나는 심드렁하게 말했다.

"그렇게 생각해? 그럴지도 모르지. 좋은 점도 있긴 하지. 도취되고 바커스(로마 신화에 나오는 술의 신—옮긴이) 같은 게 있지! 하지만 내 생

114

각에는 술집에 앉아 있는 사람들 대부분은 그런 멋을 잃어버린 것 같아. 술집을 돌아다니는 거야말로 진짜 속물 같아 보여. 그래, 하룻밤 불타는 횃불을 들고, 정말로 멋진 도취와 비틀거림을 맛보는 거야! 그러나 그렇게 한 잔 두 잔 퍼마시는 게 과연 참된 것은 아니지 않을까? 매일 저녁 단골 술집 식탁에 앉아 있는 파우스트를 상상할 수 있겠어?"

나는 술을 마셨고 적의에 찬 눈으로 그를 쳐다보았다.

"그래. 하지만 누구나 다 파우스트는 아니야."

나는 짧게 대답했다.

그는 조금 의아하게 나를 쳐다보았다.

그러더니 예의 그 생기 넘치고 우월함이 깃든 웃음을 터뜨렸다.

"아니, 뭘 그런 걸 가지고 싸우려 들어? 어쨌든 술주정꾼이나 방탕아들의 삶이 나무랄 데 없는 시민의 삶보다 더 활기 있기는 해. 하지만 언젠가 읽은 적이 있는데 말이야, 탕아의 삶은 신비주의자가 되기 위한 최고의 준비 과정 중 하나라는 거야. 예언자가 된 성 아우구스티누스 같은 사람들이 늘 있잖아. 아우구스티누스도 예전에는 향락주의자에 탕아였어."

나는 의구심이 들었고, 절대 그에게 지배되고 싶지 않았다. 그래서 나는 따분하다는 듯 말했다.

"그래, 누구든 자기 취향대로 사는 거지! 사실 터놓고 말하자면, 나는 예언자나 뭐 그런 게 되려고 그러는 건 절대 아니야."

데미안은 살짝 찡그린 눈으로 다 알고 있다는 듯 나를 쏘아보았다. 그가 천천히 말했다.

"이봐, 싱클레어. 너를 불쾌하게 만들 생각은 없었어. 게다가 지금 네가 무엇 때문에 그렇게 술을 마시고 있는지 우리 둘 다 모르잖아. 하지만 네 안에 있는, 네 인생을 좌우하는 그 무언가는 그걸 이미 알고 있지. 이걸 알아두는 게 좋을 거야. 우리 안에는 모든 것을 알고 있고, 모든 것을 하고자 하며, 모든 것을 우리 자신보다 더 잘해내는 누군가가 있다는 것 말이야. 난 이만 집에 돌아가야겠다. 이해해줘."

우리는 짧게 작별 인사를 나누었다. 나는 기분이 몹시 나빠서 그대로 앉아 남은 술병을 완전히 비웠다. 그리고 집에 돌아가려고 나섰을 때 데미안이 이미 술값을 치렀다는 것을 알았다. 나는 그것이 더 기분 나빴다.

내 생각은 다시 그 사소한 사건에 머물렀다. 내 머릿속은 데미안으로 가득 차 있었다. 그리고 기이하게도 그가 교외 술집에서 했던 말들이 하나도 잊혀지지 않고 내 기억 속에 생생히 다시 떠올랐다. "이걸 알아두는 게 좋을 거야. 우리 안에는 모든 것을 알고 있는 누군가가 있다는 것 말이야!"

창가에 걸린, 완전히 퇴색한 그 그림을 쳐다보았다. 하지만 그 두 눈은 아직도 활활 타고 있었다. 그것은 데미안의 시선이었다. 아니면 내 안에 있는, 모든 것을 아는 그 누군가였다.

나는 데미안을 얼마나 그리워했던가! 나는 그에 대해 아는 것이 전혀 없었다. 그와 연락이 닿지 않았다. 내가 아는 것은, 아마도 어느 대학에 다니고 있고, 김나지움을 졸업한 뒤 그의 어머니도 우리 도시를 떠났다는 것뿐이었다.

크로머 이야기까지 되짚으며 나는 막스 데미안에 관한 기억들을 모두 들추어냈다. 그가 예전에 들려주었던 이야기 중 얼마나 많은 것들이 그때 다시 가슴을 울리던지. 그리고 그 모든 것들이 지금까지도 의미 있고, 현재 당면한 문제였으며, 나와 연관된 것이었다! 별로 유쾌하지 않았던 우리의 지난번 만남에서 들려주었던 탕아와 성자 이야기가 갑자기 내 마음속에 환하게 떠올랐다. 나에게도 그와 똑같은 일이 있지 않았던가? 새로운 삶에 대한 충동, 순결함에 대한 욕구, 성스러운 것에 대한 동경 같은 정반대되는 것들이 내 안에서 살아날 때까지 나는 도취와 오욕, 마비와 방탕함 속에서 살지 않았던가?

그렇게 나는 계속 기억을 더듬어갔다. 이미 한참 전에 밤이 되었고, 밖에는 비가 내리고 있었다. 내 추억 속에서도 빗소리가 들렸다. 그것은 언젠가 마로니에 나무 아래서 데미안이 프란츠 크로머에 대해 물어보고 나의 생애 첫 비밀을 알아맞히던 그때였다. 등굣길에 나눈 대화, 견진성사 준비 수업 시간들이 차례차례 떠올랐다. 그리고 마지막으로 막스 데미안을 처음 만났던 때가 생각났다. 무슨 이야기를 했지? 금방 떠오르지 않았지만 시간을 두고 천천히 생각해보았다. 나는 그 생각에 완전히 빠져 있었고, 마침내 떠올렸다. 카인에 관한 자신의 의견을 말해준 다음 우리 집 현관 앞에 서 있었다. 그때 그는 우리 집 현관문 위에 붙어 있던, 아래에서 위쪽으로 넓어지는 쐐기돌에 새겨진 오래되어 닳은 문장에 대해 이야기했다. 그는 그것이 자기의 흥미를 끈다고 말했다. 그리고 그런 것들을 주의 깊게 봐야 한다고 했다.

그날 밤 나는 데미안과 그 문장에 관한 꿈을 꾸었다. 문장은 끊임없이 바뀌었다. 데미안은 그것을 손에 들고 있었다. 그것은 때로는 회색의 작은 것이었고, 때로는 굉장히 크고 다채로운 색이었다. 하지만 그는 나에게 그것이 언제나 한 가지 색이며 똑같다고 설명해주었다. 그러나 마지막으로 그는 나에게 그 문장을 먹으라고 강요했다. 그것을 삼키자 문장 속의 새가 내 안에서 살아나 내 속에 가득 차서 나를 파먹는 것 같아 깜짝 놀랐다. 엄청난 죽음의 공포에 사로잡혀 벌떡 일어나면서 잠이 깼다.

잠이 싹 달아나 버렸다. 한밤중이었다. 방 안으로 비가 들이치는 소리가 들렸다. 창문을 닫으려고 자리에서 일어나다가 방바닥에 떨어져 있던 무언가 밝은 것을 밟았다. 다음 날 아침 나는 그것이 내가 그린 그림이었음을 알았다. 그림은 젖어서 불룩하게 부풀어 오른 채 바닥에 놓여 있었다. 나는 그것을 말리려고 압지를 대고 두꺼운 책에 끼워 눌러놓았다. 다음 날 다시 보니 말라 있었다. 그러나 그림이 변해 있었다. 붉은 입술이 창백했고 조금 가늘어져 있었다.

그것은 이제 완전히 데미안의 입이었다.

나는 새 종이에 그 문장 속의 새를 그리기 시작했다. 그 새가 원래 어떤 모습이었는지 명확하게 알 수 없었고, 내가 본 남아 있는 몇 부분도 낡은 데다 덧칠을 많이 한 탓에 가까이에서도 제대로 알아볼 수 없었다. 새는 무언가의 위에 서 있거나 혹은 앉아 있었는데, 어쩌면 꽃일 수도, 아니면 바구니나 둥지, 혹은 나뭇가지인지도 모른다. 나는 더 이상 그런 것에 개의치 않고 내가 또렷이 기억하는 부분부터 그리기 시작했다. 흐릿한 욕구에 따라 나는 곧바로 강한 색채로 표현했고, 내 그림에서 새의 머리는 황금색이었다. 나는 기분 내키는 대로 계속 그려나가 며칠 내로 완성했다.

이제 그것은 용감한 매의 머리를 지닌 한 마리의 맹금이었다. 몸통의 절반은 푸른 하늘을 배경으로 한 어두운 지구 속에 박혀 있었는데, 그것은 마치 거대한 알에서 빠져나오려고 애쓰는 듯 보였다. 그림을 보면 볼수록 점점 더 내 꿈속에 나타났던 그 다채로운 색깔의 문장처럼 보였다.

설령 어디로 보내야 하는지 알았다 해도 나는 데미안에게 편지를 쓸 수 없었을 것이다. 하지만 그 당시 나의 모든 행동들이 그랬듯이 그와 똑같은 몽환적인 예감에 따라 그에게 도착하든 말든 매의 그림을 보내기로 결심했다. 나는 그림에 아무것도 적지 않았다. 내 이름조차 쓰지 않았다. 가장자리를 조심스럽게 자르고, 큰 종이봉투에 넣어 내 친구의 예전 주소를 적어서 보냈다.

시험이 다가오고 있었고, 나는 예전보다 학교 공부를 훨씬 더 많이 해야 했다. 내가 갑자기 막돼먹은 방황을 멈추자 선생님들은 다시 나를 받아주었다. 물론 지금도 썩 훌륭한 학생은 아니었지만, 나자신은 물론 그 누구도 더 이상 반년 전처럼 내가 퇴학당할 거라고는 생각지 않았다.

아버지도 야단치거나 위협적인 말을 하지 않았고, 예전과 같은 어투로 편지를 쓰셨다. 하지만 나는, 아버지나 그 누구에게도 내가 어떻게 해서 변하게 되었는지 설명하고 싶지 않았다. 부모님과 선생님들이 소망하던 대로 변화한 것은 그저 우연일 뿐이었다. 이 변화로인해 나는 다른 사람에게 다가가지도 않았고, 누군가가 나에게 다가오게 하지도 않았으며, 나는 더욱 고독해졌을 뿐이었다. 그것은 어딘가를 목표로 하고 있었다, 데미안을 향해, 먼 운명을 향해. 나 자신은 그것을 알지 못했다. 나야말로 그 한복판에 있었으니까. 베아트리체로 비롯된 일이었지만, 얼마 전부터 나는 내 그림과 데미안에 대한 생각과 더불어 완전히 비현실적인 세계 속에 살고 있었다. 베아트리체조차 내 시야와 생각 속에서 사라져버렸다. 내 꿈들, 내가 기대하는 것들, 내 안의 변화들에 관해 나는 누구에게도 말할 수 없었다. 설령 그러고 싶었다 하더라도 그러지 못했을 것이다.

하지만 내가 어떻게 그것을 원할 수 있었겠는가?

새는 알에서 나오려고 투쟁한다

내가 그린 꿈속의 새는 내 친구를 찾아 떠났다. 그리고 너무나도 경이로운 방법으로 나는 답장을 받았다.

쉬는 시간이 끝나고 수업이 시작되기 전, 우리 반 내 자리, 내 책 속에 끼워져 있는 쪽지를 발견했다. 학생들이 가끔 수업 시간에 몰래 쪽지를 돌릴 때 하던 방식대로 접혀 있었다. 다만 나는 누가 그런 쪽지를 보냈을까 하고 놀랐을 뿐이었다. 그때까지 어떤 학교 친구들과도 그런 교제를 한 적이 없기 때문이었다. 나는 결코 어울리지 않을 것이므로, 흔히 하는 누군가의 장난이겠거니 하고 쪽지를 읽지도 않고 책 앞쪽에 도로 꽂아두었다. 수업 중에 우연히 그 쪽지가 다시 손에 들어왔다.

나는 종이를 만지작거리다 별 생각 없이 펴보았다. 그 속에 몇 마디가 적혀 있었는데, 잠깐 훑어보던 나는 한 마디 말에 마음을 빼앗겼다. 나는 깜짝 놀라 다시 읽어보았다. 내 심장은 무서운 추위를 만난 듯 운명 앞에서 움츠러들었다.

"새는 알에서 나오려고 투쟁한다. 알은 세계다. 태어나려는 자는 하나의 세계를 파괴하지 않으면 안 된다. 새는 신에게로 날아간다. 그 신의 이름은 아브락사스."

이 글을 몇 번이나 읽고 나서 나는 깊은 생각에 잠겼다. 의심의 여지가 없었다. 그것은 데미안의 답장이었다. 나와 그 말고는 아무도 그 새에 대해 알 리 없었다. 그가 내 그림을 받은 것이었다. 그는 이해했고 내가 그 뜻을 푸는 데 도움을 주었다. 하지만 이 모든 것이 어떻게 연관되어 있는 것이지? 그리고 무엇보다 나를 괴롭힌 것은, 아브락사스가 무슨 뜻인가 하는 것이었다. 한 번도 들어본 적도, 읽어본 적도 없는 말이었다. '그 신의 이름은 아브락사스!'

수업 내용은 전혀 귀에 들어오지 않았다. 그 시간이 끝났고 다음은 오전 마지막 수업이었다. 젊은 보조 교사가 들어왔다. 대학을 갓 졸업한 그는 아주 젊었으며, 품위 있는 척 가식을 떨지 않는 모습이 우리들의 호감을 샀다.

우리는 그 폴렌 선생의 지도로 헤로도토스를 읽었다. 이 강독은 내가 흥미를 가졌던 몇 안 되는 과목 중 하나였다. 하지만 나는 딴데 정신이 팔려 있었다. 나는 기계적으로 책을 펼쳤고, 번역을 따라가지 않고 내 생각에 빠져 있었다. 나는 데미안이 종교 수업 시간에 했던 이야기들이 얼마나 옳은 말들이었는지 여러 차례 경험으로 이미 알고 있었다. 사람이 더없이 강렬하게 원하는 것은 실제로 이루어진다. 수업 중에 정말 강렬히 내 생각에 몰두하고 있으면 선생님은 나를 조용히 내버려두었다. 그렇다. 산만하거나 졸고 있으면 선생님이 갑자기 옆에 선다. 이미 나도 겪어본 일이었다. 그러나 정말 생각에 몰두해 있으면 안전했다. 굳은 눈빛으로 쳐다보는 것 역시 시험해보았고 믿을 만한 것임을 알게 되었다. 데미안을 만나던 당시에는 성공하지 못했던 일이다. 이제는 눈길을 주고 생각을 하는 것만으로 아주 많은 것을 해낼 수 있음을 자주 느꼈다.

나는 그렇게 앉아 헤로도토스와 학교로부터 멀리 떨어져 있었다. 그런데 그때 선생님의 목소리가 번개처럼 내 의식을 내리치는 바람에 나도 모르게 깜짝 놀라 정신을 차렸다. 선생님의 목소리가 들렸다. 선생님은 내 곁에 바짝 다가서 있었다. 나는 선생님이 내 이름을 불렀다고 생각했다. 그런데 선생님은 나를 보고 있지 않았다. 나는 안도의 한숨을 쉬었다.

그때 선생님의 목소리가 다시 들렸다. 큰 목소리로 '아브락사스'라고 말했던 것이다.

초반에는 듣지 못했지만 폴렌 선생님은 계속 설명하고 있었다.

"우리는 저 교과의 세계관과 고대 신비주의의 통합을 합리주의적 관찰의 입장에서 보듯, 그렇게 단순하게 상상해서는 안 될 것입니다. 고대에는 오늘날 우리가 생각하는 의미의 학문이 전혀 없었습니다. 그 대신 고도로 발달했던 철학적 신비주의의 진리를 다루던 연구가 활발했지요. 거기에서 일부 사기와 범죄로 이어지던 주술과 유희가 생겨났습니다. 하지만 이 주술도 고귀한 유래와 깊은 사상을 지니고 있는데, 내가 앞에서 예로 들었던 아브락사스의 학설도 그렇습니다. 사람들은 이 이름이 그리스의 주문과 관련 있다고 말하는데, 오늘날도 일부 미개 부족이 믿고 있는, 요술을 부리는 어떤 악마의 이름 정도로 여겨지기도 합니다. 그러나 아브락사스는 훨씬 더 많은 것을 의미하고 있는 것으로 보입니다. 우리는 그 이름을 신적인 것과 악마적인 것의 결합이라는 상징적 목표를 지닌 하나의 신성으로 생각할 수 있습니다."

그 자그마한 몸집의 학자는 열성적으로 세세하게 계속 설명해나갔다. 주의 깊게 듣는 사람은 거의 없었다. 그리고 아브락사스라는 이름이 더 이상 나오지 않아서 내 주의력도 다시 나 자신을 향해 깊이 몰입해 들어갔다.

'신적인 것과 악마적인 것의 결합'이라는 말이 계속 여운으로 남았다. 이것을 나는 내 생각과 연관 지었다. 그것은 우리 우정의 마지막 시절 데미안과 나누었던 대화에서도 많이 나오던 주제였다. 그때 데미안은 말했다. 우리는 아마 우리가 공경하는 하나의 신을 가지고 있을 것이라고. 그러나 그 신은 임의로 갈라진 세계의 절반(그것은 공식적이고, 허락된, '밝은' 세계였다)을 나타낼 뿐이라고 했다. 그러나 우리는 세계 전체를 공경할 수 있어야 하고, 그러므로 악마이기도 한 하나의 신을 갖거나 혹은 신에게 예배를 드리는 동시에 악마에게도 예배를 올려야 한다는 것이었다. 그러니까 아브락사스는 신이기도 하지만 악마이기도 한 그런 존재였다.

한동안 나는 아주 열성적으로 계속 그 자취를 찾으려 노력했지만 더 이상 진전이 없었다. 아브락사스를 찾아 도서관 전체를 샅샅이 뒤져보았지만 허사였다. 그러나 손에 쥐고 나면 돌 한 덩이에 불과한 진리를 발견하는 직접적이고 의식적인 탐구 방법은 내 근본적인 성격과 전혀 맞지 않았다.

한동안 내적으로 그렇게 열렬히 몰두했던 베아트리체의 모습은 이제 점점 사라졌다. 아니 오히려 천천히 내게서 떠나갔고, 점점 더 지평선 쪽으로 가더니 그림자처럼 변하고, 멀어지고, 희미해져 갔다. 더 이상 내 영혼을 충족하지 못했던 것이다.

이제는 특이하게도 내 안에 스스로 틀어박혀 몽유병자처럼 이끌어 나가던 내 존재가 새로운 형상을 이루기 시작했다. 삶에 대한 동경이, 아니 그보다 사랑에 대한 동경이, 그리고 한동안 베아트리체를 향한 숭배로 해소할 수 있었던 성적인 충동이 다시 내 안에서 꽃을 피우고, 새로운 모습과 목표를 갈구했다. 하지만 여전히 어떤 것도 이루지 못했다. 그리고 그런 동경을 기만하고 내 친구들이 행복을 좇는 소녀들에게서 무언가를 기대하는 것이 나로서는 그 어느 때보다 더 불가능했다. 나는 다시 많은 꿈을 꾸었다. 그것도 밤보다 낮에 더 많이 꾸었다. 상상들이, 영상 혹은 소망들이 내 안에서 솟구쳐 바깥 세계와 나를 단절시켰다. 나는 실제로 내 주변에 있는 것들보다 내 안에 있는 이런 그림들과 꿈, 혹은 그림자들과 더 현실적으로, 더 생생하게 가까이하며 살았다.

어떤 특정한 꿈, 혹은 계속 되풀이되는 환상의 유희가 내게는 아주 중요한 의미를 가지게 되었다. 이 꿈, 내 삶에서 가장 중요하고 가장 큰 영향을 미쳤던 꿈은 이런 것이었다. 나는 부모님 집으로 돌아간다. 현관문 위의 문장에는 파란 배경 위로 황금빛 새가 빛나고 있다. 집 안에서는 어머니가 나를 맞이하러 나오신다. 그러나 내가 집으로 들어가 어머니를 포옹하려 하면 그것은 어머니가 아니라 그때까지 한 번도 본 적 없는 사람이었다. 키가 크고 힘이 센, 내가 그린 그림과 막스 데미안을 닮은 듯 달랐고, 힘이 세면서도 지극히 여성적이었다. 이 형상은 나를 끌어당겨 전율을 일으키는 깊은 사랑의 포옹을 했다. 희열과 공포가 뒤섞였다. 그 포옹은 신에 대한 예배인 동시에 범죄이기도 했다. 어머니에 대한 너무 많은 추억과 내 친구 데미안에 관한 너무 많은 추억이 나를 포옹한 그 인물 속에 유령처럼 어렸다. 그 인물의 포옹은 모든 경외심에 반하는 것이었지만, 그런데도 황홀한 기쁨을 느꼈다. 나는 자주 깊은 행복을 느끼며, 죽음의 공포와 고통스러운 양심의 가책을 느끼며, 무서운 죄악에서 벗어나듯 꿈에서 깨어났다. 다만 서서히 그리고 무의식적으로, 완전한 내면의 영상과 외부의 암시 사이에 찾아야 할 신에 대한 연계가 이루어졌다. 그러한 연계는 점점 더 밀접하고 은밀하게 이루어졌으며, 나는 바로 이 예감의 꿈속에서 저 아브락사스를 부르고 있다는 것을 느꼈다.

희열과 공포, 남자와 여자, 최상의 성스러움과 최악의 추악함이 서로 뒤엉켜서, 깊은 죄악이 지극한 순결로 몸을 떨게 되는, 내 사랑의 꿈속은 그런 모습이었다. 그리고 아브락사스 역시 그랬다. 사랑은 이제 더 이상, 내가 처음에 겁먹었던 동물적인 어두운 충동이 아니었다. 또 내가 베아트리체의 모습에 바쳤던 경건하고 정신적인 숭배의 감정도 아니었다. 사랑은 그 둘 다였으며 혹은 그 이상이었다. 사랑은 천사의 모습인 동시에 악마의 모습이었고, 남자와 여자가 한 몸 속에 있었으며, 인간과 동물, 지고의 선이자 극단적인 악이었다. 이 양극단을 살아보고 경험하는 것이 내게 정해진 운명 같았다. 나는 그런 것들을 동경하는 동시에 두렵기도 했지만, 그것은 언제나 거기에 있었으며, 항상 내 위에 있었다.

다음 해 봄 나는 김나지움을 졸업하고 대학을 가야 했지만 아직 어느 대학에서 무슨 공부를 할지는 몰랐다. 입가에 짧은 수염이 자랐다. 나는 성인이 되었다. 하지만 아직도 무력할 뿐이었고 아무런 목표가 없었다. 분명한 것은 단 하나였다. 내 안의 소리, 그 꿈의 영상뿐이었다. 나는 그것이 이끄는 대로 무조건 따라야 한다는 사명감을 느꼈다. 그러나 그것이 어려웠고 나는 날마다 자신을 배반했다. 가끔은 어쩌면 내가 미쳤는지도 모른다는 생각이 들 때도 있었다. 어쩌면 나는 다른 사람들과 다른 것이 아닐까? 그러나 다른 사람들이 해내는 것들을 나도 할 수 있었다. 조금만 열심히 노력하면 플라톤을 읽을 수 있었고, 삼각법 문제를 풀거나 화학 분석을 할 수도 있었다. 단 한 가지 할 수 없는 것이 있었다. 내 속에 어둡게 감추어져 있는 목표를 끄집어내 내 앞 어딘가에 그려내는 것이었다. 다른 사람들이 교수나 판사, 의사 혹은 예술가가 되고자 하며, 그러기 위해 얼마나 걸리고 어떤 이점이 있는지를 그려내듯이. 하지만 나는 그것을 할 수 없었다. 어쩌면 나도 언젠가 그 무언가가 될지 모르지만, 그걸 내가 어떻게 알 수 있단 말인가? 어쩌면 몇 년 동안 찾고 또 찾아야 할 것이다. 그래도 아무것도 되지 못하고 목표를 이루지 못할지도 모른다. 또 어쩌면 목표에 도달할 수도 있겠지만, 그것이 악하고 위험하며 무시무시한 것일지도 모른다.

나는 내 안에서 스스로 솟아나는 것, 어떤 것도 아닌 바로 그것을 살아보려 했을 뿐이다. 그런데 그것이 왜 그토록 어려웠을까?

나는 꿈속의 강렬한 사랑의 영상을 그려보려 했다. 그러나 한 번도 성공하지 못했다. 성공했다면 그 그림을 데미안에게 보냈을 것이다. 그는 어디에 있는 것일까? 나는 알지 못했다. 단지 그가 나와 연결되어 있다는 것만 알고 있을 뿐이었다. 언제 그를 다시 만나게 될까?

베아트리체 시절 몇 주일, 몇 달간 느꼈던 부드러운 안정감이 사라진 지 오래였다. 그때 나는 어느 섬에 도착했고 마음의 평화를 찾았다고 여겼다. 그러나 나는 늘 그랬다. 나의 상태가 좋아지자마자, 즐거운 꿈을 꾸자마자 그것은 어느새 희미하게 시들었다. 비통해한들 부질없었다! 나는 이제 채워지지 않은 욕망과 팽팽한 기대감의 불꽃 속에 살고 있었다. 그 욕망은 수시로 나를 몹시 거칠고 미치게 만들었다. 꿈속의 연인이 너무도 생생하고 선명한 모습으로, 내 손을 보는 것보다 더 또렷하게 눈앞에 나타났고, 그와 이야기하고, 그 앞에서 울고, 그를 저주했다.

나는 그것을 어머니라고 부르고 그 앞에서 눈물을 흘리며 무릎 꿇었다. 나는 그것을 연인이라 불렀고, 그의 성숙한 입맞춤이 모든 것을 충족해주리라 예감했다. 그것을 악마, 창녀, 뱀파이어, 그리고 살인자라고 불렀다. 그것은 나를 그지없이 다정한 사랑의 꿈속으로, 거친 음탕함 속으로 이끌었다. 그 무엇도 지나치게 선하지도 귀하지도 않았으며, 그 무엇도 나쁘거나 천하지 않았다.

그해 겨울 내내 나는 도저히 말로 표현하기 힘든 내면의 폭풍우 속에서 지냈다. 고독은 이미 오래전에 습관이 되었던 터라 더 이상 나를 억누르지 않았다. 나는 데미안과, 매와, 내 운명이자 내 연인이었던 내 꿈속의 위대한 영상과 함께 살았다. 그 안에서 사는 것으로 충분했다. 모든 것이 위대한 것과 광활한 것을 향해 있었고, 모든 것이 아브락사스를 가리키고 있었기 때문이다. 그러나 그 꿈들 중 어느 것도, 내 생각 중 어느 것도 내게 복종하지 않았다. 어느 것도 내가 부를 수는 없었다. 어느 것에도 내 마음대로 색깔을 입힐 수가 없었다. 그것들이 내게 와서 나를 가졌다. 나는 그들에게 지배되었고, 그들에 의지해 살았다.

겉으로는 내가 안정되어 보였을 것이다. 사람들을 두려워하지 않았다. 학교 친구들도 그것을 알았고, 은근히 나에게 존경심을 보였기에 나는 웃는 때가 많았다. 내가 원하기만 하면 그들 대부분을 꿰뚫어볼 수 있었고, 그렇게 해서 그들을 깜짝 놀라게 할 수도 있었다. 단지 그러고 싶은 마음이 거의 들지 않았을 뿐이었다. 나는 언제나 나 자신에게 열중해 있었다. 그리고 마침내 이제는 한 편의 내 삶을 한번 살아보기를, 내 안에서 무언가를 세상으로 끌어내기를, 세상과 연을 맺고 투쟁을 시작하기를 열렬히 갈망했다. 때때로 저녁에 거리를 걸을 때면, 마음이 산란해 자정까지 집에 돌아갈 수 없을 때, 그럴 때 나는 자주 생각했다. 지금, 바로 지금 내 연인을 만날 게 틀림없다고. 다음 모퉁이를 지나면, 다음 창문에서 나를 부를 것이라고. 때로는 이 모든 것들이 참을 수 없을 만큼 고통스러워서 언젠가 한번은 죽어버리려고 마음먹은 적도 있었다.

그때 나는 독특한 피난처를, 흔히 말하듯 '우연히' 발견하게 되었다. 그러나 우연이란 없었다. 뭔가를 절실히 원하는 사람이 그것을 발견한다면, 우연히 주어진 것이 아니라, 그 자신이, 그 자신의 소망과 필요성이 그곳으로 이끈 것이다.

시내를 오가는 길에 있는 변두리 조그마한 교회에서 오르간 연주를 두세 번 들은 적이 있다. 그러나 걸음을 멈추고 듣지는 않았다. 그다음에 지나갈 때도 그 소리를 들었는데, 바흐의 곡을 연주하고 있었다. 나는 문으로 다가갔지만 잠겨 있었다. 그리고 골목에 지나가는 사람이 거의 없었기에 나는 교회 옆 충격방지용 돌 위에 걸터 앉아 외투 깃을 세우고 귀 기울였다. 크지는 않지만 소리가 좋은 오르간이었다. 그런데 연주가 놀라웠다. 독특하고, 연주자의 의지와 고집이 극에 달해 마치 기도처럼 들렸다. 나는 그런 느낌이 들었다. 저 안에서 연주하는 사람은 이 곡에 보물이 숨겨져 있는 것을 알고 있고, 마치 자신의 생명을 구하듯 이 보물을 얻으려고 두드리고 애쓰는 것 같았다. 나는 연주 기교에 대해서는 문외한이었다. 하지만 바로 이런 영혼의 표현은 어릴 적부터 본능적으로 이해해왔고, 내 마음이 저절로 명백하게 음악을 느끼고 있었다.

그 연주자는 이어서 현대적인 곡도 연주했다. 레거(Max Reger, 독일 작곡가, 오르간, 피아노 연주자—옮긴이)의 곡 같았다. 교회는 깜깜한 가운데 아주 가느다란 빛 한 줄기만 옆 창문으로 새어 나올 뿐이었다. 나는 연주가 끝날 때까지 기다렸다. 그리고 오르간 연주자가 나올 때까지 이리저리 서성거리고 있었다. 그는 나보다 나이는 많지만 아직 젊은, 몸집이 억세고 땅딸막한 사람이었다. 그는 씩씩하지만 내키지 않는 듯한 걸음으로 급히 걸어갔다.

그 후로 나는 이따금 저녁 시간에 교회 앞에 앉아 있거나 이리저리 서성거리곤 했다. 한번은 교회 문이 열려 있었다. 오르간 연주자가 위층에서 천장에 매달린 희미한 가스등 아래 앉아 연주하는 동안 나는 추위에 떨면서도 행복한 기분으로 30분 동안 의자에 앉아 있었다. 그가 연주하는 음악에 그 사람 자신만 들어 있는 것이 아니었다. 그가 연주하는 모든 것들이 서로 연관되어 있고 밀접한 관계를 맺고 있는 것 같았다. 그가 연주하는 모든 곡에 신앙심이 깃들어 있었고 헌신적이며 경건했다. 중세의 걸인 순례자들과 같은 경건함, 모든 종파를 초월하는, 세계 감정에 대한 무조건적인 헌신이 담긴 경건함이었다. 바흐 이전 대가들의 곡과 옛날 이탈리아 음악가들의 곡이 열심히 연주되었다. 그런데 모든 곡들이 똑같은 것을 표현하고 있었다. 모든 음악이 그 음악가의 영혼에 깃든 것을 말해주고 있었던 것이다. 동경, 가장 열렬히 세상을 이해하고 세상과 가장 거칠게 다시 결별하는 것, 자신의 어두운 영혼에 열렬히 귀 기울이는 것, 헌신에의 도취, 경이로운 것에 대한 깊은 호기심.

한번은 교회를 나와 집으로 돌아가는 오르간 연주자를 몰래 따라간 적이 있다. 그가 시내에서 한참 떨어진 변두리 목로주점으로 들어가는 것을 보았다. 나는 참지 못하고 그를 따라 들어갔다. 여기에서 처음으로 그의 모습을 똑똑히 보았다. 검은 펠트 모자를 쓴 채, 작은 술집 구석에 있는 카운터 맞은편 높은 탁자에 포도주 한 잔을 앞에 두고 앉아 있었다. 그의 얼굴은 내가 예상한 대로였다. 못생겼고 약간은 거칠었으며 탐색하는 듯한, 고루한 듯, 고집스럽고 의지에 찬 모습이었다. 그러나 동시에 입가는 부드럽고 어린아이 같았다. 남성적인 강인함은 모두 눈과 이마에 모여 있었다. 얼굴 하관은 여리고 미성숙한 상태였다. 자제력이 없는 듯 부분적으로 조금 유약해 보였다. 우유부단한 성격이 여실히 드러나는 턱은 이마와 시선과는 반대로 소년 같았다. 자존심과 적의로 가득 찬 짙은 갈색 눈동자가 마음에 들었다.

나는 말없이 그의 맞은편에 앉았다. 술집에 다른 손님은 없었다. 그는 나를 쫓아버리기라도 할 듯 쏘아보았다. 그래도 나는 끝까지 버텼고, 마침내 그가 무뚝뚝하게 내뱉을 때까지 그를 쳐다보고 앉아 있었다.

"빌어먹을! 도대체 뭣 때문에 나를 그렇게 쏘아보는 거요? 나한테 원하는 게 뭐요?"

"그런 거 없습니다. 이미 많은 걸 받았으니까요."

그는 이맛살을 찌푸리며 말했다.

"내 음악 팬이란 말이오? 음악에 빠지는 그런 것 따위 난 구역질 나는데 말이오."

나는 전혀 동요하지 않고 말했다.

"이미 여러 번 교회 밖에서 당신 음악을 들었습니다. 여하튼 당신을 귀찮게 할 생각은 없습니다. 단지 당신한테서 어쩌면 무언가 특별한 것을 찾을 수 있을지도 모른다고 생각했습니다. 그게 무엇인지는 잘 모르겠지만. 하지만 내 말 같은 건 신경 쓰지 말아요! 중요하지 않아요. 교회에서 당신 음악을 듣는 것으로 충분하니까요."

"나는 항상 문을 잠그고 있는데."

"며칠 전에는 그걸 깜박하셨더군요. 그래서 안에 들어가 앉아 있었습니다. 다른 때는 밖에 서 있거나 충격방지용 돌 위에 앉아 있었습니다."

"그래요? 그럼 다음에는 들어오시오. 안이 더 따뜻하니까. 그냥 노크하시오. 하지만 세게 두드려야 할 거요. 연주하는 동안은 안 되오. 그런데 무슨 말을 하려고 했소? 아직 어린 것 같은데. 고등학생이나 대학생 같군. 음악을 하는 사람이오?"

"아닙니다. 음악을 즐겨 듣습니다. 하지만 그냥, 당신이 연주하는 그런 절대음악(표제음악과 달리 음악 자체의 아름다움만을 추구하는 기악곡―옮긴이)을 말입니다. 그런 음악을 들으면 한 인간이 천국과 지옥을 흔들고 있는 것 같은 그런 느낌이 듭니다. 나는 음악을 매우 좋아합니다. 내 생각에 음악이 덜 도덕적이기 때문입니다. 다른 모든 것들은 도덕적이거든요. 나는 도덕적이지 않은 어떤 것을 찾고 있습니다. 늘 도덕적인 것 때문에 괴로웠거든요. 뭐라고 설명하기가 쉽지 않군요. 아십니까? 신이면서 동시에 악마인 그런 신이 존재한다는 것을요? 그런 신이 있었다는 얘기를 들었습니다."

음악가는 널찍한 모자를 약간 뒤로 젖히고 짙은 머리카락을 넓은 이마로부터 쓸어 올렸다. 그러면서 나를 뚫어지게 쳐다보며 탁자 위로 얼굴을 숙였다.

나직하면서도 긴장된 목소리로 그가 물었다.

"방금 말한 그 신의 이름이 뭐요?"

"유감스럽게도 그 신에 대해 아는 것이 거의 없습니다. 이름 정도만 알 뿐이죠. 그 이름은 아브락사스라고 합니다."

음악가는 마치 누군가 우리 얘기를 엿듣기라도 하는 듯 미심쩍은 표정으로 주위를 살펴보았다. 그러더니 나에게 바짝 다가와 속삭이듯 말했다.

"그럴 거라고 생각했소. 당신은 누구요?"

"김나지움 학생입니다."

"아브락사스는 어디서 알게 된 거요?"

"우연히 알게 되었습니다."

그는 탁자를 내리쳤다. 포도주가 넘쳐흘렀다.

"우연이라니! 말도 안 되는 소리 집어치우게, 젊은이! 아브락사스는 우연히 알게 되는 게 아니야. 알아둬. 아브락사스에 대해 더 이야기해줄 테니. 내가 조금 알거든."

그는 입을 다물더니 자기 의자를 뒤로 밀었다. 내가 잔뜩 기대에 찬 표정으로 쳐다보자 그가 얼굴을 찌푸렸다.

"여기 말고! 다음에! 자, 받으시오!"

그러면서 그는 입고 있던 외투 주머니를 뒤져 군밤 몇 개를 꺼내 나한테 던졌다.

나는 아무 말 없이 아주 흡족하게 군밤을 받아 먹었다.

조금 뒤 그가 속삭였다.

"그러니까, 어디서 알게 된 거요, 그에 관해서는?"

나는 망설이지 않고 그에게 이야기했다.

"나는 혼자였고 혼란스러웠습니다. 그때 옛날 친구 하나가 떠올랐습니다. 아는 게 아주 많은 친구라고 생각했죠. 무언가를 그려놓

은 게 있었어요. 지구를 뚫고 나오려는 새 한 마리였죠. 그 그림을
그 친구에게 보냈습니다. 답장을 받을 줄은 생각지도 못했는데, 얼
마 뒤 쪽지 한 장을 받게 되었죠. 그 쪽지에 이렇게 적혀 있었습니
다. '새는 알에서 나오려고 투쟁한다. 알은 세계다. 태어나려는 자는
하나의 세계를 파괴하지 않으면 안 된다. 새는 신에게로 날아간다.
그 신의 이름은 아브락사스'라고요."

　그는 아무 대꾸도 하지 않았다. 우리는 군밤을 까서 포도주와 함
께 먹었다.

　"한 잔 더 하겠소?"

　그가 물었다.

　"고맙지만 괜찮습니다. 술을 잘 마시지 않습니다."

　그는 조금 실망한 듯 웃었다.

　"좋으실 대로! 나하고 다르군. 난 좀더 있겠소. 그만 가보시오!"

　그다음 오르간 연주가 끝나고 그와 함께 걸을 때 그는 별다른 말
이 없었다. 그는 나를 어느 오래된 골목에 있는, 낡았지만 크고 위
용이 넘치는 집 위층으로 데리고 갔다. 크고 약간 음산하고 황폐한
방이었다. 피아노 한 대를 제외하고는 음악과 관련된 것이 하나도
없었던 반면, 커다란 책장과 책상이 어딘가 학자의 방 같은 분위기
를 풍겼다.

　"책이 정말 많군요!"

　나는 감탄하며 말했다.

"일부는 아버지 서재에서 가져온 것이오. 아버지 집에 살고 있거든. 그렇소, 젊은이, 나는 부모님 집에 살고 있소. 하지만 당신을 부모님께 소개해줄 수 없소. 이 집에서는 누구도 나의 교제를 그다지 존중하지 않거든. 나는 내쳐진 자식이오. 이해하겠소? 내 아버지는 기가 막히게 존경할 만한 분이오. 이 고장의 유명한 목사이자 설교자이시지. 그리고 당신에게 말해주는데, 나는 그분의 재능 있고 전도유망한 아드님이오. 그런데 탈선하고 조금 돌아버렸지. 나는 신학생이었소. 그런데 국가고시 직전에 그 훌륭한 대학을 그만뒀지. 사실 내가 개인적으로 공부하고 있으니 아직도 신학도이기는 하지만. 내가 가장 중요하게 여기는 관심사는 사람들이 때에 따라 어떤 신들을 찾아냈는가 하는 것이었소. 그건 그렇고 나는 지금은 음악가이고, 아마 곧 작은 오르간 연주자 자리를 얻게 될 것 같소. 그렇게 되면 나도 다시 교회에 소속되는 것이오."

나는 책장에 꽂힌 책 제목을 찬찬히 훑어보았다. 작은 탁상용 램프의 희미한 불빛으로는 잘 보이지 않았지만, 그리스어, 라틴어, 히브리어 제목이었다. 그사이 음악가는 어둠 속에서 벽 쪽 바닥에 엎드려 무언가 하고 있었다.

한참 뒤 그가 말했다.

"이쪽으로 오시오. 이제 철학 공부나 좀 해볼까. 그 말인즉 입 닥치고, 엎드려, 생각하는 것이오."

그는 성냥을 그어 자기 앞에 있는 벽난로 속의 종이와 장작에 불을 붙였다. 불꽃이 높이 치솟았다. 그는 아주 조심스럽게 불을 헤집고 땔감을 넣었다. 나는 그의 곁에서 낡아 해진 양탄자 위에 엎드렸다. 그는 불을 응시했다. 나도 불에 이끌렸다. 우리는 아마 한 시간쯤 아무 말 없이 가물거리는 장작불 앞에 엎드려, 불꽃이 활활 타오르는 소리를 듣고, 불길이 가라앉고 휘어지고 가물거리며 흠칫하다가 마침내 불티가 되어 조용히 스러지는 것을 보았다.

"배화교(拜火敎, 불을 숭배하는 신앙—옮긴이)는 인간이 생각해낸 것 중 가장 멍청한 짓은 아닌 것 같군."

그가 혼잣말을 중얼거렸다. 그 밖에 우리 둘은 한 마디도 하지 않았다. 나는 굳은 눈으로 불꽃을 응시하며 꿈과 고요함에 잠겨, 연기 속에서 어떤 형상을 보았다. 재 속에서도 어떤 상이 나타났다. 한 번은 깜짝 놀라 흠칫했다. 내 옆에 있던 사람이 이글거리는 불 속에 송진을 조금 집어던지자, 작고 가느다란 불꽃이 솟아올랐던 것이다. 나는 그 속에서 노란색 매의 머리를 가진 그 새를 보았다. 사그라지는 벽난로 불꽃이 황금빛으로 빛나는 실 가닥을 모아 그물을 짰다. 문자와 영상들이 나타났다. 얼굴, 동물, 식물, 벌레, 뱀들에 대한 기억들이 떠올랐다. 정신을 차리고 옆의 친구를 보니 그는 두 주먹으로 턱을 괴고 잿더미를 뚫어지게 쳐다보고 있었다.

"그만 가봐야겠어요."

나는 나지막이 말했다.

"그래요. 잘 가시오. 또 봅시다!"

그는 일어나지도 않았다. 나는 등불이 꺼져 컴컴한 방과 어두운 복도와 계단을 더듬으며 그 저주받은 집에서 가까스로 빠져나왔다. 거리로 나오자 걸음을 멈추고 그 낡은 집을 올려다보았다. 불이 켜진 창은 하나도 없었다. 작은 놋쇠 문패가 문 앞 가스등 불빛에 반짝였다. '주임 목사, 피스토리우스'라고 적혀 있었다.

집으로 돌아와서 저녁을 먹고 내 작은 방에 홀로 앉았을 때야 비로소 나는 아브락사스나 그 밖에 다른 것에 관해서도 피스토리우스에게서 들은 것이 전혀 없다는 것과 우리가 주고받은 말이 열 마디도 채 되지 않는다는 것을 깨달았다. 하지만 나는 그 집을 방문한 것이 아주 만족스러웠다. 그가 다음번에 고전 오르간 음악 중에서도 아주 뛰어난 작품인 북스테후데의 파사칼리아를 들려주기로 약속했던 것이다.

그때 나는 깨닫지 못했지만, 오르간 연주자 피스토리우스는 내가 그와 함께 그 음산한 은둔자의 방 벽난로 앞에 엎드려 있을 때 이미 내게 첫 번째 강의를 해준 것이었다. 불을 들여다보았던 것이 좋았다. 그것은 내 안에 존재했지만 한 번도 제대로 살피지 못했던 내적 성향들을 강화하고 확인시켜주었던 것이다. 부분적으로 점차 그런 것들이 명확하게 떠올랐다.

나는 어린아이였을 때부터 이미 자연의 기이한 모습을 바라보는 버릇이 있었다. 그것은 관찰하는 것이 아니라 그 독특한 마력,

그 얼키설킨 심오한 언어에 온통 마음을 빼앗기는 것이었다. 오래된 나무처럼 굳어버린 기다란 나무뿌리, 혈관 같은 암석 속의 형형색색 줄무늬. 물 위에 떠다니는 기름 자국, 유리에 난 균열들―그와 비슷한 모든 것들이 때때로 내게는 커다란 마력을 발휘했다. 특히 물과 불, 연기와 구름, 먼지, 그리고 눈을 감으면 보이는, 빙빙 원을 그리는 빛깔의 무늬가 그랬다. 피스토리우스의 집을 처음 방문한 후 며칠 동안 그런 것들이 다시 떠올랐다. 왜냐하면 그 이후 내면의 원기, 기쁨, 감정이 고취된 것은 타오르던 불을 오랫동안 응시한 덕분이라는 것을 깨달았기 때문이다. 불을 응시하면 묘하게도 기분이 좋아지고 풍요로웠던 것이다.

이제까지 내가 본래의 삶의 목표를 향해 나아가는 여정에서 발견했던 사소한 경험들에 이 새로운 경험이 추가되었다. 그런 형상들을 관찰하고, 비이성적이고, 얽히고설킨 기이한 자연의 모습에 몰두하면 우리 마음속에서 그런 형상을 이룬 내 안의 의지와 일체감을 불러일으키게 된다. 우리는 곧 이 일체감을 우리 자신의 기분으로, 우리 자신의 창조로 여기려는 유혹을 느끼게 된다. 우리는 우리와 자연 사이의 경계가 흔들리고 녹아 없어지는 것을 보게 되고, 우리의 망막에 비치는 형상이 외부에서 받은 인상으로 생기는 것인지 혹은 내면의 인상에서 비롯된 것인지 알 수 없는 기분에 맞닥뜨린다. 우리가 창조자라는 것을, 우리의 영혼이 세계를 창조하는 데 얼마나 끊임없이 관여하고 있는지를 그 어디에서도 이런 연습만큼 쉽고 간단하게 발견할 수는 없다. 우리의 내부와 자연 속에서 활동하는 것은 오히려 똑같은 불가분의 신성이다. 외부 세계가 몰락한다 해도 우리 중 누군가는 그 세계를 다시 세울 능력을 가지고 있다. 산, 강, 나무, 잎, 뿌리, 꽃, 자연을 이루는 모든 것들이 영혼에서 나오기 때문이고, 그 영혼의 본질은 영원이며, 그 본질을 우리는 알지 못하지만, 적어도 사랑의 힘과 창조의 힘으로 느낄 수는 있다.

몇 년 후에야 나는 이 관찰을 증명하는 책 한 권을 발견했다. 레오나르도 다빈치의 책이었다. 그는 언젠가 많은 사람들이 침을 뱉은 담벼락을 바라보는 것이 얼마나 훌륭하고 깊은 자극이 될 수 있는지 이야기했다. 그 축축한 담벼락의 얼룩 앞에서 다빈치는 피스토리우스와 내가 불 앞에서 느낀 것과 똑같은 것을 느낀 것이다.

다음에 우리가 다시 만났을 때 오르간 연주자는 나에게 이렇게 설명해주었다.

"우리는 우리 개성의 한계를 항상 너무 좁게 한정하고 있소. 우리가 개인적이라고 구분한 것, 다르다고 인식하는 것만을 항상 개성이라고 여기지. 우리는 세계의 모든 요소들로 이루어져 있소. 우리 각각이, 우리의 육체가 물고기에 이르기까지 그리고 훨씬 더 아득하게 거슬러 올라가는 진화의 계보를 지니고 있는 것과 마찬가지로, 우리의 영혼 속에, 지금까지 인간의 영혼 속에 살았던 모든 것을 지니고 있는 것이오. 지금까지 존재했던 모든 신들과 악마들, 그리스인이든 중국인이든, 혹은 줄루카페르인(아프리카 줄루족의 분파―옮긴이)이든 모두가 가능성으로서, 소망으로서, 출구로서 우리 안에 함께 있는 것이오. 인류가 멸종하고, 아무런 교육도 받지 못하고 어중간한 재능을 가지고 태어난 아이 단 하나만 살아남는다면, 그래도 이 아이는 사물의 전 단계를 다시 찾아낼 것이오. 그 아이는 모든 신, 악마, 천국, 계율과 금기, 신약과 구약, 모든 것을 다시 창조해낼 수 있을 것이오."

"네, 좋습니다. 그럼 도대체 개인의 가치는 어디에 있는 거죠? 우리 안에 이미 모든 것이 완성된 채로 있다면 우리는 무엇 때문에 아직도 노력을 하고 있는 거죠?"

내가 반대 의견을 제시하자 피스토리우스는 격하게 소리쳤다.

"잠깐! 당신이 세계를 당신 속에 지니고만 있느냐 아니면 그것을 알기까지 하느냐, 거기에는 아주 큰 차이가 있소! 어떤 미친 사람이 플라톤을 연상시키는 그런 사상을 제시할 수도 있고, 헤른후트 파 학교에 다니는 신앙심 깊은 작은 소년이 그노시스파나 조로아스터교에서 나타나는 심오한 신화적 연관성을 창조적으로 생각해낼 수도 있는 일이오. 하지만 그 아이는 아무것도 모르고 하는 것이오! 그 사실을 의식하지 못하는 한 그는 단지 한 그루의 나무나 돌, 기껏해야 동물일 뿐이오. 그러나 이 인식의 불꽃이 희미하게 밝아오는 순간 그는 인간이 되는 거요. 당신은 물론 저 거리에서 두 발로 걸어 다니는 모든 이들을, 단지 똑바로 걷고 아홉 달 동안 배 속에 새끼를 품고 있다고 해서 인간이라고 여기는 것은 아니겠지? 그들 중 얼마나 많은 이들이 물고기나 양, 벌레 혹은 거머리인지, 얼마나 많은 개미, 얼마나 많은 벌들인지 알고 있지 않소! 자, 그들 각자에게는 인간이 될 수 있는 가능성이 있소. 하지만 그건 각자가 그것을 예감하고 부분적이나마 그것들을 의식하는 법을 배움으로써 가능한 것이오."

우리의 대화는 대략 이런 식이었다. 완전히 새롭거나, 아주 놀라운 이야기는 극히 드물었다. 그러나 모든 대화가, 심지어 가장 진부한 이야기일지라도 내 속의 어떤 부분을 조용히 계속 망치질하는 것이었다. 모든 것이 나를 형성하는 데 도움이 되었고, 모든 대화가 내 허물을 벗는 데, 알껍데기를 깨고 나오는 데 도움을 주었다. 그리고 모든 대화를 통해 내 노란 새가 그 아름다운 맹금의 머리를 짓이긴 세상의 껍질을 쳐올려 조금씩 더 높이, 조금 더 자유롭게 머리를 내미는 것이었다.

우리는 서로에게 각자의 꿈 얘기를 자주 들려주었다. 피스토리우스는 꿈을 해몽할 줄 알았다. 놀라운 꿈 하나가 지금 떠오른다. 한번은 내가 날아가는 꿈을 꾸었다. 하지만 그것은 내가 조절할 수 없는 힘으로 솟구쳐 올라 공중을 가르며 내던져진 것이었다. 비상하는 기분은 아주 즐거웠다. 그러나 내 의지와는 달리 고공을 가로지르자 곧 두려움이 밀려왔다. 그때 나는 숨을 멈췄다 한꺼번에 내뱉는 방법으로 상승과 하강을 조절할 수 있다는 구원 같은 발견을 했다.

그 꿈에 대해 피스토리우스는 이렇게 말했다.

"당신을 날 수 있게 한 도약은 누구나 가지고 있는 우리 인류의 크나큰 재산이오. 그것은 모든 힘의 근원과 연관되어 있다는 느낌이지. 하지만 곧 두려움으로 변하지. 그것은 빌어먹을 정도로 위험하니까! 그래서 대부분의 사람들은 저렇게 기꺼이 날기를 포기하고 법규에 따라 보도 위를 걷는 쪽을 택하지. 하지만 당신은 그러지 않았소. 당신은 영리한 청년답게 계속 날았소. 그리고 보시오. 그때 당신은 놀라운 사실을 발견한 거요. 당신이 점점 주인이 되어가는 것을, 당신을 계속 낚아채려는 크고도 보편적인 힘에 대해, 섬세하고 작은 자기 자신의 힘이 하나의 기관, 방향키가 되는 것을 말이오! 그것은 멋진 일이오. 그게 없다면 미친 사람처럼 아무 의지 없이 그냥 공중에 떠 있기만 하는 것이지. 당신에게는 보도를 걷는 사람들보다 더 깊은 예감이 주어졌소. 그들에게는 열쇠나 방향키가 없소. 그래서 끝도 없는 심연 속으로 사라지는 것이오. 하지만 싱클레어 당신은 그 일을 해내고 있소! 그런데 뭐라고? 아직 아무것도 모르겠다는 거요? 당신은 호흡조절기라는 새로운 신체기관으로 해내고 있는 거요. 이제 당신의 영혼이 근본적으로는 얼마나 '개인적'이지 못한지 알 수 있을 거요. 당신이 이 호흡조절기를 발명한 것은 아니니까! 새로운 게 아니오! 그것은 빌려온 것일 뿐이지. 수천 년 전부터 존재하던 것이지. 그것은 물고기의 평형기관인 부레요. 그런데 실제로 부레가 동시에 일종의 폐와 같은 역할을 해서 상황에 따라서는 호흡을 하는 데 이용되기도 하는, 진화가 덜 된 몇몇 희귀

종 물고기가 있지. 그것은 당신이 꿈속에서 날아다닐 때 비행용 부레로 사용했던 폐와 똑같은 것이오!"

그는 내게 동물학 책 한 권을 가지고 와서 저 진화가 덜 된 물고기 이름과 삽화까지 보여주었다. 나는 내 안에 진화 초기 단계에 존재하던 기능이 살아 있음을 깨닫고 묘한 전율을 느꼈다.

야곱의 싸움

내가 그 이상한 음악가 피스토리우스로부터 아브락사스에 대해 들은 것을 간단하게라도 다시 들려줄 수는 없다. 하지만 내가 그에게서 배운 가장 중요한 것은 나 자신에게로 가는 길에서 한 걸음 더 나아갔다는 것이다. 나는 당시 열여덟 살의 평범하지 않은 젊은이 였다. 수백 가지 일에서는 조숙했고, 다른 수백 가지 일에서는 뒤떨어지고 무력했다. 가끔 다른 사람들과 나 자신을 비교하며 자주 으스대고 거만하게 굴었지만 또 그만큼 자주 의기소침하고 굴욕적이었다. 때로는 나 자신을 천재라 여기기도 했고, 때로는 반미치광이라는 생각도 들었다. 내 또래 친구들과 함께 삶과 기쁨을 나누기가 힘들었다. 마치 나는 그들과 절망적으로 격리되어 있고, 삶이라는 것이 내게 닫혀 있기라도 한 듯, 자책하고 근심으로 나 자신을 갉아먹었다.

이미 성숙한 괴짜였던 피스토리우스는 나에게 용기와 나 자신을 존중하는 법을 가르쳐주었다. 내가 한 말들과 내 꿈들, 환상과 생각 속에서 항상 가치 있는 것들을 찾아내고, 그것을 중요하게 여기고 진심으로 논의하면서 나에게 예를 들어 설명해주었다.

그가 말했다.

"나에게 이런 말을 한 적 있지. 음악을 사랑하는 것은 음악이 도덕적이지 않아서라고. 어쨌든 나는 아무래도 상관없소. 하지만 당신 자신도 도덕가가 되어서는 안 되지! 자신을 다른 사람들과 비교해서도 안 되고. 자연이 당신을 박쥐로 만들었다면, 타조가 되려고 해서는 안 된단 말이지. 당신은 가끔 자신을 특별한 존재로 여기고 대부분의 사람들과는 다른 길을 걷고 있다고 자책하기도 하지. 그런 짓은 그만두시오. 불을 들여다보시오. 구름을 봐요. 그리고 예감이 떠오르고 당신 영혼의 목소리가 이야기하면 곧바로 그것들에 몸을 맡기시오. 그것이 선생님이나 아버지 혹은 그 어떤 신의 마음에 들지는 묻지 마시오! 그렇게 해서 자신을 망치는 것이오. 그러면 보도를 걷게 되고 화석이 되고 마는 거지. 이봐요, 싱클레어, 우리의 신은 아브락사스요. 신이면서 악마이기도 하지. 밝은 세계와 어두운 세계를 동시에 지니고 있지. 아브락사스는 당신의 생각이나 당신의 꿈에 대해 어떤 이의도 제기하지 않소. 그것을 절대 잊지 마시오. 하지만 당신이 지극히 평범한 인간이 되어버리면 그는 자신의 사상을 담아 끓일 새로운 냄비를 찾아 당신을 떠날 것이오."

내 모든 꿈들 중에서 가장 꾸준히 나타난 것은 저 어두운 사랑의 꿈이었다. 자주, 정말 자주 그 꿈을 꾸었다. 문장의 새 밑을 지나 고향 집으로 들어가 어머니를 안으려고 하면, 반은 남성이고 반은 어머니 같은 덩치 큰 여자를 끌어안고 있었다. 그녀에게 두려움을 느끼면서도 불타는 욕망이 그녀에게로 이끌었다. 그런데 이 꿈은 그친구에게 결코 이야기할 수 없었다. 다른 모든 건 다 이야기했지만 그 꿈만은 간직해두었다. 그 꿈은 나의 은신처였으며 비밀이었고 나의 피난처였다.

기분이 울적할 때면 나는 피스토리우스에게 전에 들었던 북스테후데의 파스칼리아를 연주해달라고 부탁했다. 그럴 때면 저녁 무렵 어두워지는 교회 안에서 나는 이 기이하고, 친밀한, 그 자체에 몰입하고, 그 자체에 귀 기울이는 음악에 도취되어 앉아 있었다. 그 음악을 들을 때마다 기분이 좋았고 영혼의 목소리를 받아들일 준비가 되었다.

가끔 우리는 오르간의 울림이 멎은 후에도 한동안 교회에 앉아 높고 뾰족한 아치형 창문으로 희미한 빛이 들어왔다가 아른거리며 사라지는 것을 바라보았다.

피스토리우스가 말했다.

"웃기지 않소. 내가 한때는 신학도였고 하마터면 목사가 될 뻔했다는 사실 말이오. 하지만 내가 그때 저지른 것은 단지 형식상의 오류였을 뿐이오. 목사가 된다는 것은 나의 소명이자 목적이오. 하지만 나는 너무 일찍 만족했고 아브락사스를 알기 전에 여호와의 재

량에 나를 맡겨버린 것이오. 아, 모든 종교는 아름답지. 종교는 영혼이니까. 기독교의 성찬을 들든 메카로 성지 순례를 떠나든 매한가지지."

"그렇다면 당신은 목사가 될 수도 있었겠네요?"

내가 말했다.

"아니오, 싱클레어. 그건 아니오. 그랬다면 나는 거짓말을 해야 했을 것이오. 우리의 종교는 마치 종교가 아닌 것처럼 행해지고 있지. 마치 이성의 산물인 것처럼. 가톨릭 사제는 어찌어찌 될 수 있었을지 모르지만, 신교의 목사는 될 수 없소. 안 되지! 그런 사람들을 몇명 알고 있는데, 진짜 신도들은 성경 구절 하나하나에 집착하지. 그런 사람들에게 그리스도는 사람이 아니라 신인(神人)이고, 신화이며, 인류가 자신들의 모습을 영원의 벽에 그려 넣은 그림자 상이라고 말할 수는 없소. 또 지혜로운 말씀 한마디를 듣기 위해, 의무를 다하려고, 어떤 일도 소홀히 하지 않기 위해 등등의 이유로 교회에 나오는 사람들에게 나는 무슨 말을 해줘야 한단 말이오? 개종하시오, 그렇게? 하지만 내가 원하는 건 그게 아니오. 성직자는 개종시키려하지 않소. 다만 신자들 가운데, 자기와 비슷한 사람들 속에서 살고 싶어 하고, 우리가 우리의 신들을 만들어내는 감정을 표현하고 전할 뿐이오."

그는 잠시 말을 끊었다가 다시 이어나갔다.

"우리가 지금 아브락사스라는 이름으로 선택한 우리의 새로운 신앙은 아름다운 거요, 친구. 그것은 우리가 가진 최상의 것이오. 하지만 그것은 아직 젖먹이에 지나지 않지. 아직 날개도 돋지 않았으니까. 아, 외로운 종교, 그건 아직 진정한 종교가 아니지. 공동의 것이 되어야 하고, 예배와 도취, 축제와 비밀의식이 있어야 해……."

그는 생각에 잠겨 자신에게 몰입했다.

"그 비밀의식이라는 것 말인데, 혼자나 아주 작은 규모로도 할 수 있는 것 아닌가요?"

내가 머뭇머뭇하며 물었다.

그가 고개를 끄덕이며 말했다.

"물론 할 수 있소. 나는 오래전부터 해오고 있으니까. 사람들이 알면 몇 년 감옥에 들어가야 할지도 모르는 우상 경배를 하고 있소. 하지만 옳은 것임을 알고 있지."

갑자기 그가 내 어깨를 치는 바람에 나는 흠칫 놀랐다. 그가 하나하나 따져보려는 듯 말했다.

"이봐, 당신도 비밀의식이 있지. 나한테 말하지 않았지만 당신이 꿈을 꾸고 있다는 것을 알고 있소. 어떤 꿈인지는 알고 싶지 않소. 하지만 말해두는데 그 꿈대로 살아요. 꿈을 즐기시오. 그 꿈의 제단을 세워보시오! 아직 완전하지는 않지만 하나의 길이니까. 우리가, 당신과 나, 그리고 다른 두세 명이 세상을 새롭게 바꿀지는 두고 봐야지. 하지만 우리 마음은 매일 새로워져야만 하오. 그렇지 않으면 우리는 아무것도 아니지. 그것을 생각해보시오! 당신은 열여덟 살이오, 싱클레어. 당신은 거리의 창녀를 찾아가는 게 아니라 사랑을 나누는 꿈, 사랑을 원하는 꿈을 가져야 하오. 어쩌면 당신이 두려워하는 게 그것들일 것이오. 그것을 두려워하지 마시오! 그것들은 당신이 가진 것 중에서 가장 좋은 것이오. 내 말을 믿어도 좋소. 당신 나이 때 나는 사랑의 꿈들을 억눌렀기에 아주 많은 것들을 잃어버렸지. 그래서는 안 되는 것이었는데. 아브락사스를 안다면 더 이상 그렇게 해서는 안 되오. 아무것도 두려워해서는 안 되고, 우리 안의 영혼이 원하는 것은 어떤 것도 금지되었다고 여겨서는 안 될 것이오."

나는 깜짝 놀라 이의를 제기했다.

"하지만 생각하는 대로 모든 것을 행할 수는 없지 않습니까! 마음에 들지 않는다고 누군가를 죽여서는 안 되잖아요."

그가 나에게 더 가까이 다가왔다.

"경우에 따라서는 그렇게 해도 되오. 하지만 그건 대부분 잘못된 것이지. 스치는 생각들까지 모조리 행동에 옮기라는 말이 아니오. 그런 뜻이 아니라, 좋은 의미로 떠오른 생각들을 쫓아내거나 이런 저런 도덕으로 무장해서 해로운 것으로 치부하지 말라는 거요. 자신이나 다른 사람을 십자가에 못 박는 대신, 포도주 잔을 들고 비밀 의식의 희생자들을 기리며 숙연하게 마실 수도 있소. 또 그런 행위를 하지 않고서도 자신의 충동과 소위 유혹을 존경과 사랑으로 다룰 수도 있소. 그렇게 하면 그것들은 의미 있게 다가오지. 그 모든 것이 의미가 있으니까. 다시 한번 더 정말 미칠 것 같은, 혹은 죄악이 되는 생각이 들거든, 싱클레어, 그리고 누군가를 죽이고 싶거나 엄청나게 음란한 짓을 하고 싶으면, 그때 잠시만 생각하시오. 당신 안에서 상상의 나래를 펴는 것은 저 아브락사스라고 말이오! 당신이 죽이고 싶은 인간은 결코 아무개 씨가 아니오. 그건 변장된 것일 뿐이지. 우리가 어떤 사람을 미워한다면, 그건 자기 안에 존재하는 어떤 모습을 미워하는 것이오. 자기 안에 있지 않는 것은 결코 우리를 자극하지 않는 법이거든."

피스토리우스가 나의 가장 은밀한 부분을 그토록 깊이 알아맞힌 적은 한 번도 없었다. 나는 대답할 수 없었다. 그러나 내가 특히 감동받았던 것은 여러 해 전부터 마음속에 담아두었던 데미안의 위로와 똑같은 울림을 가지고 있었다는 것이다. 두 사람은 서로 전혀 모르는 사이였는데도, 나에게 똑같은 말을 한 것이다.

피스토리우스가 나지막이 말했다.

"우리가 보는 사물은 우리의 마음속에 있는 것과 같은 것이오. 우리 마음속에 들어 있지 않는 현실은 아무것도 없소. 그렇기 때문에 대부분의 사람들이 그렇게 비현실적으로 사는 것이오. 그들은 외부의 형상을 현실로 생각하고 자기 내면의 세계는 아무 말도 하지 못하게 하는 것이지. 그렇게 해도 행복할 수는 있지. 하지만 그러다가 한번 다른 것을 알게 되면 더 이상 대부분의 사람들이 가는 길을 선택할 수 없는 거요. 싱클레어, 대부분의 사람들이 가는 길은 쉬운 길이오. 우리가 가는 길은 험난하지. 우리는 가는 거요."

며칠 뒤, 그를 기다리다 두 번이나 허탕을 친 후, 늦은 밤 술에 취해 비틀거리며 추운 밤바람 속에서 외롭게 길모퉁이를 돌아오는 그와 마주쳤다. 나는 그를 부르고 싶지 않았다. 그는 나를 알아보지 못하고 스쳐 지나갔다. 그는 알 수 없는 어둠 속 외침을 따라가듯 고독으로 이글거리는 눈으로 앞만 보고 걸어갔다. 나는 한 구역 정도 그의 뒤를 따라갔다. 그는 마치 눈에 보이지 않는 쇠줄에 묶여 당겨지듯, 열광적으로 그러나 흐트러진 걸음으로 마치 유령처럼 걸어갔다. 슬픈 마음으로 나는 집으로, 구원받지 못한 내 꿈으로 돌아갔다.

'그는 저렇게 자기 내면의 세계를 새롭게 하고 있는 건가!'

나는 이런 생각이 들었다. 그와 동시에 그것은 저급하고 도덕적인 사고라고 느꼈다. 내가 그의 꿈에 대해 무엇을 알고 있는 거지? 어쩌면 그는 그렇게 술에 취해 있어도 불안에 떨고 있는 나보다 더 안전한 길을 가고 있는지도 모른다.

학교에서 쉬는 시간에 가끔 내가 한 번도 눈여겨보지 않은 친구 하나가 나한테 다가오려 한다는 것을 알아차렸다. 그는 키가 작고 붉은빛이 도는 숱이 적은 머리카락에 허약해 보이는 여린 아이였는데, 눈빛과 행동에 독특한 무언가가 있었다. 어느 날 저녁 집으로 돌아오는 길에 그가 골목에 숨어 기다리다 내가 지나쳐 가자 다시 뒤쫓아와 우리 집 현관문 앞에 멈춰 섰다.

"나한테 무슨 볼일 있어?"

내가 물었다.

"그냥 너하고 얘기 한번 나눠보고 싶어서. 조금만 같이 걸을래."

그가 수줍게 말했다.

나는 그를 따라갔다. 그가 몹시 흥분하고 기대에 차 있는 것을 느꼈다. 그는 두 손을 떨고 있었다.

"너 심령술사지?"

그가 갑자기 물었다.

"아니야, 크나우어. 말도 안 돼. 어떻게 그런 생각을 하지?"

나는 웃으며 말했다.

"그럼 신지론자(神智論者)구나?"

"그것도 아냐."

"아, 그렇게 숨기지 마! 나는 네게 뭔가 특별한 것이 있다는 것을 분명히 느꼈어. 네 눈을 보면 알아. 네가 심령들과 접촉한다고 확신해. 나는 호기심으로 물어보는 게 아니야, 싱클레어. 아니라고! 나 자신도 구도자라고. 그리고 난 너무 외로워."

"계속 얘기해봐! 나는 심령에 대해 아는 것이 전혀 없어. 나는 내 꿈속에서 살고 있어. 네가 그걸 눈치챘구나. 다른 사람들도 꿈속에서 살지. 하지만 자기 자신의 꿈이 아니야. 그게 다른 점이지."

나는 그를 격려하며 말했다.

"그래, 어쩌면 그럴지도 모르지. 어떤 꿈속에 살고 있느냐가 중요하지. 너 혹시 백(白) 주술이라고 들어봤니?"

그가 속삭이듯 말했다.

나는 부정해야 했다.

"그건 자기 자신을 지배하는 법을 배우는 것이라던데. 죽지도 않고, 마술도 할 수 있는. 넌 그런 연습 한 번도 안 해봤어?"

그 연습에 관한 나의 호기심 어린 질문에 그는 처음에는 숨기려는 듯하더니 내가 가려고 돌아서자 느릿느릿 털어놓기 시작했다.

"가령 나는 잠들고 싶을 때나 집중해야 할 때 그런 연습을 해. 아무거나, 예를 들어 단어 하나라든가 사람 이름, 혹은 기하학 도형 하나를 생각하는 거야. 그리고 그것들을 생각하면서 내 안으로 집어넣는 거지. 할 수 있는 한 정신을 집중해서 내 안에, 내 머릿속에 있다고 상상하는 거야. 내 안에 들어 있다는 느낌이 들 때까지. 그다음 그것이 목에 있다고, 그리고 그것들로 내 몸이 완전히 꽉 찰 때까지 계속 생각하는 거야. 그러고 나면 나는 굉장히 단단해지고, 어떤 것도 내 평온을 흐트러뜨리지 못해."

그가 무슨 생각을 하는지 어느 정도는 이해했다. 하지만 그가 아직도 가슴속에 남겨둔 말이 있음을 느꼈다. 그는 이상하게 흥분하고 조급해 보였다. 나는 그가 편하게 물어볼 수 있도록 애썼다. 그러자 그는 곧 원래의 관심사를 털어놓았다.

"너도 금욕 중이지?"

그가 불안스레 물었다.

"무슨 말이야? 성적인 문제를 말하는 거야?"

"그래, 그래. 나는 지금 2년째 금욕 중이야. 그 교리를 알고 난 뒤부터. 그 전에는 죄를 지었지. 무슨 말인지 알겠지? 그러니까 넌 여자와 한 번도 잔 적 없다는 거야?"

"없어. 그러고 싶은 사람을 아직 발견하지 못했거든."

내가 말했다.

"그럼 그런 여자를 만나면 그 여자와 잘 거야?"

"물론이지. 그 여자가 싫다고만 하지 않으면."

나는 약간 놀리듯 말했다.

"오, 그럼 넌 길을 잘못 들어선 거야. 내면의 힘은 금욕 상태를 지속할 때만 생기는 거라고. 난 2년 동안 그걸 지켰어. 2년 한 달하고도 조금 더! 정말 힘든 일이야! 가끔은 정말 참기 힘들어."

"이것 봐, 크나우어. 난 금욕이 그렇게 중요하다고 생각하지 않아."

그러자 그가 말을 가로막았다.

"나도 알아. 모두 말은 그렇게 하지. 하지만 너까지 그렇게 말할 줄은 몰랐어. 보다 높은 정신적인 길을 가는 사람이라면 순결해야 하는 거야. 반드시!"

"그래, 그럼 그렇게 해! 하지만 자신의 성욕을 억누른다고 해서 다른 사람보다 '더 순결'하다는 건 이해가 안 돼. 아니면 너는 성적인 것을 모든 생각과 꿈속에서도 차단할 수 있단 말이야?"

그는 절망적인 눈초리로 나를 바라보았다.

"아니. 바로 그게 안 된다는 거야. 제기랄! 하지만 꼭 그래야 해. 밤마다 꿈을 꿔. 나 자신에게조차 말 못할 꿈을 꾼다고! 무서운 꿈을!"

나는 피스토리우스가 했던 말이 생각났다. 그러나 그의 말이 아무리 옳다고 해도 다른 사람에게 전해줄 수는 없었다. 나 자신의 체험에서 나온 것도 아니고, 아직 그것을 따를 만하다고 느끼지 못하는데 남에게 충고를 해줄 수는 없었다. 나는 잠자코 있었다. 그리고 누군가 나에게 조언을 구하고 있는데, 아무 말도 해줄 수 없다는 사실에 굴욕감을 느꼈다.

"난 별짓 다 해봤어. 사람이 할 수 있는 건 다 해봤다고. 냉수욕을 하고, 눈으로 몸을 씻어도 보고, 체조를 하거나 달리기도 했지. 하지만 다 소용없었어. 매일 밤 생각조차 해서는 안 될 꿈에서 깨어나곤 해. 그리고 끔찍한 것은 그러면서 내가 정신적으로 배운 모든 것들을 차츰 잃어가고 있다는 거야. 나는 이제 집중도 거의 할 수 없고 잠도 오지 않아. 침대에 누운 채로 밤을 새울 때도 많아. 더 이상 오래 못 버티겠어. 그런데 내가 결국 이 싸움에서 굴복하고, 다시 나를 더럽힌다면, 그럼 한 번도 싸워본 적 없는 다른 모든 사람들보다 내가 더 나쁜 거야. 이해하겠어?"

크나우어가 내 옆에서 하소연하듯 말했다.

나는 고개를 끄덕였지만 해줄 말이 없었다. 나는 그가 지겨워지기 시작했고, 그의 고뇌와 절망에도 깊은 감명을 받지 못한다는 사실에 놀랐다. 내가 느낀 것이라고는 고작해야 '나는 너를 도와줄 수 없어'라는 정도였다.

마침내 그가 지치고 슬픈 듯 말했다.

"그러니까 너는 나한테 해줄 말이 없다는 거야? 정말 아무것도 없어? 그래도 뭔가 방법이 있을 거야! 그럼 넌 어떻게 하는 거지?"

"너한테 해줄 말이 아무것도 없어, 크나우어. 그건 도와줄 수 있는 일이 아니야. 나 역시 아무도 도와주지 않았어. 너 스스로 생각해내야 해. 그리고 너의 본성에서 우러나오는 것, 그걸 하는 거야. 다른 방법은 없어. 너 자신을 찾아내지 못하면, 넌 그 어떤 영(靈)도 발견할 수 없을 거야."

실망한 그 작은 친구는 말없이 나를 올려다보았다. 그러다 갑자기 그의 눈빛이 증오로 불타오르더니 인상을 찌푸리며 분노에 차서 소리 질렀다.

"아, 너야말로 잘난 성자로구나! 너도 죄를 짓는다는 거 나는 알아! 마치 현자처럼 굴면서 나나 다른 사람들처럼 남몰래 더러운 짓거리에 매달리잖아! 너는 돼지야. 너도 나와 같은 돼지란 말이야. 우리 모두 다 돼지야!"

선 채로 있는 그를 내버려두고 나는 그 자리를 떠났다. 그는 두세 걸음 따라오다가 걸음을 멈추고 돌아서서 달아났다. 연민과 혐오가 뒤섞인 기분으로 속이 메스꺼웠다. 집으로 돌아와 내 작은 방에 그림 몇 장을 둘러 세우고 더없이 간절한 마음으로 나의 꿈들에 몰두하고 나서야 비로소 그 감정에서 벗어날 수 있었다. 그러자 곧 내 꿈이 다시 살아났다. 집 현관문, 그 문장, 그리고 어머니와 낯선 여성에 대한 꿈이었다. 그 여성의 표정이 너무나 또렷하게 보여 그날 저녁에 바로 그녀의 모습을 그리기 시작했다.

며칠 뒤 꿈속인 것처럼 무의식적인 상태에서 15분 동안 그림을 그려서 완성했다. 저녁에 그림을 벽에 걸어놓고, 탁상용 램프를 그 앞에 가져다 놓은 다음 마치 결판이 날 때까지 싸워야 하는 귀신을 보듯 그 앞에 서 있었다. 그것은 전에 그린 그림과 비슷했고, 내 친구 데미안을 닮았으며, 몇몇 표정은 나 자신과도 비슷했다. 한쪽 눈은 다른 쪽 눈보다 눈에 띄게 높았고, 숙명으로 가득 찬 시선은 꼼짝도 하지 않고 내 머리 위를 향하고 있었다.

그림 앞에서 나는 긴장감으로 가슴속까지 서늘했다. 나는 그 그림에게 질문을 던졌고, 한탄하고, 애무했으며, 기도를 올렸다. 그것을 어머니라고 불렀고, 연인이라고 불렀다. 창녀라고 불렀고 탕녀라고 불렀으며, 아브락사스라고 불렀다. 그러는 중에 피스토리우스의 말이―어쩌면 데미안의 말이었던가?―떠올랐다. 언제 그 말을 들었는지는 기억나지 않지만, 어쨌든 다시 들리는 것 같았다. 그것은 야곱과 천사의 싸움에 관한 말이었다. '나에게 축복을 내리지 않으면 보내주지 않으리라.'

기도를 할 때마다 램프 불빛 속에서 그림의 얼굴이 변했다. 환하게 빛나기도 하고, 어두워지기도 하고, 생기 없는 눈동자 위로 파리한 눈꺼풀을 감았다가, 다시 뜨고 타는 듯한 눈길로 쏘아보았다. 그것은 여자였고, 남자였으며, 소녀였고, 작은 아이였고, 동물이었다. 얼룩처럼 흐려지다가 다시 선명해졌다. 마지막에 나는 강력한 내면의 외침에 따라 눈을 감았다. 그리고 내 안에서 더 강렬하고 명확하게 그림을 보게 되었다. 나는 그 앞에서 무릎을 꿇으려 했다. 그러나 그림은 내 안에 너무도 깊숙이 들어가 완전히 나 자신이 되어버린 듯 나 자신과 갈라놓을 수가 없었다.

그때 마치 이른 봄날 폭풍우가 치듯 어둡고 무겁게 윙윙거리는 소리가 들렸다. 그리고 말로 표현할 수 없는 불안과 체험의 새로운 감정에 몸을 떨었다. 별들이 내 앞에서 번쩍거리다 사라졌다. 완전히 잊혀진 유년 시절 첫해의 기억들까지, 아니 전생과 생성의 초기 단계에 이르기까지 기억들이 흘러넘쳐 내 곁을 스쳐 갔다. 그러나 그렇게 내 인생 가장 비밀스러운 것까지 온 삶을 되풀이하는 것 같은 기억들은 어제오늘로 끝나는 것이 아니라, 계속되어 미래를 비쳤으며, 오늘로부터 나를 낚아채 새로운 삶의 형식으로 끌어들였다. 그것은 어마어마하게 밝고 눈부셨지만 나중에 어느 것 하나도 제대로 기억나지 않았다.

밤중에 깊은 잠에서 깨어났다. 옷을 입은 채 침대에 비스듬히 누워 있었다. 불을 켰고, 중대한 것을 생각해야 할 것 같았다. 몇 시간 전의 일이 전혀 기억나지 않았다. 불을 켜자 점차 기억이 떠올랐다. 나는 그림을 찾았다. 그림은 더 이상 벽에 걸려 있지 않았고, 책상 위에도 없었다. 어렴풋이 내가 태워버린 것 같은 생각이 들기도 했다. 아니면 내가 그림을 내 손으로 태우고 재를 먹었던 것은 꿈이었을까?

나는 흠칫하며 크게 놀랐고, 불안감이 몰아쳤다. 모자를 쓰고 나가 마치 강압에 의한 듯 집과 골목길을 걸어갔다. 폭풍우에 휩쓸린 듯 거리와 광장을 빠른 걸음으로 걷고 또 걸었다. 내 친구의 어두운 교회 앞에서 귀를 기울이기도 하고, 어두운 충동에 사로잡혀 무엇을 찾는지도 모르는 채 찾고 또 찾아 헤맸다. 나는 교외의 사창가를 지나갔다. 그곳은 여기저기 아직 불이 켜져 있었다. 더 먼 외곽에는 새로 짓고 있는 건물과 벽돌이 쌓여 있었고, 일부는 회색 눈으로 덮여 있었다. 몽유병자처럼 알 수 없는 중압감에 이끌려 이 황량한 곳을 헤매고 있으려니, 언젠가 나를 괴롭혔던 크로머가 계산을 하자며 처음으로 나를 데려갔던 내 고향 도시의 새 건물이 떠올랐다. 그 비슷한 건물이 잿빛 어둠 속에서 여기 내 앞에 있었다. 문을 낼 시 커면 구멍이 나를 향해 입을 벌리고 있었다. 그것이 나를 그 안으로 끌어들였다. 나는 물러나려다 모래와 폐기물 더미에 걸려 비틀거렸다. 그러나 충동이 더 강해 나는 들어갈 수밖에 없었다.

나는 판자와 깨진 벽돌을 넘어 그 황량한 공간으로 비틀거리며 걸어 들어갔다. 축축한 냉기와 돌 냄새가 혼탁하게 났다. 모래 무더기가 조금 더 밝은 회색 얼룩처럼 보일 뿐 그 밖에는 온통 깜깜했다.

그 순간 놀란 목소리가 나를 불렀다.

"하느님 맙소사, 싱클레어, 어디서 오는 거야?"

내 옆 어둠 속에서 사람 하나가, 작고 마른 사람이 유령처럼 몸을 일으켰다. 나는 머리카락이 곤두설 정도로 놀랐지만, 곧 그가 학교 친구 크나우어라는 것을 알아보았다.

"네가 어떻게 여기 온 거야?"

크나우어는 너무 흥분한 나머지 정신이 나간 듯 물었다.

"어떻게 나를 찾아냈어?"

무슨 말인지 이해할 수 없었다.

"난 너를 찾아온 게 아니야."

나는 어리둥절한 채로 대답했다. 말 한 마디 한 마디 하기가 힘이 들어, 죽은 듯, 무겁고, 얼어붙은 듯 입술 밖으로 간신히 내뱉었다.

크나우어가 나를 응시했다.

"찾지 않았다고?"

"그래. 이끌려 왔어. 네가 나를 불렀어? 네가 나를 부른 게 틀림없어. 그런데 넌 여기서 뭘 하는 거야? 이 밤에?"

그는 야윈 두 팔로 온 힘을 다해 나를 껴안았다.

"그래, 밤이야. 곧 아침이 될 거고. 오, 싱클레어, 네가 나를 잊지 않았다니! 나를 용서해줄 수 있겠어?"

"도대체 뭘?"

"아, 나 정말 못나게 굴었잖아!"

그제야 비로소 우리가 나누었던 대화가 생각났다. 네댓새 전이었던가? 그 이후 한평생이 지나간 것 같았다. 그러나 나는 그 순간 불현듯 모든 것을 깨달았다. 우리 둘 사이에 일어났던 일뿐만 아니라, 내가 왜 여기까지 왔고, 크나우어가 이 외곽에서 무엇을 하려고 했는지.

"그러니까 너 죽으려고 했지, 크나우어?"

그는 추위와 공포로 바들바들 떨고 있었다.

"그래, 그러려고 했어. 내가 그럴 수 있었을지는 모르겠지만. 아침까지 기다리려고 했어."

나는 그를 끌고 밖으로 나왔다. 똑바로 드리우는 첫새벽 빛이 잿빛 하늘에서 더없이 차갑고 희미하게 빛났다.

나는 친구의 팔을 잡고 어느 정도 멀리 갔다. 나도 모르게 말이 나왔다.

"이제 집으로 가. 그리고 아무한테도 말하지 마! 넌 잘못된 길을 갔던 거야. 잘못된 길을! 네 말처럼 우리는 돼지가 아니야. 우리는 인간이야. 우리는 신들을 만들어내고 그들과 싸우지. 그러면 신들이 우리를 축복해주고."

우리는 말없이 더 걷다가 헤어졌다. 집에 돌아왔을 때는 날이 밝아 있었다.

성 ○○ 시에서 보낸 시절 가장 좋았던 것은 피스토리우스와 오르간 옆이나 벽난로 앞에 앉아 있던 시간들이었다. 우리는 아브락사스에 관한 그리스어 원서들을 함께 읽었다. 그는 베다 경전 몇 구절을 번역해서 읽어주었다. 그리고 나에게 신성한 '옴(Om, 聖音)' 소리를 내는 법을 가르쳐주기도 했다. 그러는 사이 나의 내면을 강하게 만든 것은 그런 학문이 아니라 오히려 그와는 전혀 다른 것들이었다. 좋았던 것은 나 자신 안에서 앞으로 나아간 것이었다. 나의 꿈들, 생각, 예감에 대한 믿음이 커져갔고, 내면의 힘에 대해 점점 더 많이 알게 되었다는 것이었다.

피스토리우스와 나는 여러 면에서 잘 통했다. 나는 다만 그에 대해 열렬히 생각하기만 하면 되었다. 그러면 그가 오거나 아니면 그로부터 기별이 온다는 것을 확신했다. 데미안에게 그랬던 것처럼 나는 그와 함께 있지 않아도 그에게 무언가를 물어볼 수 있었다. 그의 모습을 뚜렷이 그려보고, 그에 대한 나의 물음에 집중하기만 하면 되었다. 그러면 질문에 쏟았던 모든 영혼의 힘이 대답으로 되돌아왔다. 다만 내가 마음속에서 그렸던 인물은 피스토리우스도, 막스 데미안도 아니었다. 그것은 내가 꿈꾸었고 그렸던 그림 속 인물이었다. 내가 불러내야 했던 것은, 남자이면서 여자인 데몬의 모습이었다. 그것은 이제 더 이상 내 꿈속의 영상이나 종이 위에 그려진 그림이 아니라, 내 마음속에, 나 자신의 향상된 이상적인 상으로 살고 있었다.

자살에 실패한 크나우어와 나의 관계는 특이하면서도 때로는 웃기기도 했다. 내가 그에게로 보내졌던 그날 밤 이후로 그는 마치 충직한 하인이나 개처럼 나에게 매달렸고, 내 삶에 자신의 삶을 엮으려고 맹목적으로 나를 따랐다.

크나우어는 너무도 놀라운 질문과 소원을 가지고 나를 찾아왔다. 유령을 보고 싶어 했으며 카발라(중세 유대교의 신비주의 교파—옮긴이)를 배우려 했다. 내가 그 모든 것들을 전혀 모른다고 아무리 말해도 그는 믿지 않았다. 그는 내가 온갖 힘을 다 지녔다고 믿었다. 그러나 기이한 것은 나의 내면에서 어떤 매듭 하나를 풀어야 할 때 마침 그가 이상하고 바보스런 질문을 가지고 나를 찾아왔고, 그의 변덕맞은 생각과 관심이 해결책의 실마리나 자극이 되는 때가 많았다. 종종 그가 귀찮아 주인이나 되는 것처럼 쫓아버리기도 했지만 나는 그 또한 나에게 보내진 사람이라는 것을 느꼈다. 내가 그에게 준 것이 2배가 되어 나에게 돌아오니 그 또한 나의 인도자이자 하나의 길인 것이다. 그가 구원을 찾으려고 보았던 책이나 잡지들을 나에게 가지고 왔는데, 그것들은 내가 그 순간에 깨달을 수 있는 것보다 더 많은 것들을 가르쳐주었다.

얼마의 시간이 지난 뒤 크나우어는 나도 모르는 사이에 내 길에서 사라졌다. 그와는 어떤 논쟁도 필요하지 않았다. 하지만 피스토리우스는 달랐다. 이 친구와는 성 ○○ 시에서의 학창 시절이 끝나갈 무렵 또 한 번 기이한 체험을 했다.

아무리 악의 없는 사람일지라도 일생에 한 번쯤 혹은 몇 번 정도 경건과 감사라는 아름다운 미덕과 갈등을 겪게 마련이다. 누구나 한 번은 아버지와 스승들로부터 떨어져 나와야 한다. 누구나 어느 정도는 혹독한 고독을 느껴야 한다. 대부분의 사람들이 그것을 견디지 못하고 다시 그 밑으로 기어든다 할지라도. 나는 격렬한 싸움을 하고 멀어진 것이 아니라, 천천히 그리고 거의 눈에 띄지 않게 내 부모님과 그분들의 세계, 내 아름다웠던 유년 시절의 '밝은' 세계로부터 멀어졌고, 더욱 낯설었다. 나는 마음이 아팠다. 고향을 찾을 때면 쓸쓸한 시간을 보낼 때가 많았다. 그러나 그것이 가슴속까지 파고드는 건 아니었다. 참을 만한 정도였다.

그러나 습관적인 것이 아니라 독자적인 욕구에 따라 사랑과 경외심을 품은 곳, 마음속에서 우러나오는 대로 신봉자나 친구가 된 곳, 그곳에서는 우리 마음을 움직이는 물결이 사랑하는 사람들로부터 우리를 멀어지게 한다는 사실을 깨닫게 되는 쓰라리고 무서운 순간이 갑자기 찾아온다. 그때는 친구나 스승을 거부하는 생각 하나하나가 독이 묻은 가시로 자신의 심장을 찌르고, 방어하기 위해 가하는 타격 하나하나가 되레 자신의 얼굴을 치는 것이다. 그럴 때, 자기 마음속에 보편타당한 도덕 하나쯤 지니고 있다고 여기는 사람에게 '변절'과 '배은망덕'이라는 이름이 치욕과 낙인으로 떠오른다. 그때 놀란 가슴은 두려움에 가득 차 유년 시절의 덕목들이 있는 기분 좋은 골짜기로 도망치며, 이렇게 결별하고 인연을 끊어야 한다는 것을 믿을 수 없게 된다.

시간이 지나면서 내 친구 피스토리우스를 절대적인 인도자로 인정하고 싶지 않은 마음이 자라났다. 내 소년 시절의 가장 중요한 몇 달 동안 나는 그와 우정을 나눴고, 그의 충고와 위로를 들으며 친하게 지냈다. 그를 통해 신이 나에게 말을 걸었다. 그의 입을 통해 내 꿈들이 나에게 돌아왔으며, 밝혀지고 풀이되었다. 그는 나 자신에게로 갈 수 있도록 용기를 주었다. 아, 그런데 이제 서서히 그를 거부하는 감정이 자라는 것이다. 그의 말에는 지나치게 많은 가르침이 담겨 있고, 그가 완전히 이해하는 것은 단지 나의 일부분일 뿐이라고 느꼈다.

우리 사이에는 어떤 다툼도 어떤 사건도 없었고, 결렬도 앙갚음도 청산할 것도 없었다. 나는 그에게 단지 한마디, 사실은 악의 없는 말 한마디를 했을 뿐이다. 하지만 그 순간 우리 사이에 존재하던 환상이 형형색색의 유리 조각으로 산산이 깨져버렸다.

이미 한동안 어떤 예감이 내 마음을 짓누르고 있었다. 그런데 그것이 뚜렷하게 떠오른 것은 어느 일요일 그의 낡은 서재에서였다. 우리는 불이 피워진 벽난로 앞 바닥에 엎드려 있었고, 그는 그가 연구하고, 명상하며, 그 미래의 가능성에 열중하고 있던 비밀의식들과 종교의 형태에 관해 얘기하고 있었다. 그러나 그 모든 이야기가 나에게는 인생에서 중요한 것이라기보다 기이하고 재미있게 여겨졌다. 그저 현학적이고, 이전 세계의 잔재를 뒤적거리는 고단한 탐구의 소리처럼 들렸다. 그래서 나는 문득 이 모든 방식에 대해, 이 모든 우상숭배나 비밀의식에 대해, 전해 내려오는 종교 형식을 모자이크처럼 짜 맞추는 유희에 대해 거부감을 느꼈다.

문득 내가 말했다.

"피스토리우스, 나한테 다시 한번 당신의 꿈 이야기를 들려줄 수 없나요? 실제로 꿈꾼 이야기 말이에요. 지금 당신이 말하는 것은, 뭐랄까, 너무 고리타분해요!"

나 자신도 당황하고 놀랄 만큼 악의에 찬 말이었다.

그는 내가 그런 식으로 말하는 것을 한 번도 들어본 적 없었다. 그리고 내가 쏜 화살이 그의 심장을 맞힌 그 순간 그 화살이 바로 그 자신의 무기고에서 꺼냈다는 사실이 번개처럼 스치면서 그는 수치와 전율을 느꼈다. 그가 가끔 냉소적으로 자신을 비하하던 말들을 지금 내가 더욱 악의적이고 날카롭게 던진 것이다.

그도 순간적으로 그것을 느꼈다. 그리고 입을 다물었다. 나는 불안한 마음으로 그를 쳐다보았고, 그의 얼굴이 무서우리만큼 창백해지는 것을 보았다.

길고 무거운 침묵이 흐른 후 그는 새 장작을 불 속에 던져 넣으며 나지막이 말했다.

"당신 말이 맞소, 싱클레어. 당신은 영리한 친구야. 이젠 그런 고리타분한 것들로 당신을 성가시게 하지 않겠소."

그는 아주 차분하게 말했다. 하지만 나는 상처 입은 그가 얼마나 고통스러울지 알고도 남았다. 도대체 내가 무슨 짓을 한 거야!

눈물이 쏟아질 것 같았다. 진심으로 그에게 용서를 빌고 싶었다. 그에게 나의 애정과 진심으로 감사하는 마음을 전하고 싶었다. 감동적인 말들이 떠올랐지만 그 말들을 할 수가 없었다. 나는 그대로 엎드린 채 말없이 불만 들여다보았다. 그도 아무 말이 없었다. 그렇게 우리는 엎드려 있었고, 불은 다 타들어 사그라졌다. 그리고 타닥거리는 불꽃마다 나는 두 번 다시 돌아오지 않을 어떤 아름답고 친밀한 것이 타올랐다가 날아가 버리는 것을 느꼈다.

"내 말을 오해하신 건 아닌지 걱정되는군요."

마침내 내가 몹시 억눌린 듯한 메마르고 쉰 목소리로 말했다. 마치 신문 연재 소설을 낭독하듯 어리석고 무의미한 말들이 기계적으로 입술에서 새어 나왔다.

"나는 당신 말을 제대로 이해했소. 물론 당신이 옳소."

피스토리우스가 나지막이 말했다. 그러고는 잠시 침묵하더니 천천히 말을 이어나갔다.

"한 인간이 다른 인간에 대해 옳을 수 있는 한에서 말이오."

아냐, 아니란 말입니다, 내가 틀렸어요! 내 안에서 이렇게 외쳤지만 나는 아무 말도 할 수 없었다. 나는 사소한 말 한 마디로 그의 본질적인 약점과 그의 괴로움, 상처를 가리켰던 것이다. 그 스스로 확신할 수 없었던 바로 그 점을 건드린 것이다. 그의 이상은 '고리타분'하고, 그는 과거를 향해 구도하는 자이자 낭만주의자였다. 그리고 나는 돌연 깊이 느꼈다. 내가 느끼는 피스토리우스의 존재감을 그 자신은 느낄 수 없었고, 피스토리우스가 나에게 주었던 것을 그 스스로에게는 줄 수 없었던 것이다. 그는 인도자인 그 자신도 넘어서고 떠나야 했던 그 길로 나를 인도했던 것이다.

어떻게 그런 말을 할 수 있었는지, 신은 알까! 나는 전혀 나쁜 의도로 했던 말이 아니었다. 그런 파국이 오리라고는 전혀 예상치 못했다. 그 말을 입 밖에 내는 그 순간에도 나는 내가 무슨 말을 하는지 몰랐다. 그저 조금 위트 있고, 조금은 악의적인 사소한 생각이 나오는 대로 내버려둔 것뿐이었다. 그리고 그것이 운명이 되어버렸다. 나는 부주의하고 조금 무례한 행동을 한 번 했을 뿐인데, 그에게는 그것이 심판이 되어버렸다.

아, 그때 나는 얼마나 간절히 바랐던가. 그가 화를 내고, 그가 자신을 변명하고, 그가 나에게 소리치기를! 그는 어느 것도 하지 않았다. 그 모든 행동을 나는 내 속으로, 나 스스로 하지 않으면 안 되었다. 할 수만 있었다면 그는 미소를 지었을 것이다. 그가 그럴 수 없었다는 것만으로 내가 그에게 얼마나 큰 충격을 주었는지 알 수 있었다.

그리고 피스토리우스는 건방지고 배은망덕한 제자의 공격을 그렇게 소리 없이 감내하고, 침묵하고, 내가 옳다고 인정하고, 내 말을 운명으로 받아들임으로써 나는 나 스스로를 더욱 혐오하고 경솔함을 천배는 더 크게 느꼈다. 나는 강하고 방어할 줄 아는 사람을 쳤다고 생각했다. 그러나 그는 조용히 인내하는, 침묵하며 항복하는 무방비 상태의 사람이었다.

우리는 사그라드는 불 앞에 한동안 그대로 엎드려 있었다. 타오르는 불의 형상 하나하나가, 구부러지는 불쏘시개 하나하나가 나에게 행복하고 아름답고 풍요로웠던 시간의 기억들을 불러일으켰고, 피스토리우스에게 진 빚더미는 점점 더 높이 쌓여갔다. 마침내 나는 더 이상 참을 수 없어서 일어나 나왔다. 나는 한동안 그의 집 문 앞에 서 있었다. 컴컴한 계단 위에서, 집 바깥에서, 혹시나 그가 나를 쫓아 나오지 않을까 기다리며 서 있었다. 그러고 나서 계속 걸었다. 몇 시간이고 시내와 교외를, 공원과 숲을 저녁까지 헤매고 다녔다. 그리고 그때 나는 처음으로 내 이마 위에 카인의 표식이 새겨져 있음을 느꼈다.

하지만 나는 점차 곰곰이 생각하게 되었다. 나는 온통 나 자신을 비난하고 피스토리우스를 옹호하려는 생각밖에 하지 않았다. 그러나 모든 것은 반대로 끝나버렸다. 나는 수천 번이나 경솔하게 내뱉은 말들을 후회하고 철회할 각오가 되어 있었다─하지만 그것은 사실이기도 했다. 이제야 비로소 나는 피스토리우스를 이해하게 되었다. 그의 모든 꿈을 떠올려볼 수 있게 되었다. 그의 꿈은 성직자가 되고, 새로운 종교를 알리고, 찬양과 사랑, 숭배에 대한 새로운 형식을 전하고, 새로운 상징들을 세우는 것이었다. 그러나 이것은 그의 역량으로 할 수 있는 일이 아니었고, 그의 소명 또한 아니었다. 그는 너무도 안일하게 이미 존재하는 것 속에 머물렀고, 너무도 정확하게 예전의 것들을 알고 있었으며, 이집트와 인도와 미트라(Mithra, 고대 페르시아에서 숭배했던 빛과 진리의 신, 후에 태양의 신─옮긴이)와 아브락사스에 대해 너무도 많은 것을 알고 있었다. 그의 사랑은 이 지구가 이미 보았던 형상들에 매여 있었다. 그러면서 내면 깊은 곳의 그는 알고 있었다. 새로운 것이란 새롭고 달라야 하고, 신선한 대지에서 솟아나야 하는 것이지 결코 수집되거나 도서관에서 퍼낼 수 없다는 것을. 그의 사명은 어쩌면, 그가 나에게 해주었듯이 인간이 자신에게로 갈 수 있도록 도와주는 것인지도 모른다. 그들에게 전대미문의 것, 새로운 신들을 주는 것은 그의 사명이 아니었다.

그런데 여기서 갑자기 예리한 인식이 번뜩였다. 누구나 '사명'을 가지고 있지만, 어느 누구도 그것을 스스로 선택하고, 수정하고, 자기 마음대로 떠맡을 수 없다는 사실이었다. 새로운 신들을 원하는 것은 잘못된 것이다. 세계에 그 무언가를 주려고 하는 것 또한 완전히 잘못된 것이다. 각성한 인간에게는 자기 자신을 찾는 것, 자기 내면을 확고히 하는 것, 어디로 향하든 자기 자신의 길을 더듬어 나아가는 것, 그 한 가지 의무 말고는 아무런, 아무런, 아무런 의무도 없다. 이 생각이 나를 깊이 뒤흔들어놓았다. 그리고 그것은 이 체험에서 내가 얻은 수확이었다. 나는 자주 미래를 떠올리는 유희를 즐겼다. 나의 사명으로 정해졌을지도 모르는 역할들, 어쩌면 시인이나 혹은 예언자, 화가나 그 밖의 것들을 꿈꾸어 보았다. 그 모든 것은 아무것도 아니었다. 나는 시를 짓기 위해, 설교하기 위해, 그림을 그리기 위해 존재하는 것이 아니었다. 나를 비롯한 어떤 인간들도 그런 것을 위해 존재하는 것이 아니었다. 그 모든 것은 그저 부차적인 결과로 생겨나는 것일 뿐이다. 모든 사람들에게 있어 진정한 소임이란 오직 하나뿐이다. 바로 자기 자신에게 이르는 것. 시인으로, 혹은 미치광이로, 예언자로 혹은 범죄자로 끝날 수도 있을 것이다. 이것은 그의 소명이 아니다. 그렇다. 이것은 궁극적으로 중요한 것이 아니다. 그의 소명은 자의로 정하는 것이 아니라, 자신의 운명을 발견하는 것이고, 그 운명을 마음을 다해 멈추지 않고 온전하게 살아내는 것이다. 그렇지 않은 모든 것은 반쪽짜리에 불과하고, 벗어나려는 시도이며, 집단의 이상(理想)으로 다시 달아나는 것이며, 순응이자 자기 자신에 대한 두려움이다. 두렵고도 성스럽게 새로운 형상이 내 앞에 솟아올랐다. 수백 번 예감했고, 어쩌면 종종 입 밖으로 내기도 했지만, 이제야 비로소 체험한 것이었다. 나는 자연이 던진 것이었다. 불확실함 속으로, 어쩌면 새로운 것을 향해, 어쩌면 무(無)를 향해 던져진 것이다. 원시 심연에서 던져진 그 의미가 남김없이 이루어지기 위해, 그 의지를 마음으로 느끼고, 완전히 내 것으로 만드는 것, 그것만이 나의 소임이다. 오직 그것만이!

그동안 나는 수많은 고독을 맛보았다. 이제 더 깊은 고독에 빠졌고, 그 고독에서 벗어날 수 없다는 예감이 들었다.

나는 피스토리우스와 화해하려고 하지 않았다. 우리는 여전히 친구였다. 하지만 관계는 달라졌다. 오직 단 한 번 우리는 그 일에 대해 이야기했다. 사실 이야기를 꺼낸 것은 피스토리우스였다. 그가 말했다.

"나는 성직자가 되고 싶었소. 그건 당신도 알 거요. 우리가 그토록 많은 영감을 떠올렸던 새로운 종교의 성직자가 되고 싶은 마음이 간절했소. 하지만 나는 결코 되지 못할 거요. 그 사실을 지금도 알고 있고, 스스로에게 완전히 고백하지 않았지만 오래전부터 알고 있었소. 그래서 나는 성직에 관한 다른 봉사를 해볼 생각이오. 어쩌면 오르간이나 다른 것으로라도. 하지만 나는 항상 늘 무언가로 에워싸여 있어야 하지. 내가 아름답다고, 성스럽다고 여기는 것들, 오르간 음악이나 비밀의식, 상징과 신화, 그런 것들이 필요하지. 그리고 또 그것을 놓고 싶지 않소. 그것이 내 약점이오. 나도 가끔 느끼고 있소, 싱클레어, 그런 소망을 가질 수 없다는 것을, 그것은 사치이자 약점이라는 것을. 내가 아무것도 원하지 않고, 그저 단순히 운명에 나를 내맡기는 것이 더 위대하고, 더 올바른 일이겠지. 하지만 나는 그럴 수 없소. 그것은 내가 유일하게 할 수 없는 것이오. 당신이라면 언젠가 해낼 수 있을 거요. 그건 어려운 일이지. 세상에서 유일하게 어려운 일이오, 젊은 친구. 나는 자주 그런 꿈을 꾸었지. 그러나 나는 할 수 없었소. 나는 소름이 끼쳤지. 나는 그렇게 완전히 벌거벗은 채 외롭게 서 있을 수 없소. 나 역시 약간의 온기와 먹이가 필요하고, 가끔은 나와 비슷한 것들 가까이 머물고 싶은 한 마리 불쌍하고 나약한 개에 불과하지. 정말로 자기 운명 이외에 아무것도 원하지 않는 사람은 더 이상 자신과 비슷한 종류가 없는 것이오. 완전히 홀로 서 있고, 주위에는 차가운 우주 공간뿐이지. 당신도 알지 않소. 겟세마네 동산의 예수가 그랬다는 것을. 기꺼이 십자가에 못 박히려는 순교자들이 있소. 그러나 그들도 영웅은 아니었지. 구원받지 못했고, 그들 또한 자신들에게 친숙하고 익숙한 고향 같은 것을 원했소. 그들은 모범을 가졌고, 이상도 지니고 있었소. 운명만을 원하는 자는 모범도 이상도 가지지 않소. 그에게는 사랑스러운 것, 위로가 되는 것은 아무것도 없는 것이오! 그리고 사실은 이 길을 가야 하는 것이고. 나나 당신 같은 사람은 사실 정말 고독한 이들이오. 하지만 그래도 우리는 서로 다르지. 우리는, 남들과 다르고, 반항할 줄 알며, 비범함을 원하는 것에 은근히 만족감을 느끼고 있소. 완벽하게 그 길을 가려면 그 또한 버려야 하오. 그런 사람은 혁명가가 되려 해서는 안 되지. 모범이 되어서도, 순교자가 되어서도 안 되지. 상상도 할 수 없는 일이오."

그렇다. 상상도 할 수 없는 일이다. 그러나 꿈꿀 수는 있다. 그것을 미리 느낄 수는 있고, 미리 예감할 수도 있다.

고요에 잠겼을 때 몇 번 그것을 느낀 적이 있다. 그럴 때 내 안으로 눈길을 돌리고 똑바로 응시하는 내 운명의 영상 속 눈을 들여다본다. 그 눈은 지혜로 가득 차 있기도 하고, 광기로 가득 차 있기도 했다. 사랑의 빛을 발하기도 하고 혹은 깊은 악의를 뿜어내기도 했다. 아무래도 상관없었다. 인간은 그중 아무것도 선택할 수도, 원할 수도 없었다. 오직 자신을, 자기의 운명을 원할 수 있을 뿐이다. 피스토리우스는 내가 거기에 이르기까지 한 구간의 인도자가 되어주었다.

그 시절 나는 맹목적으로 이리저리 헤매고 다녔다. 내 안에 폭풍이 일고 있었고, 한 걸음 한 걸음이 위태로웠다. 지금까지 걸어온 길이 가라앉아 버리는 심연 같은 어둠밖에 보이지 않았다. 그리고 내 마음속에서 인도자의 모습을 보았다. 데미안을 닮은 그의 눈 속에 내 운명이 들어 있었다.

나는 종이에 적었다.

"한 인도자가 나를 떠났다. 나는 완전히 어둠 속에 서 있다. 혼자서는 한 걸음도 뗄 수 없다. 도와줘!"

나는 그것을 데미안에게 보내려 했다. 하지만 그만두었다. 그렇게 하려고 할 때마다 멍청하고 무의미한 짓으로 여겨졌던 것이다. 그러나 나는 그 작은 기도를 외웠고, 가끔 속으로 되뇌었다. 매시간 나는 그것을 떠올렸고, 기도가 무엇인지 예감하기 시작했다.

내 학창 시절이 끝났다. 나는 방학 동안 여행을 할 예정이었는데, 그건 아버지의 제안이었다. 그런 다음 대학에 들어가야 했다. 어떤 전공을 선택할지도 몰랐다. 한 학기는 철학 강의를 듣기로 했다. 어떤 다른 과목을 들었더라도 나는 만족했을 것이다.

에바 부인

    방학 때 몇 해 전 막스 데미안이 그의 어머니와 함께 살던 집에 한 번 가보았다. 어떤 나이 든 부인이 정원에서 산책을 하고 있었다. 나는 그녀에게 말을 걸었고, 그녀가 집주인이라는 것을 알았다. 나는 데미안 가족에 관해 물었다. 그녀는 기억하고 있었지만 그들이 어디에 사는지는 모른다고 했다. 그 부인은 내 마음을 알아차리고 집 안으로 데리고 들어가 가죽 앨범을 꺼내 데미안 어머니의 사진을 보여주었다. 나는 그녀에 대한 기억이 거의 없었다. 그러나 지금 그 작은 사진을 보자 내 심장 고동이 멈췄다. 그것은 내 꿈속의 영상이었던 것이다! 바로 그녀였다. 키가 크고, 거의 남자 같은 여자의 모습, 아들과 비슷하고, 자애로운 용모, 엄격한 표정, 깊은 열정을 지닌 표정, 아름답고 매혹적이며, 아름다우면서 범접하기 힘든, 데몬인 동시에 어머니이며, 운명이자 연인이었다. 그게 그녀였다!

    내 꿈속의 영상이 지상에 존재한다는 사실을 알게 됐을 때, 격렬한 경이로움이 내 온몸에 퍼졌다! 내 운명의 표정을 가진 여인이 존재했던 것이다! 그녀는 어디에 있을까? 어디에? 그런데 그녀가 데미안의 어머니였던 것이다.

그 뒤 얼마 지나지 않아 나는 여행을 떠났다. 색다른 여행이었다! 나는 늘 그녀를 찾아 이곳저곳 생각나는 대로 계속 돌아다녔다. 그녀를 생각나게 하고 그녀의 모습을 연상시키는 사람들, 뒤엉킨 꿈속처럼 낯선 도시의 골목길과 기차역을 지나 기차간으로 나를 끌어들이는 그녀를 닮은 사람들만 마주치는 날도 있었다. 그렇게 찾아 헤매는 것이 얼마나 한심한 짓인가 싶은 그런 날도 있었다. 그런 날은 아무것도 하지 않고 어느 공원이나 호텔 정원, 대합실에 앉아 내 안을 들여다보고 내 안에서 그 모습을 되살리려고 애썼다. 그러나 이제 그것은 수줍게 사라져버렸다. 도대체 잠을 잘 수가 없었다. 낯선 풍경 속을 달리는 기차 안에서 15분 정도 잠깐 조는 게 전부였다.

한번은 취리히에서 한 여자가 내 뒤를 따라왔다. 예쁘고 조금 대담한 여자였다. 나는 마치 그녀가 공기인 듯 거의 쳐다보지도 않고 계속 걸어갔다. 다른 여자에게 단 한 시간이라도 관심을 보이느니 차라리 죽어버리는 것이 나을 것 같았다.

나는 운명이 나를 잡아당기고 있음을 감지했다. 성취할 날이 다가오는 것도 느꼈다. 하지만 그것을 위해 내가 할 수 있는 것이 아무것도 없다는 초조함에 미칠 것 같았다. 한번은 어느 기차역, 인스부르크였던 것 같은데, 방금 떠나는 기차 창가에서 그녀를 떠올리게 하는 모습을 보고 몇 날 며칠 우울하게 보냈다. 그런데 어느 날 밤 갑자기 꿈속에 그 형상이 나타났다. 뒤쫓는 것이 아무 소용 없다는 사실에 부끄럽고 쓸쓸한 기분으로 깨어났다. 그리고 집으로 돌아가려고 곧바로 길을 나섰다.

몇 주 뒤 나는 H대학에 입학 수속을 했다. 모든 것이 실망스러웠다. 내가 들은 철학사 강의는 공부하는 젊은이들의 정신적 표류만큼이나 헛되고 공장에서 생산하는 식이었다. 모든 것이 틀로 찍어내는 것 같았고, 이 사람이든 저 사람이든 똑같이 행동했다. 소년처럼 유쾌하게 들뜬 얼굴들은 걱정스러울 정도로 공허하고 기성품처럼 똑같았다! 그러나 나는 자유로웠다. 하루가 온전히 내 것이었다. 교외의 낡은 집에서 고요하고 만족스럽게 지냈고, 내 책상 위에는 니체 전집 몇 권이 놓여 있었다. 니체와 함께 살았고, 그의 고독한 영혼을 느꼈다. 쉴 새 없이 그를 몰아친 운명의 조짐을 알아차렸고 그와 함께 괴로워했다. 그렇게 거침없이 자신의 길을 갔던 사람이 존재했다는 사실에 나는 행복했다.

한번은 저녁 늦게 시내를 어슬렁거리고 있을 때였다. 불어오는 가을 바람을 타고 술집에서 대학생들이 단체로 노래 부르는 소리가 들려왔다. 열린 창문으로 담배 연기가 뭉게뭉게 피어올랐다. 큰 파도처럼 한꺼번에 쏟아져 나오는 노랫소리는 크고 잘 부르기는 했지만 활기와 생기 없이 일률적이었다.

나는 어느 길모퉁이에 서서 귀 기울였다. 정확하게 연습된 젊음의 쾌활함이 술집 두 곳에서 밤하늘로 울려 퍼졌다. 어디를 가도 함께 모여 있고, 어디를 가도 같이 죽치고 앉아 있으며, 어디에서나 운명의 짐을 내려놓고, 따뜻하고 친밀한 무리 속으로 도피하고 있었다.

내 뒤로 남자 둘이 천천히 지나갔다. 그들의 대화가 조금 들렸다.

"이건 마치 흑인 마을의 남자 집회소 같지 않습니까?"

한 사람이 말했다.

"맞는 말이에요. 심지어 문신이 아직도 유행하는 것 보세요. 이것이 최신 유럽입니다."

그 목소리는 유난히 경고하는 것처럼 들렸고, 귀에 익은 듯했다. 나는 어두운 골목길로 두 사람을 따라갔다. 한 사람은 키가 작고 세련된 일본 사람이었다. 가로등 아래에서 미소 짓고 있는 그의 노란 얼굴이 빛났다.

그때 다른 사람이 다시 말했다.

"그런데 당신 나라 일본이라고 더 나은 것 같지는 않군요. 어디서나 집단을 추종하지 않는 사람들은 드물거든요. 이곳에도 조금 있기는 합니다."

그의 한 마디 한 마디에 나는 기쁨의 전율을 일으켰다. 나는 이야기하고 있는 사람을 알아보았다. 그는 데미안이었다.

바람 부는 어둠 속에서 나는 그와 일본인의 뒤를 따라 골목길을 걸어갔고, 그들의 대화에 귀 기울이며 데미안의 목소리 울림을 즐겼다. 옛날 톤 그대로, 안정되고 평온한 느낌을 자아내는 아름다운 목소리였다. 그리고 나를 압도하는 매력이 있었다. 이제 다 잘되었다. 데미안을 찾아낸 것이다.

어느 교외 거리 끝에서 그 일본인이 작별 인사를 하고 현관문을 열고 들어갔다. 데미안은 그 길을 되돌아왔다. 나는 길 한가운데 서서 그를 기다렸다. 나를 향해 걸어오는 그를 보고 있으니 가슴이 뛰었다. 데미안은 등을 똑바로 세우고 탄력 있는 걸음걸이로, 갈색 비옷을 입고 가느다란 지팡이를 팔에 걸고 있었다. 그는 규칙적인 발걸음을 흐트러뜨리지 않고 내 바로 앞까지 다가와 모자를 벗었다. 굳게 다문 입술과 특히 넓은 이마가 밝게 빛나는 낯익은 그의 얼굴이 보였다.

"데미안!"

내가 소리쳤다.

데미안이 나에게 손을 내밀었다.

"그래, 너로구나, 싱클레어! 너를 기다리고 있었어!"

"내가 여기 있는 걸 알고 있었어?"

"정확한 건 아니지만, 그러리라 믿었고 그러기를 바랐어. 너를 본 건 오늘 저녁이 처음이야. 하지만 너야말로 저녁 내내 우리를 쫓아왔잖아."

"그러니까 곧바로 나를 알아봤단 말이야?"

"물론이지. 변하기는 했지만 그 표식이 있잖아."

"표식이라니? 무슨 표식?"

"예전에 우리는 그것을 카인의 표식이라고 불렀지, 아마. 아직도 네가 기억한다면. 그건 우리의 표식이야. 너는 항상 그 표식을 달고 있어. 그래서 난 네 친구가 된 것이고. 그런데 지금은 더 또렷해졌구나."

"난 몰랐어. 아니, 사실은 알고 있었는지도 모르지. 언젠가 너의 그림을 그린 적이 있어, 데미안. 그런데 그 그림이 나하고도 비슷해서 놀랐지. 그게 그 표식이었어?"

"맞아. 그거야. 네가 여기 있어서 기뻐. 어머니도 좋아하실 거야."

나는 깜짝 놀랐다.

"너희 어머니? 여기 계셔? 나를 전혀 모르시잖아."

"아, 너에 대해 알고 계셔. 네가 누구인지 말씀드리지 않아도 어머니는 너를 아실 거야. 오랫동안 넌 아무 소식이 없었지."

"아, 자주 편지를 쓰려고 했는데 잘 안 됐어. 얼마 전부터 너를 곧 다시 만날 것 같은 느낌이 들었어. 그래서 매일 기다렸지."

그는 자신의 팔로 내 팔짱을 끼고 계속 걸어갔다. 그로부터 흘러나온 평온함이 내 속으로 스며들었다. 우리는 곧 예전처럼 수다를 떨었다. 학창 시절, 견진성사 준비 수업, 또 그 방학 때 불편했던 우리의 만남까지. 우리를 처음으로 친밀하게 맺어주었던 프란츠 크로머에 관한 일만 여전히 꺼내지 않았다.

부지중에 우리는 기이하고 예감으로 가득 찬 대화에 몰두했다. 우리는 데미안이 그 일본인과 나누었던 대화를 떠올렸고, 대학 생활에 대해 이야기했다. 그리고 그와 전혀 관련 없는 다른 이야기로 옮겨 갔다. 하지만 데미안의 모든 이야기는 긴밀하게 연관되어 있었다.

그는 유럽의 정신과 이 시대의 특징에 대해 이야기했다. 가는 곳마다 동맹과 무리를 짓는 분위기가 지배하고 있다고 그가 말했다. 그러나 그 어디에도 자유와 사랑은 없다고 했다. 학생조합이나 합창단부터 국가에 이르기까지 이 모든 공동체는 강제적인 결속이며, 두려움과 공포, 당혹감에서 생겨난 것으로, 내부는 부패하고 낡았으며 와해될 날이 머지않았다고 했다.

데미안이 말했다.

"공동체는 아름다운 것이지. 그러나 지금 도처에서 대거 나타나는 것은 공동체가 아니야. 그것은 개개인이 서로 알기 시작하면서 새로 생성될 거야. 그리고 한동안 세계를 새로운 모습으로 바꾸어 놓을 거야. 그러나 지금 공동체라고 하는 저런 것들은 단순한 떼거리일 뿐이야. 사람들은 서로를 두려워하기 때문에 서로를 피하고 있는 거야. 신사들은 신사들끼리, 노동자는 노동자들끼리, 학자는 학자들끼리! 그런데 그들은 왜 두려워하는 걸까? 사람은 자기 자신과 하나가 되지 못할 때 두려움을 느끼지. 그들은 한 번도 자기 자신을 인정하지 못했기 때문에 두려운 거야. 마음속에 미지의 것에 대한 두려움을 품은 사람들로 구성된 공동체라니! 그들 모두 자신의 생활 법칙이 더 이상 효용이 없고, 낡은 규범대로 살고 있고, 종교든 도덕이든 그 어떤 것도 우리가 필요로 하는 것에 들어맞지 않는다는 것을 느끼고 있어. 백여 년 동안 유럽은 그저 연구만 하고 공장을 세우기에 여념이 없었지! 그들은 사람 하나를 죽이는 데 화약 몇 그램이 필요한지는 정확하게 알고 있어. 하지만 신에게 어떻게 기도하는지, 어떻게 한 시간을 즐겁게 보낼 수 있는지는 모르고 있어. 저 대학생들이 드나드는 술집을 한번 보라고! 아니면 부자들이 드나드는 환락가를! 절망적이야! 이봐, 싱클레어, 저런 것들은 결코 유쾌할 수 없어. 저렇게 겁에 질려 모인 사람들은 두려움과 악의로 가득 차 있지. 아무도 다른 사람을 신뢰하지 않아. 저들은 더 이상 이상(理想)이 아닌 이상에 매달려 있어. 그러면서 새로운 이상을 세우는 자가 누구든 그에게 돌을 던지지. 분쟁이 일어날 것 같은 예감이 들어. 분쟁이 일어날 거야. 내 말이 맞아. 곧 분쟁이 일어날 거야! 물론 그 분쟁이 세계를 '개선'하지는 못할 거야. 노동자들이 공장 소유주를 쳐 죽이든, 러시아와 독일이 서로 총질을 하든, 그냥 소유주만 바뀔 뿐이야. 그러나 헛일은 아닐 거야. 오늘날의 이상이 가치 없다는 것을 입증하고, 석기시대의 신들을 쓸어버리겠지. 지금과 같은 이 세계는 사라지려고 해. 몰락하고 있지. 그리고 실제로 그럴 거야."

"그럼 우리는 어떻게 해야 하지?"

내가 물었다.

"우리? 아, 어쩌면 우리도 같이 멸망하겠지. 우리 중 한 사람을 쳐

죽일 수도 있겠지. 단지 그렇게 우리가 끝장나지 않기를. 우리에게 남은 것, 혹은 우리 중 살아남은 사람들 주위로 미래의 의지가 모이게 될 거야. 우리의 유럽이 한동안 기술과 학문의 야시장이 되어 크게 소리 질러대는 통에 듣지 못했던 인류의 의지가 모습을 드러낼 거야. 그런 다음 인류의 의지는 결코 어디에서도 오늘날의 공동체, 국가, 민족, 단체, 그리고 교회와 같지 않다는 것이 드러나겠지. 오히려 자연이 인간에게 원하는 것은 개개인 내면에, 너와 나의 내면에 적혀 있다는 것을. 예수의 내면에도, 니체의 내면에도 씌어 있었어. 이렇게 중요한 하나의 흐름을 위한—물론 매일 다르게 보일지도 모르지만—공간이 생길 거야. 오늘날의 공동체가 무너지고 나면."

우리는 밤늦게 강가의 어느 정원 앞에 멈춰 섰다.

데미안이 말했다.

"여기가 우리 집이야. 곧 한번 들러! 우리는 너를 몹시 기다리고 있었어."

나는 기쁜 마음으로 쌀쌀한 밤길을 걸어 멀리 떨어진 집으로 돌아갔다. 시내 이곳저곳에서는 대학생들이 떠들고 비틀거리며 집으로 돌아가고 있었다. 나는 그들의 우스꽝스러운 유쾌함과 고독한 내 생활이 대조적이라는 것을 느낄 때가 많았다. 때로는 결핍감을 느끼며, 때로는 조롱하는 기분으로. 그러나 저들의 세계가 얼마나 나와 무관하고 동떨어지고 사라진 세계인지를 오늘처럼 평온하고 은밀하게 느껴본 적이 없다. 나는 고향 도시의 늙고 위엄이 넘치는 관리들을 떠올렸다. 그들은 축복받은 낙원의 기념품처럼 자신들이 술집에서 흘려보낸 학창 시절에 매달리고, 시인이나 다른 낭만주의자들이 유년 시절을 숭배하듯이 사라져버린 학창 시절의 '자유'를 찬양했다. 어디서든 마찬가지였다! 어디에서나 그들은, 자신들의 책임을 기억하고, 자기 자신의 길을 가라는 경고를 받을지도 모른다는 두려움 때문에, 흘러간 시간 속 어디쯤에서 '자유'와 '행복'을 찾는 것이다. 몇 년 동안 술을 퍼마시고 방종한 생활을 하다가, 그다음에는 밑으로 숨어들어 관직에 올라 엄숙한 신사가 된 것이다. 그렇다. 썩어 있었다. 우리는 썩어 있었다. 그리고 어리석은 학생들은 이 세상의 다른 수백 가지보다는 덜 어리석고, 덜 나쁘다.

그러나 멀리 떨어진 숙소에 도착해 침대에 눕자, 이 모든 생각들이 날아가 버렸다. 내 생각은 온통 오늘 이 하루가 내게 준 크나큰 약속에 쏠려 있었다. 내가 원하기만 하면 내일이라도 당장 데미안의 어머니를 만날 수 있었다. 대학생들이 술집을 가든 말든, 얼굴에 문신을 새기든, 썩은 세상의 몰락을 기다리든 그게 나와 무슨 상관이란 말인가! 나는 단 한 가지만을 기다렸다. 내 운명이 새로운 모습으로 나에게 다가서는 것을.

나는 아침 늦게까지 깊은 잠을 잤다. 소년 시절의 성탄절 이후로 경험해본 적 없던 장엄한 축제일처럼 새날이 밝았다. 내 마음 깊이 동요를 느꼈지만 어떤 두려움도 없었다. 나에게 중요한 하루가 밝았고, 나를 둘러싼 세계가 변했고, 온통 나와 깊이 관련된 것들이 장엄하게 나를 기다리고 있었으며, 조용히 내리는 가을비조차 아름다웠고, 축제일다운 엄숙하고도 즐거운 음악으로 가득 차 있음을 느꼈다.

처음으로 외부의 세계가 내면의 세계와 맑고 깨끗한 화음을 이뤘다. 그다음은 영혼의 축제일이다. 그러면 살 가치가 있다. 어떤 집, 어떤 상점의 유리창도, 골목길에서 마주치는 어떤 얼굴도 거슬리지 않았다. 모든 것은 원래 그대로였다. 하지만 그것은 일상적이고 익숙한 것들의 무의미한 모습이 아니라, 기다리고 있는 자연이었고, 경외심으로 가득 차서 운명을 맞을 준비가 되어 있었다. 소년 시절 성탄절이나 부활절 같은 큰 축제일 아침에는 세상이 그렇게 보였다. 나는 이 세상이 아직도 그렇게 아름다울 수 있다는 것을 몰랐다. 나는 내면에 몰입해 살아가는 데 익숙했다. 그리고 저기 바깥세상에 대한 감각을 잃어버렸다는 사실, 유년 시절을 상실하면 반짝이는 색채마저 잃어버릴 수밖에 없다는 사실, 그리고 영혼의 자유와 남성다움의 대가로 사랑스러운 광채를 포기하며 살아가야 한다는 사실에도 익숙했던 것이다. 이제 나는 이 모든 것들이 파묻혀 가려져 있었고, 자유로워진 사람도, 유년의 행복을 포기한 사람도 빛나는 세상을 보고, 어린아이처럼 보고 느끼면서 전율을 맛볼 수 있다는 것을 황홀한 기분으로 깨달았다.

지난밤 막스 데미안과 헤어졌던 교외의 그 정원을 다시 찾아갔다. 비에 젖어 잿빛으로 변한 키 큰 나무들 뒤로 작고 환한 집 한 채가 아늑하게 숨어 있었다. 커다란 유리벽 뒤로 키 큰 다년생 관목들이, 반질반질 윤이 나는 창문 너머 어두운 벽에는 그림과 책장이 놓여 있었다. 집 현관문은 작고 따뜻한 홀로 이어졌다. 검은 옷에 하얀 앞치마를 두른 늙은 하녀가 말없이 나를 맞이하며 외투를 받아주었다.

그녀는 나를 홀에 혼자 남겨두었다. 나는 주위를 둘러보았다. 나는 곧 내 꿈 한가운데 서 있음을 깨달았다. 문 위, 짙은 나무 벽 위쪽 검은색 테두리의 유리 액자 속에 내가 잘 아는 그림이 걸려 있었다. 지구를 뚫고 나오려고 몸부림치는 황금빛 매의 머리를 가진 나의 새였다. 나는 감격에 사로잡힌 채 서 있었다. 무척 기쁜 한편 슬프기도 했다. 마치 이 순간 내가 지금까지 행하고 겪은 모든 것들이 응답과 성취로 돌아온 것 같았다. 번개처럼 빠르게 한 무더기의 영상들이 내 마음을 스치고 지나갔다. 아치형 대문 위에 오래된 돌 문장이 있던 고향의 부모님 집, 그 문장을 그리던 소년 데미안, 나의 적 크로머의 못된 술수에 빠져 온통 두려움에 싸인 소년이었던 나, 내 숙소에서 조용히 책상 앞에 앉아 내 동경의 새를 그리던 소년이었던 나, 자신의 실로 짠 그물 속으로 얽혀든 영혼, 그리고 모든 것, 이 순간까지 내 안에서 메아리치던 모든 것들이 내면에서 좋게 받아들여지고, 해답을 얻고, 옳은 것으로 인정되었다.

젖은 눈으로 나는 내 그림을 바라보고 나의 마음을 읽었다. 그때 내 시선이 아래로 향했다. 새의 그림 아래, 열린 문 앞에 짙은 색 옷을 입은 키가 큰 부인이 서 있었다. 그녀였다.

나는 아무 말도 할 수 없었다. 아들과 마찬가지로 시간과 나이를 초월해 생명력이 넘치는 의지로 충만한 얼굴을 가진, 아름답고 품위 있는 여인이 부드러운 미소를 지으며 나를 바라보고 있었다. 그녀의 시선은 성취를, 그녀의 인사는 귀향을 의미했다. 나는 말없이 그녀에게 손을 내밀었다. 그녀는 힘 있고 따뜻한 두 손으로 내 손을 잡았다.

"당신이 싱클레어로군요. 바로 알아봤어요. 잘 왔어요!"

그윽하고 따뜻한 목소리였다. 나는 달콤한 포도주처럼 그 목소리를 음미했다. 그리고 이윽고 눈을 들어 그녀의 고요한 얼굴, 한없이 깊은 검은 눈동자, 신선하고 성숙한 입술, '표식'을 가진 넓고 강건한 이마를 바라보았다.

"얼마나 기쁜지 모르겠습니다! 지금까지 저는 평생 길을 헤매며 떠돌아다니기만 한 것 같군요. 그리고 이제 집으로 돌아왔습니다."

나는 그녀에게 말하며 두 손에 입을 맞췄다.

그녀는 어머니처럼 미소 지으며 다정하게 말했다.

"결코 집으로 돌아올 수는 없어요. 하지만 낯익은 길들이 서로 만나는 곳, 그곳에서는 얼마간 온 세상이 고향처럼 보이기도 하죠."

그녀는 내가 그녀에게로 오는 길에 느꼈던 것을 말하고 있었다. 그녀의 목소리와 하는 말들은 아들과 무척 닮아 있으면서도 완전히 달랐다. 모든 것이 더 성숙했고, 더 따뜻했으며, 더욱 명확했다.

그러나 예전에 막스 데미안이 그 누구에게도 소년 같은 인상을 주지 않았던 것처럼 그의 어머니도 다 큰 아들을 둔 어머니로 보이지 않았다. 그녀의 얼굴과 머리카락은 젊고 감미로운 기운이 감돌았으며, 황금빛 감도는 살결은 탄력적이고 주름이 없었고, 입술은 꽃처럼 피어 있었다. 그녀는 내 꿈속보다 더 화사한 모습으로 내 앞에 서 있었다. 그녀 옆에 있는 것은 사랑의 행복이며, 그녀의 시선은 충만함이었다.

이것은 내 운명이 나에게 보여준 새로운 나 자신의 모습이었다. 더 이상 엄격하지 않고, 더 이상 고립되지 않고, 성숙하고 즐거움으로 가득 차 있었다! 나는 결단을 내리지 않았고, 맹세도 하지 않았다. 나는 목적지에 도달한 것이다. 앞으로 갈 길이 멀리까지 장엄하게 펼쳐진 높은 곳에 다다른 것이다. 약속의 땅을 향해 뻗어 있고, 가까이에 행복의 나무 그늘이 드리운, 가까이 있는 온갖 쾌락의 정원에서 땀을 식힐 수 있는 길이었다. 어떻게 되어가든 나는 황홀했다. 이 세상에서 이 여인을 안다는 것, 그녀의 목소리를 듣고, 그녀의 곁에서 숨 쉬는 것이 행복했다. 그녀가 나의 어머니든, 연인이든, 여신이든, 그녀가 여기 있기만 하다면! 나의 길이 그녀의 길 가까이 있기만 하다면!

그녀는 내가 그린 매 그림을 가리키고는 생각에 잠겨 말했다.

"당신이 보낸 이 그림만큼 우리 막스를 기쁘게 한 건 없었어요. 나도 그랬고요. 우리는 당신을 기다리고 있었어요. 그리고 이 그림이 왔을 때, 우리는 당신이 이곳으로 오고 있는 중이라는 것을 알았죠. 당신이 아직 소년이었을 때, 싱클레어, 내 아들이 어느 날 학교에서 돌아와 말하더군요. 이마에 표식을 가진 아이를 만났는데 친구가 될 거라고요. 그게 당신이었어요. 그동안 쉽지 않았을 거예요. 하지만 우리는 당신을 믿었어요. 방학을 맞아 집에 왔을 때 막스와 만난 적이 있죠? 그때 당신은 열여섯 살쯤이었을 거예요. 그때 막스가 얘기해줬어요."

나는 말을 가로막았다.

"아, 막스가 그 얘기를 했다니! 그 당시는 저에게 가장 비참한 시절이었습니다!"

"그래요, 막스가 말하더군요. 지금 싱클레어는 가장 큰 시련에 빠져 있어요, 그 애는 또다시 공동체 속으로 도망치려 하고 있어요, 심지어 술집 단골이 되었어요, 하지만 잘되지 않을 거예요, 그의 표식은 감추어져 있지만, 남모르게 그를 불태우고 있거든요. 이렇게 말이에요. 그렇지 않았나요?"

"네, 맞습니다. 그랬어요, 정말 그랬어요. 그러고 나서 저는 베아트리체를 발견했고, 그다음 마침내 인도자가 나타났어요. 그의 이름은 피스토리우스라고 합니다. 그때 비로소 저는 소년 시절에 제가 막스와 왜 그리 가까이 지냈는지, 왜 그에게서 벗어날 수 없었는지 분명히 알았습니다. 부인, 아니 어머니, 저는 그때 죽어버리는 게 낫겠다고 생각할 때가 많았습니다. 도대체 그 길은 누구한테나 그렇게 힘든 겁니까?"

그녀는 손으로 공기처럼 가볍게 내 머리를 쓸어 넘겼다.

"태어난다는 것은 언제나 힘든 거예요. 새가 알에서 나오려고 애쓰는 것 알고 있죠? 돌이켜 생각해보세요. 그 길이 정말 그렇게 힘들기만 했나요? 아름답지는 않던가요? 더 아름답고 더 쉬운 길을 알고 있었던가요?"

나는 고개를 젓고 잠결에 말하듯 중얼거렸다.

"힘들었습니다. 그 꿈이 올 때까지는 힘들었습니다."

그녀는 고개를 끄덕이고 나를 뚫어지게 쳐다보았다.

"그래요. 사람은 자신의 꿈을 찾아야 해요. 그러면 그 길이 좀더 쉬워지죠. 그러나 영원히 지속되는 꿈은 없어요. 어떤 꿈이든 새로운 꿈으로 바뀌죠. 그리고 어떤 꿈도 놓지 않으려고 붙잡고 있어서는 안 돼요."

나는 소스라치게 놀랐다. 이건 일종의 경계인 걸까? 아니면 방어였을까? 그러나 아무래도 상관없었다. 나는 목적지를 묻지 않고 그녀가 이끄는 대로 갈 준비가 되어 있었다.

내가 말했다.

"모르겠습니다. 얼마나 오래 제 꿈이 지속될지. 그게 영원하기를 소망합니다. 새의 그림 아래에서 저의 운명이 어머니처럼, 연인처럼 저를 맞아주었습니다. 저는 운명의 것이지 다른 누구의 것도 아닙니다."

"그 꿈이 당신의 운명인 한 당신은 그 꿈에 충실해야겠죠."

그녀가 진지하게 확인해주었다.

슬픔이 엄습했다. 이 매혹적인 순간에 죽고 싶다는 간절한 소망에 휩싸였다. 눈물이—얼마나 오랫동안 나는 울지 않았던가!—주체할 수 없이 쏟아져 나를 압도할 것 같았다. 나는 몸을 홱 돌려 창가로 가서, 흐린 눈으로 화분 너머를 바라보았다.

등 뒤로 그녀의 목소리가 들렸다. 차분하면서도 포도주가 넘칠 만큼 가득 채워진 술잔처럼 다정함으로 가득한 목소리였다.

"싱클레어! 어린아이처럼 구는군요! 당신의 운명은 당신을 사랑하고 있어요. 당신이 충실하다면, 당신이 꿈꾸는 그대로 언젠가는 온전히 당신 것이 될 거예요."

나는 슬픔을 억누르고 돌아서서 다시 그녀의 얼굴을 보았다. 그녀가 나에게 손을 내밀고 미소 지으며 말했다.

"나에게는 친구 몇 명이 있답니다. 몇 명 안 되지만 아주 가까운 친구들이죠. 그들은 나를 에바 부인이라고 불러요. 당신도 그렇게 부르세요, 원한다면."

그녀는 나를 문까지 데리고 가서 문을 열고 정원을 가리켰다.

"저기 밖에 나가면 막스를 만날 수 있을 거예요."

커다란 나무들 아래에서 나는 깊은 감동에 휩싸여 굳은 듯 서 있었다. 지금처럼 꿈인지 생시인지 알 수 없었던 때도 없었다. 나뭇가지에서 빗방울이 쪼르르 떨어졌다. 나는 천천히 정원으로 걸어갔다. 정원은 강기슭을 따라 멀리까지 이어져 있었다. 이윽고 나는 데미안을 찾아냈다. 문이 없는 정원 정자에서, 그는 윗옷을 벗은 채 모래주머니를 매달아 놓고 권투 연습을 하고 있었다. 나는 깜짝 놀라 멈춰 섰다. 데미안이 멋있어 보였다. 넓은 가슴, 단단하고 남자다운 두상, 치켜든 팔은 근육이 탄탄하고 민첩했다. 허리, 어깨, 팔 관절이 마치 샘물이 솟아나듯 움직이고 있었다.

나는 그를 불렀다.

"데미안! 거기서 뭘 하는 거야?"

데미안이 환하게 웃으며 말했다.

"연습하고 있어. 그 작은 일본인과 격투기를 하기로 약속했거든. 그 녀석은 고양이처럼 민첩하고, 당연히 그만큼 빈틈없지. 하지만 나를 넘기지는 못할 거야. 작은 굴욕을 당했는데 갚아줘야 해."

데미안은 셔츠와 겉옷을 입었다.

"어머니를 만나고 오는 거야?"

그가 물었다.

"그래, 네 어머니는 어쩌면 그렇게 멋진 분이실까! 에바 부인이시라고! 정말 더없이 잘 어울리는 이름이야. 그분은 모든 존재의 어머니 같아."

그는 한순간 생각에 잠긴 듯 내 얼굴을 쳐다보았다.

"그 이름을 벌써 알고 있구나? 넌 자랑해도 되겠어. 어머니가 처음 만나서 그 이름을 알려준 사람은 네가 처음이야."

이날부터 나는 아들이자 형제로, 또 마치 사랑하는 사람처럼 그 집을 드나들었다. 내 등 뒤로 현관문을 닫을 때, 아니 멀리서 정원의 키 큰 나무들이 보이기 시작하면 나는 벌써 부자였고 행복했다. 바깥에는 '현실'이 있었다. 바깥에는 거리와 집들, 사람들과 시설들, 도서관과 강의실이 있었다. 그러나 여기 안에는 사랑과 영혼이, 동화와 꿈이 있었다. 하지만 그렇다고 우리가 세상과 차단되어 있는 것은 결코 아니었다. 그 한복판에서 사고를 하고 대화를 나누며 살고 있었다. 우리는 다수의 사람들과 경계를 나눠 살고 있는 것이 아니라 단지 다르게 바라봄으로써 다른 벌판에 있는 것이었다. 우리의 과제는 세상에 하나의 섬을 제시하는 것이었다. 어쩌면 하나의 모범일 수도 있다. 어쨌든 살아가는 데 있어서 다른 가능성을 보여주는 것이었다. 오랫동안 고립되어 있었던 나는 완전히 혼자임을 경험한 사람들의 공동체가 존재한다는 것을 알았다. 다시는 행복한 사람들의 모임을 갈망하지 않았다. 즐거운 사람들의 축제에 끼이지 않았고, 다른 사람들의 공동체를 보면서 시샘하거나 향수에 젖지도 않았다. 그리고 나는 천천히 그 '표식'을 지닌 사람들의 비밀을 전수받게 되었다.

세상 사람들은 당연히 표식을 지닌 우리를 이상하다고, 심지어 미쳤거나 혹은 위험하다고 여길지도 모르겠다. 우리는 깨어난 사람, 혹은 깨어나고 있는 사람들이었다. 그리고 우리는 완전히 깨어나기 위해 점점 더 노력했다. 반면 다른 사람들은 자신들의 의견,

자신들의 이상과 의무, 자신들의 삶과 행복을 점점 더 공동체와 긴밀하게 결부하는 방향으로 노력하고 거기에서 행복을 추구하고 있었다. 그들도 노력하고 있었고, 힘과 위대한 능력을 지니고 있었다. 그러나 우리가 보기에 표식을 지닌 우리는 자연의 의지를 새로운 것, 개별화된 것, 미래를 지향하는 것으로 제시하는 반면, 다른 이들은 자신들의 의지를 고수하며 살고 있다. 그들에게 인류는—우리처럼 그들도 사랑하는—무언가 완성된 것, 유지되고 지켜져야 하는 것이다. 우리한테 인류는 우리 모두 그것을 향해 나아가고 있는 하나의 머나먼 미래이고, 그 모습은 아무도 모르며, 그 법칙은 어디에도 씌어 있지 않다.

에바 부인, 막스, 그리고 우리 외에도 우리 무리에는 가까이 있든 멀리 있든 아주 다양한 탐구자들이 속해 있었다. 그들 중 많은 이들은 특별한 길을 걸어갔고, 서로 관련이 없는 각자의 목적에 몰두하며 특별한 견해와 의무에 매달리고 있었는데, 그들 중에는 천문학자도 있었고, 카발라 교도, 톨스토이를 신봉하는 사람도 한 명 있었으며, 섬세하고 수줍음 많고 상처 입기 쉬운 사람들이었다. 새로운 교파의 신봉자 외에도 채식주의자, 인도식 수련을 하는 사람들도 있었다. 이 모든 사람들과 우리는 사실 다른 이의 비밀스러운 인생의 꿈을 존중한다는 것 외에는 어떤 정신적인 것도 공유하지 않았다. 과거의 신들과 새로운 이상적인 상에 대한 인류의 탐구를 추구하고, 가끔 피스토리우스의 탐구를 떠올리게 하는 사람들과 우리는 조금 더 가까웠다. 그들은 책을 가져왔고, 고대어로 씌어진 글을 번역해 읽어주었으며, 고대의 상징과 의식들을 그린 그림을 보여주었다. 그리고 지금까지 인류가 소유했던 모든 것이 어떻게 무의식적인 영혼의 꿈으로, 미래의 가능성에 대한 예감을 더듬어가며 따라갔던 꿈으로 이루어졌는지 가르쳐주었다. 그렇게 우리는 수천 개의 머리를 가진 고대 세계의 신들의 무리에서부터 기독교로 전환되던 여명기까지 훑어보았다. 고독하고 신앙심 깊은 사람들의 고해와 민족에서 민족으로 옮겨간 종교의 변천도 알게 되었다. 그리고 우리가 수집한 모든 것으로부터 우리 시대와 지금의 유럽에 대한 비판이 나왔다. 유럽은 어마어마한 노력을 쏟은 끝에 새로운 강력한 무기를 만들어냈지만, 마침내 심각하고 통탄할 만한 정신적 황폐를 초래하고 말았다. 유럽은 전 세계를 얻느라 자신의 영혼을 잃어버린 것이다.

여기에도 특정한 희망과 구원론을 믿는 신자와 신봉자들이 있었다. 유럽을 개종시키려는 불교도들이 있는가 하면, 톨스토이 추종자들과 그 밖에 다른 신앙도 있었다. 우리는 작은 모임에서 귀 기울여 들었고, 이 교리 중 어느 것도 상징 이외의 다른 의미로 받아들이지 않았다. 우리처럼 표식이 있는 이들한테는 미래가 어떻게 이루어질까 하는 걱정 따위 할 필요가 없었다. 우리에게는 어떤 교리든 어떤 구원론이든 처음부터 죽은 것이자 쓸모없는 것이었다. 그러므로 불확실한 미래가 초래하는 모든 것에 대비하기 위해 우리는 단지, 우리 각자가 완전히 자기 자신이 되고, 자신 속에서 움트는 자연의 싹에 맞게, 의지대로 살아가는 것이 유일한 의무이자 운명이라고 느끼는 것이다.

왜냐하면 말을 하든 하지 않든 새로운 탄생과 현재의 붕괴가 가까웠음을 우리는 분명히 감지하고 있었기 때문이다. 데미안은 가끔 나에게 말했다.

"앞으로 상상도 할 수 없는 것들이 닥칠 거야. 유럽의 영혼은 오랫동안 쇠사슬에 묶여 있던 짐승이야. 그것이 자유로워졌을 때 처음으로 하는 행동은 그리 사랑스럽지 않을 거야. 하지만 그렇게 오랫동안 기만당하고 마비되어 버린 영혼의 진정한 위기가 드러나기만 하면 직진을 하든 우회를 하든 중요하지 않아. 그렇게 되면 우리의 날이 오겠지. 우리를 필요로 할 거야. 지도자나 새로운 입법자가 아니라—새로운 법 따위는 더 이상 없을 거야—오히려 기꺼이 응하는, 운명이 부르는 곳에 함께 갈 준비가 된 사람들 말이야. 잘 봐. 모든 사람들은 자신의 이상이 위협당하면, 믿을 수 없는 일을 해낼 준비가 되어 있어. 그러나 새로운 이상, 어쩌면 새롭고 무시무시한 발전의 움직임이 문을 두드리면 아무도 없을지도 몰라. 그때 그곳에 있다가 함께 갈 몇 안 되는 사람들이 바로 우리일 거야. 그러기 위해 우리에게 표식이 찍힌 거야. 공포와 증오를 불러일으켜 그 당시 인류를 비좁은 전원에서 위험하고 넓은 세계로 몰아가기 위해 카인에게 낙인이 찍힌 것처럼 말이야. 인류가 가는 길에 영향을 미친 사람들은 모두 예외 없이, 운명을 받아들일 준비가 되어 있었기 때문에, 바로 그 때문에 역량을 발휘하고 깊은 감명을 준 거야. 그 것은 모세와 부처에게도 해당되고, 나폴레옹과 비스마르크에게도 적용돼. 사람이 어느 조류에 봉사하는가, 혹은 어느 극(極)의 지배를 받는가 하는 것은 자신이 선택할 수 있는 문제가 아니야. 비스마르 크가 사회민주주의자들을 이해하고 그들에게 적응했더라면, 그는 똑똑한 인물은 되었을지언정 운명의 인간은 되지 못했을 거야. 나 폴레옹도 그렇고 카이사르, 로욜라 모두 마찬가지야! 우리는 그것 을 생물학적, 발생학적으로 생각해야 돼! 지각 변동이 물에서 살던 동물을 육지로, 육지에서 살던 동물을 물로 내몰았을 때, 그때가 준 비된 운명의 좋은 예지. 그들은 듣도 보도 못한 새로운 것을 완수 하고, 새롭게 적응함으로써 자신의 종(種)을 보존할 수 있었던 거야. 예전에 자기 종 속에서 보수적이었는지 혹은 보존하는 데 뛰어났는 지, 아니면 별종이거나 혁명적이었는지는 잘 몰라. 다만 그들은 준 비되어 있었고, 그래서 새로운 발전을 뛰어넘어 그들의 종을 구할 수 있었던 거야. 그건 우리도 알고 있는 사실이지. 그래서 우리는 준비하려는 거야."

그런 대화를 나눌 때 에바 부인이 함께할 때도 많았다. 하지만 그 녀는 이런 식으로 이야기하지 않았다. 그녀는 각자의 생각을 말하 는 우리의 이야기를 넘치는 신뢰와 이해심으로 경청하고, 메아리가 되어주었다. 마치 모든 생각들이 그녀에게서 나와 그녀에게도 돌아가는 듯했다. 그녀 가까이 앉아 그녀의 목소리를 듣고, 그녀를 에워싸고 있는 성숙한 분위기와 영혼을 느끼는 것이 행복했다.

내 속에 어떤 변화, 즉 정신이 흐려지거나 새로운 생각이 일어나고 있을 때면 그녀는 즉시 알아차렸다. 내가 꾸는 꿈들은 마치 그녀의 계시 같았다. 나는 그녀에게 자주 꿈 이야기를 들려주었다. 그러면 그녀는 그 꿈을 자연스럽게 이해했다. 그녀가 명확하게 헤아리지 못하는 것이란 없었다. 한동안 나는 우리가 낮에 나누었던 대화를 그대로 베낀 듯한 꿈을 꾸었다. 온 세계가 격동에 휩싸여 있고, 나와 데미안만이 긴장된 마음으로 위대한 운명을 기다리고 있는 꿈을 꾸었다. 운명은 가려져 있었다. 하지만 어쩐지 에바 부인의 표정을 지니고 있었다. 그녀에게 선택받든, 거부당하든, 그것이 바로 운명이었다.

가끔 그녀는 미소 지으며 나에게 말했다.

"당신의 꿈은 완전하지 않군요, 싱클레어. 가장 좋은 것을 잊고 있어요."

그러면 그다음 생각이 다시 떠올랐고, 어떻게 그것을 잊고 있었을까 싶을 때도 있었다.

때로 나는 충족할 수 없는 욕구에 시달렸다. 그녀를 껴안지 못하고 옆에서 바라보는 것을 더 이상 참을 수 없었다. 그녀는 그것도 즉시 알아차렸다. 언젠가 며칠 동안 그 집에 가지 않다가 혼란스러운 마음으로 다시 찾아가자, 그녀는 나를 한쪽으로 데리고 가더니 말했다.

"당신이 믿지 않는 소원에 몰두해서는 안 돼요. 당신이 무엇을 원하는지 나는 알아요. 당신은 그 소원을 버리거나, 아니면 완전히 제대로 소망해야 해요. 그것을 이룰 수 있다는 확신을 가지고 원한다면 이루어질 수도 있어요. 하지만 당신은 소원을 다시 후회하고, 두려워하지요. 그 모든 것들을 이겨낼 수 있어야 해요. 동화 하나를 들려줄게요."

그리고 그녀는 나에게 별과 사랑에 빠진 한 청년의 이야기를 들려주었다. 그는 바닷가에 서서 두 손을 뻗치고 별에게 기도했고, 별의 꿈을 꾸고, 오로지 별만 생각했다. 그러나 그는 인간이 별을 안을 수 없다는 것을 알고 있었다. 아니, 알고 있다고 생각했다. 그는 이루어질 수 있다는 희망 없이 별을 사랑하는 것이 자신의 운명이라고 여겼다. 그리고 자신을 개선하고 정화해줄, 체념과 말할 수 없는 한결같은 번민을 모두 담은, 자기의 모든 삶을 표현한 시를 지었다. 그러나 그가 꿈꾸는 것은 오직 별뿐이었다. 어느 날 밤 그가 다시 바닷가 높은 절벽 위에서 별을 바라보며 별을 향한 사랑을 불태우고 있었다. 그러다 그 그리움이 절정에 달한 순간 그는 별을 향해 허공으로 뛰어올랐다. 그러나 뛰어오르는 순간 한 가지 생각이 전광석화처럼 스쳤다. 이건 정말 불가능한 일이야! 그리고 그는 바다에 떨어져 온몸이 으스러졌다. 그는 사랑하는 법을 알지 못했던 것이다. 그가 뛰어오르던 그 순간 이루어질 거라고 굳게 확신했다면,

그는 위로 날아올라 별과 하나가 되었을지도 모른다.

에바 부인이 말했다.

"사랑은 부탁하는 게 아니에요. 요구해서도 안 되고요. 사랑은 그것을 확신할 수 있어야 해요. 그러면 사랑은 더 이상 끌려가는 것이 아니라 끌어당기게 되는 거죠. 싱클레어, 당신의 사랑은 나에게 끌려가고 있어요. 당신이 언젠가 나를 끌어당기면 그때는 내가 갈 거예요. 나는 선물을 주고 싶지 않아요. 나는 쟁취되기를 바라요."

그러나 다음번에는 다른 동화를 들려주었다. 그것은 아무 희망 없이 사랑하는 연인의 이야기였다. 그는 자신의 안에 완전히 틀어박힌 채 사랑에 불타 버릴 것 같았다. 그는 세상을 잃어버렸다. 그의 눈에는 푸른 하늘도 초록 숲도 보이지 않았다. 촬촬 흐르는 개울물 소리도 하프 선율도 그의 귀에 들어오지 않았다. 모든 것이 생명력을 잃었으며, 그는 가엾고 비참했다. 그러나 그의 사랑은 커져갔고, 그는 자신이 사랑하는 아름다운 여인을 가지지 못할 바에야 차라리 죽어서 썩어 없어지기를 바랐다. 그때 그는 자기의 사랑이 마음속의 다른 모든 것을 불태워 버렸음을 느꼈다. 그러자 그 사랑은 더 강해져서 끌어당기고 또 끌어당겼다. 그 아름다운 여인은 따라오지 않을 수 없었다. 그녀가 왔다. 그녀를 끌어안으려고 그는 두 팔을 활짝 벌렸다. 그러나 그의 앞에 서 있는 그녀의 모습은 완전히 달라져 있었다. 그는 잃어버렸던 모든 세계를 자기가 끌어당겼다는 것을 보고 느끼면서 전율했다. 그 세계가 그의 앞에서 그에게 헌신하고 있었다. 하늘과 숲, 개울, 모든 것이 새로운 빛깔로 신선하고 찬란하게 그를 마주하고 있었고, 그의 것이 되고 그의 언어로 말했다. 그는 단지 한 여자를 얻은 것이 아니라 마음속에 온 세상을 품게 되었다. 하늘의 별 하나하나가 그의 내면에서 불타고, 그의 영혼을 통해 기쁨의 불꽃을 빛냈다. 그는 사랑했고, 그럼으로써 자신을 발견했다. 그러나 대부분의 사람들은 사랑하면서 자신을 잃어버린다.

에바 부인에 대한 내 사랑이 내 삶의 유일한 것처럼 여겨졌다. 그러나 내 사랑은 날마다 달라졌다. 때로 나의 본질이 이끌리는 것은 그녀라는 인물이 아니고, 그녀는 내 영혼의 상징에 불과하며, 그것은 나를 나 자신 속으로 더 깊이 끌고 들어가려 한다는 것을 확실하게 느꼈다. 나를 뒤흔드는, 내 무의식이 던지는 절박한 물음에 대답하는 것 같은 그녀의 말들을 자주 들었다. 그다음 그녀 곁에서 관능적 욕구가 불타오르고, 그녀가 만졌던 물건에 입맞출 때도 있었다. 그리고 점점 관능적인 사랑과 비관능적인 사랑이, 현실과 상징이 서로 겹쳐서 밀려왔다. 그리고 조용한 내 방에서 열렬히 그녀를 생각하면 그녀의 손이 내 손에, 그녀의 입술이 내 입술에 닿는 것 같았다. 혹은 그녀 곁에서 그녀의 얼굴을 바라보며 이야기하고, 그녀의 목소리를 듣고 있으면서도 그녀가 정말 곁에 있는지, 아니면 꿈인지 알 수 없을 때도 있었다. 나는 어떻게 불멸의 사랑을 지속할 수 있는지 느끼기 시작했다. 어떤 책을 읽다가 새로운 것을 깨닫게 되었는데, 그것은 에바 부인의 입맞춤 같은 느낌이었다. 그녀는 내 머리카락을 쓰다듬어주었고, 미소를 통해 성숙하고 향기로운 온기를 나에게 보내주었다. 그럴 때면 마치, 내 안에서 한 걸음 더 나아갔을 때와 같은 느낌이 들었다. 나의 운명이자 중요한 모든 것은 그녀의 모습을 하고 있었다. 그녀는 내 모든 생각 속으로 들어올 수 있었고, 내 모든 생각은 그녀 속으로 들어갈 수 있었다.

나는 부모님 댁에서 성탄절 휴일을 보내기가 두려웠다. 2주 동안이나 에바 부인과 떨어져 지내기가 고통스러울 게 뻔하다고 생각했기 때문이다. 그러나 그것은 고통이 아니었다. 집에 머물면서 그녀를 생각하는 것이 더없이 좋았다. H시로 돌아오고 나서도 이틀 동안 그녀의 집에 가지 않았다. 이 안정된 느낌과 관능적인 존재인 그녀로부터 독립한 기분을 더 누리기 위해서였다. 또 새롭고 비유적인 방식으로 그녀와 결합하는 꿈도 꾸었다. 그녀는 바다였고, 나는 소용돌이치며 그녀에게로 흘러들어 갔다. 그녀는 별이었고, 나 자신도 하나의 별로 그녀에게 가고 있었다. 우리는 서로 만났고 서로를 끌어당기는 것을 느꼈다. 함께 있었고, 행복하게 영원히, 가까이 원을 그리고 소리를 내며 서로의 주위를 돌고 있었다.

다시 찾아갔을 때 그녀에게 이 꿈 이야기를 들려주자 그녀가 조용히 말했다.

"아름다운 꿈이네요. 그 꿈을 이루세요!"

이른 봄, 결코 잊을 수 없는 날이었다. 현관으로 들어서자 한쪽 창문이 열려 있었고, 포근한 기류가 히아신스의 짙은 향기를 방 안으로 가득 불어넣었다. 아무도 보이지 않기에 나는 계단을 올라가 데미안의 서재로 들어갔다. 살짝 문을 두드리고, 늘 하던 대로 대답을 기다리지 않고 방문을 열고 들어갔다.

방은 어두웠고, 커튼은 모두 드리워 있었다. 막스가 화학실험실로 꾸며놓은 작은 옆방으로 통하는 문이 열려 있었다. 그곳으로부터 비구름 사이로 빛나는 봄 태양의 환한 빛이 들어오고 있었다. 아무도 없다고 여기고 커튼을 걷었다.

커튼이 드리운 창 옆 작은 의자에 막스 데미안이 기이한 모습으로 웅크리고 앉아 있는 것이 보였다. 그러자 번개처럼 한 가지 생각이 스쳤다. 언젠가 한 번 본 적이 있었던 것이다! 그는 꼼짝도 하지 않고 두 팔을 늘어뜨린 채 두 손을 무릎 위에 올려놓고 있었다. 뜨고 있는 두 눈은 초점을 잃었고, 약간 앞으로 숙인 그의 얼굴에는 생명력이라고는 없었다. 마치 유리 조각처럼 작은 빛이 동공에 반사되어 반짝였다. 내면으로 몰입해 들어간 창백한 얼굴은 다른 표정이라고는 없이 섬뜩하게 경직되어 있었다. 그 얼굴은 마치 사원 입구에 세워진 태곳적 동물의 가면처럼 보였다. 그는 숨도 쉬지 않는 것 같았다.

나는 기억이 되살아나면서 전율이 일었다. 저렇게, 딱 저렇게 하고 있는 그를 몇 해 전에, 내가 아직 어린 소년이었을 때 한 번 본 적이 있다. 두 눈은 저렇게 내면을 향해 있었고, 손은 저렇게 죽은 듯 나란히 놓여 있었다. 파리 한 마리가 그의 얼굴 위를 기어 다니고 있었다. 그리고 그때, 아마 6년 전이었을까, 그때도 저렇게 나이들고 시간을 초월한 듯 보였다. 얼굴의 주름 하나까지 오늘과 다르지 않았다.

나는 두려움에 사로잡혀 가만히 방을 나와 계단을 내려갔다. 홀에서 에바 부인과 마주쳤다. 그녀의 얼굴은 창백했고 피로해 보였다. 이제까지 보지 못한 모습이었다. 그림자 하나가 창문을 스치고 지나가자 눈부시게 하얗던 태양이 갑자기 사라졌다.

내가 나지막한 목소리로 다급하게 말했다.

"막스한테 갔었어요. 무슨 일 있나요? 막스는 자고 있어요. 아니면 몰입해 있거나. 잘 모르겠어요. 전에도 저런 모습을 한 번 본 적이 있어요."

"그 애를 깨우지는 않았겠죠?"

그녀가 다급히 물었다.

"네, 제 소리를 듣지 못했어요. 저는 얼른 다시 나왔고요. 에바 부인, 말씀해주세요. 무슨 일인가요?"

그녀가 손등으로 이마를 쓸어내리며 말했다.

"걱정 말아요, 싱클레어. 아무 일 없어요. 그 애는 물러나 있는 거랍니다. 오래 걸리지 않을 거예요."

그녀는 일어나서, 비가 내리는 정원으로 나갔다. 따라 나가면 안 될 것 같았다. 그래서 나는 홀을 서성거리며 정신과 감각을 마비시키는 히아신스 향을 맡았다. 문 위에 걸린 나의 새 그림을 응시하기도 하고, 그날 아침 그 집을 채우고 있는 묘한 그림자를 느끼며 불안한 마음으로 숨을 들이쉬었다. 이것은 무엇이지? 무슨 일이 일어난 것일까?

에바 부인이 곧 돌아왔다. 그녀의 검은빛 머리카락에 빗방울이 맺혀 있었다. 그녀는 자신의 안락의자에 앉았다. 온몸이 지쳐 보였다. 나는 옆으로 다가가서 그녀 위로 몸을 굽히고 머리에 맺힌 빗방울에 입을 맞췄다. 그녀의 눈은 밝고 고요했다. 그러나 그 빗방울이 나에게는 눈물 맛 같았다.

"제가 가서 보고 올까요?"

내가 나직하게 물었다.

그녀는 희미하게 미소 지었다.

"어린애처럼 굴지 말아요, 싱클레어!"

그녀는 자기 안의 주문을 깨뜨리기라도 할 듯 큰 소리로 경고했다.

"지금은 그냥 돌아가 줘요. 그리고 나중에 다시 오세요. 지금은 당신과 이야기할 수 없겠어요."

나는 그 집을 나서서 시내를 지나 산까지 달려갔다. 내 위로 가랑비가 비스듬히 흩뿌리고 있었다. 구름은 마치 두려움에 싸인 듯 무거운 압력으로 낮게 흘러갔다. 아래쪽에는 바람이 거의 일지 않았지만 위쪽은 폭풍이 이는 것 같았다. 강철 같은 회색 구름 사이로 간간이 태양빛이 흐릿하게 빛났다.

그때 하늘 위로 노란빛의 엷은 구름이 흘러왔다. 잿빛 벽에 막힌 구름은 몇 초 후 노란색에서 푸른 빛깔로 바뀌더니, 푸른 혼돈 속을 찢고 나오는 거대한 새의 모습으로 변해 커다란 날갯짓을 하며 하늘로 날아가 사라졌다. 그러자 폭풍우 소리가 들렸고, 우박과 함께 비가 쏟아져 내렸다. 비가 후려치는 풍경 위로 짧은 천둥소리가 귀를 찢을 정도로 크게 울렸다. 그 후 곧바로 햇살이 비쳤고, 갈색 숲 너머 가까운 산들 위로 빛나는 창백한 눈이 파리하고 비현실적으로 보였다.

몇 시간 뒤 흠뻑 젖고 바람에 떠밀리듯 돌아오니 데미안이 손수 문을 열어주었다.

그는 나를 데리고 자기 방으로 올라갔다. 실험실에는 가스불이 타고 있었고, 종이가 사방에 널려 있었다. 그는 작업을 하고 있었던 것 같았다.

그가 자리를 권하며 말했다.

"앉아. 피곤하지? 아주 지독한 날씨군. 바깥에서 씩씩하게 견딘 것 같은데. 곧 차를 내올 거야."

내가 망설이듯 말을 꺼냈다.

"오늘 무슨 일이 있는 것 같아. 단순한 천둥 번개가 아니었어."

그가 나를 탐색하듯 쳐다보았다.

"무언가를 보았니?"

"응. 한순간 구름 속에서 형상 하나가 나타나는 것을 똑똑히 봤어."

"무슨 형상?"

"한 마리의 새였어."

"그 매? 그거지? 네 꿈속의 새?"

"그래, 그건 나의 매였어. 노랗고 거대한 새가 검푸른 하늘로 날아가 버렸어."

데미안은 안도의 숨을 깊이 내쉬었다.

노크 소리가 들렸다. 늙은 하녀가 차를 가져왔다.

"차를 들어, 싱클레어. 내 생각에는 네가 우연히 그 새를 본 것 같지는 않아."

"우연히? 그런 것들을 어떻게 우연히 볼 수 있지?"

"그래, 우연히 볼 수 없어. 그건 어떤 뜻이 있는 거야. 그게 뭔지 알겠니?"

"아니. 나는 그것이 동요라는 것을 느꼈을 뿐이야. 운명의 한 걸음. 그것이 우리 모두와 관련된 것 같아."

데미안은 흥분해서 이리저리 서성거렸다.

그러고는 외쳤다.

"운명의 한 걸음! 어젯밤 그와 똑같은 꿈을 꾸었어. 어머니도 어제 예감이 들었다고 하셨어. 같은 말을 하셨지. 내가 나무와 탑에 걸쳐진 사다리를 올라가는 꿈이었어. 위에 올라가니 온 나라가 훤히 다 내려다보였어. 넓은 평야였는데, 도시와 마을들이 모두 불타고 있었어. 지금은 다 얘기해줄 수 없어. 나도 아직 명확한 것은 아니야."

"자신과 연관해서 그 꿈을 해석하는 거야?"

내가 물었다.

"나와 연관시키냐고? 물론이지. 자신과 관련 없는 꿈을 꾸는 사람은 없어. 하지만 나 혼자만 관련된 꿈은 아니야. 그건 네 말이 맞아. 난 꿈을 아주 정확하게 구별해. 내 영혼의 움직임을 알려주는 꿈들과, 다른 꿈들을. 아주 드물긴 하지만 전 인류의 운명을 암시하는 꿈을 꾸기도 해. 그런 꿈은 극히 드물고, 예언하거나 실현되었다고 할 수 있는 꿈은 한 번도 꾼 적이 없어. 해석은 너무 불확실해. 그러나 지난밤 내가 꾼 꿈이 나 자신만 관계된 것이 아닌 것은 분명해. 그 꿈은 예전에 내가 꾸었던 다른 꿈과 이어지는 것이었어. 싱클레어, 나는 이 꿈에서 내가 이미 말한 예감을 느꼈어. 우리의 세계가 정말로 썩었다는 걸 우리는 알고 있지만 그렇다고 세계가 몰락한다거나 그 비슷하게 되리라고 예언할 수는 없지. 하지만 몇 년째 꾸고 있는 꿈으로 유추해보면, 혹은 느끼는 것은, 또는 너의 표현대로라면, 낡은 세계의 붕괴가 가까웠다는 사실이야. 처음에는 아주 약하고 아직 먼 예감이었지. 하지만 점점 더 강하고 또렷해졌어. 아직 다른 건 아무것도 몰라. 단지 나와도 관련된, 거대하고 무시무시한 무언가가 가까이 다가오고 있다는 거야. 싱클레어, 우리가 가끔 이야기했던 것을 경험하게 될 거야. 이 세계는 자신을 새롭게 바꾸려 하고 있어. 죽음의 냄새가 나. 어떤 새로운 것도 죽음 없이 오지 않는 법이거든. 내가 생각했던 것보다 훨씬 더 끔찍할 거야."

깜짝 놀란 나는 그를 빤히 쳐다보았다.

"꿈의 나머지 부분을 이야기해줄 수는 없어?"

내가 수줍게 부탁했다.

그가 고개를 가로저었다.

"그럴 수 없어."

그때 문이 열리더니 에바 부인이 들어왔다.

"여기 같이 있구나! 얘들아, 혹시 슬퍼하고 있는 건 아니지?"

그녀는 경쾌했고, 더 이상 피곤해 보이지도 않았다. 데미안은 그녀를 보며 미소 지었다. 그녀는 겁먹은 아이들에게 다가오는 어머니처럼 우리 가까이 왔다.

"슬프지는 않아요, 어머니. 그냥 이 새로운 표식에 대한 수수께끼를 풀고 있었어요. 하지만 아무것도 알 수 없어요. 오려고 하는 것은 갑자기 와 있을 거예요. 그럼 우리는 깨달아야 할 것들을 겪게 되겠죠."

하지만 나는 기분이 좋지 않았다. 작별 인사를 하고 혼자 홀을 지나가는데, 히아신스 향기가 시들고, 시체처럼 무미건조했다. 그림자 하나가 우리 위에 드리워 있었던 것이다.

종말의 시작

나는 여름 학기 때도 H시에 머물렀다. 우리는 집 안에 있기보다 거의 강가 정원으로 나갔다. 격투기 시합에서 제대로 패한 일본인은 떠났고, 톨스토이 추종자도 가고 없었다. 데미안은 매일 빠짐없이 말 한 마리를 줄기차게 타고 다녔다. 나는 그의 어머니와 단둘이 시간을 보낼 때가 많았다.

가끔 나는 평화로운 내 삶에 놀랐다. 나는 너무도 오랫동안 혼자였고, 포기하는 연습을 했고, 내면의 고통과 씨름하는 데 익숙했기에, H시에서 보낸 이 몇 달은 마치 꿈속의 섬에 있는 것 같았다. 그곳에서 나는 안락하고 마법에 걸린 듯, 오직 아름답고 유쾌한 일들만 생각하고 그런 감정만 느끼며 사는 것이었다. 나는 이것이 우리가 생각하던, 그 새롭고 보다 높은 공동체의 전조라는 것을 예감했다. 그리고 때때로 깊은 슬픔이 이런 행복을 덮치곤 했다. 행복이 오래 지속될 수 없다는 것을 잘 알고 있었기 때문이다. 나는 만족과 안락 속에서 숨 쉬도록 태어난 사람이 아니었다. 나는 고뇌하고 추적해야 하는 사람이었다. 언젠가 나는 이 아름다운 사랑의 환상에서 깨어나 다시 홀로, 완전히 홀로 서게 되리라는 것을 느끼고 있었다. 그곳은 평화와 공존이 없는 타인들의 차가운 세계이며 오직 고독과 투쟁만 있을 뿐이다.

그래서 나는 내 운명이 아직도 이렇게 아름답고 고요한 얼굴을 지니고 있는 것에 기뻐하며 몇 배 더 다정하게 에바 부인의 곁으로 바짝 다가갔다.

여름 몇 주일은 빠르고 쉬이 흘러갔다. 여름 학기도 벌써 끝나가고 있었다. 이별이 목전에 다가왔다. 하지만 그것을 생각해서는 안 되었고, 또 생각하지도 않았다. 꿀이 많은 꽃에 매달리는 나비처럼 나는 이 아름다운 나날들에 매달려 있었다. 그것은 나의 행복한 시절이었다. 내 삶에서 첫 성취였고, 처음으로 동맹을 맺은 것이었다. 다음에는 무엇이 올까? 나는 다시 싸워나갈 것이며, 그리움으로 괴로워할 것이고, 꿈을 꿀 것이고, 혼자가 될 것이다.

그러던 어느 날 나는 이런 예감이 너무도 강하게 엄습해 에바 부인에 대한 나의 사랑이 갑자기 고통스러울 정도로 불타올랐다. 오, 하느님! 이제 곧 나는 그녀를 더 이상 보지 못할 것이다. 집 안을 돌아다니는 그녀의 안정되고 부드러운 발소리를 더 이상 듣지 못할 것이고, 내 책상 위에 놓아주던 그녀의 꽃을 더는 보지 못하겠지! 그런데 나는 무엇을 얻은 것이지? 그녀를 얻는 대신, 그녀를 얻기 위해 싸우는 대신, 그녀를 영원히 내게로 끌어당기는 대신, 나는 꿈을 꾸었고 안락함에 몸을 맡겼다! 진정한 사랑에 대해 그녀가 들려준 모든 이야기가 떠올랐다. 수많은 멋진 충고의 말들, 수많은 조용한 유혹들, 어쩌면 약속의 말들. 그것들로 나는 무엇을 해낸 것이지? 아무것도! 아무것도!

나는 내 방 한가운데 서서 내 모든 의식을 모아 에바 부인을 생각했다. 그녀가 내 사랑을 느끼고, 그녀를 나에게 끌어오기 위해 내 영혼의 힘을 모으려고 했다. 그녀는 나에게로 와서 내 포옹을 열망해야 하고, 나의 입맞춤이 그녀의 성숙한 사랑의 입술을 끝없이 파고들어야 했다.

나는 손가락과 두 발이 차가워질 때까지 선 채로 몸의 긴장을 유지했다. 내 몸에서 힘이 빠져나가는 것을 느꼈다. 잠깐 동안 내 안의 무언가가, 밝고 차가운 것이 조밀하고 단단하게 뭉쳐졌다. 한순간 나는 심장 속에 수정 하나가 박힌 느낌이었다. 나는 그것이 나의 자아라는 것을 알았다. 냉기가 가슴까지 차올랐다.

어마어마한 긴장에서 풀려나자, 나는 무언가가 닥칠 것 같은 예감이 들었다. 나는 죽을 만큼 지쳐 있었지만, 방 안으로 들어오는 에바 부인을 맞이할 준비가 되어 있었다. 불타는 듯 황홀하게.

그때 긴 도로를 망치로 두드리듯 다가오는 말발굽 소리가 들렸고, 가까이에서 세차게 울리더니 뚝 멈췄다. 나는 창가로 뛰어가 아래를 내려다보았다. 데미안이 말에서 내리고 있었다. 나는 뛰어 내려갔다.

"무슨 일이야, 데미안? 설마 네 어머니께 무슨 일이 생긴 건 아니 겠지?"

그는 내 말을 귀담아 듣지 않았다. 얼굴은 몹시 창백했고, 이마의 땀이 그의 양쪽 뺨을 타고 흘러내렸다. 그는 흥분한 말의 고삐를 정 원 울타리에 매고 내 팔을 잡고 함께 거리를 걸어 내려갔다.

"벌써 무슨 소식 들었어?"

나는 아무것도 몰랐다.

데미안은 내 팔을 잡은 채 고개를 돌려 어둡고 연민에 찬 묘한 눈 길로 내 얼굴을 보았다.

"그래, 친구, 이제 시작됐어. 러시아와의 긴장이 극에 달한 건 알 고 있지?"

"뭐? 전쟁이 터진 거야? 그렇게 될 거라고 생각한 적은 한 번도 없는데."

그는 주위에 아무도 없었는데도 나지막이 속삭였다.

"아직 전쟁이 선포된 건 아냐. 하지만 전쟁이 일어날 거야. 내 말 믿어도 돼. 지금까지 이 문제로 너를 괴롭히지 않았지만, 나는 그때 이후로 세 번이나 새로운 징후를 보았어. 그것은 세계의 몰락도, 지 진도, 혁명도 아닐 거야. 전쟁일 거야. 어떻게 일어날지 너도 보게 될 거야! 사람들은 기뻐할 거야. 다들 진작부터 터지기만을 기다리 고 있었으니까. 그 사람들한테는 삶이 그렇게 무미건조해진 거지.

하지만 알게 될 거야, 싱클레어. 그건 단지 시작에 불과하다는 것을. 어쩌면 큰 전쟁이 될 수도 있어. 아주 큰 전쟁. 그러나 그것도 단지 시작에 불과해. 새로운 것이 시작되고, 그 새로운 것은 낡은 것에 집착하는 사람들에게는 충격적인 일이겠지. 너는 어떻게 할 거야?"

나는 어안이 벙벙했다. 모든 것이 아직 낯설고 실감 나지 않았다.

"난 모르겠어. 너는?"

데미안은 어깨를 으쓱했다.

"동원령이 떨어지자마자 곧바로 입대할 거야. 난 소위거든."

"네가? 전혀 몰랐어."

"그래, 그게 내가 적응하는 방식 중 하나지. 너도 알다시피 난 눈에 띄는 걸 좋아하지 않아. 그래서 정확히 하려고 항상 뭔가를 훨씬 더 많이 하곤 했지. 내 생각에는 일주일 뒤에 전장에 있을 거야."

"하느님 맙소사!"

"이봐, 친구, 그렇게 감상적으로 여겨서는 안 돼. 근본적으로는 살아 있는 사람에게 총을 쏘라고 명령하는 것이 유쾌할 리 없어. 하지만 그것은 부차적인 문제야. 이제 우리 모두 커다란 수레바퀴 속으로 휩쓸려 들어갈 거야. 너도 역시. 너도 분명 징집될 거야."

"그럼 너의 어머니는, 데미안?"

그제야 나는 15분 전에 있었던 일이 다시 떠올랐다. 세상이 얼마나 변해버린 것인가! 가장 감미로운 영상을 불러내기 위해 온 힘을 모았다. 그런데 지금 운명은 갑자기 새로운 모습으로, 위협하듯 무시무시한 가면을 쓰고 나를 바라보고 있었다.

"우리 어머니? 아, 어머니는 걱정할 필요 없어. 어머니는 안전하셔. 이 세상 누구보다 더 안전하지. 어머니를 그렇게 사랑해?"

"너도 알고 있었어, 데미안?"

그는 거침없이 유쾌하게 웃었다.

"어린 녀석! 당연히 알고 있었지. 어머니를 에바 부인이라고 부르는 사람치고 어머니를 사랑하지 않은 사람이 없었어. 그건 그렇고, 오늘 네가 어머니나 나를 불렀지, 안 그래?"

"그래, 내가 불렀어. 에바 부인을 불렀어."

"어머니가 느끼시고는 갑자기 나를 보내셨어. 너에게 가보라고. 그때 마침 어머니께 러시아에 관한 소식을 알려드리던 중이었지."

우리는 돌아섰다. 별다른 말은 하지 않았다. 그는 말고삐를 풀고 올라탔다.

위층 내 방에 돌아와서야 비로소 나는 데미안이 전한 소식 때문에, 아니 그 이전의 긴장 때문에 내가 얼마나 지쳐 있었는지 깨달았다. 그러나 에바 부인이 내가 부르는 소리를 들었다! 내 마음속의 상념이 그녀에게 닿은 것이다. 그녀가 직접 왔더라면, 그렇지 않더라도 이 모든 것들이 얼마나 기이한가! 아무튼 얼마나 아름다운 것인가! 이제 전쟁이 일어날 것이다. 우리가 자주 이야기했던 그것이 일어날 것이다. 그리고 데미안은 그 일에 관해 많은 것을 진작부터 알고 있었다. 지금 세계의 흐름은 더 이상 그 어딘가에서 우리 곁을 스쳐 지나가는 것이 아니라는 것, 이제 갑자기 우리의 가슴 한복판을 뚫고 지나간다는 것, 모험과 거친 운명들이 우리를 부르고, 지금 혹은 머지않아 우리를 필요로 하고, 스스로를 변화시킬 순간이 온다는 것은 얼마나 묘한 일인가! 데미안이 옳았다. 감상적으로 받아들일 일이 아니었다. 나에게 그토록 외로운 일이었던 '운명'을 그렇게 많은 사람들과, 아니, 전 세계와 함께 체험한다는 것이 이상할 뿐이었다. 그래도 좋으리라!

나는 준비되어 있었다. 저녁에 시내를 지나갈 때, 도처에서 크나큰 흥분이 들끓고 있는 것을 보았다. 어디서나 '전쟁'이란 말이 들려왔다!

나는 에바 부인의 집으로 가 정원 정자에서 저녁을 먹었다. 내가 유일한 손님이었다. 아무도 전쟁에 관해 이야기하지 않았다. 다만 집으로 돌아가기 직전에 에바 부인이 말했다.

"사랑하는 싱클레어, 오늘 당신은 나를 불렀지요. 내가 왜 직접 가지 않았는지 당신은 알고 있어요. 하지만 잊지 말아요. 당신은 이제 부르는 법을 알았어요. 언제든 표식을 지닌 누군가가 필요할 때면 그렇게 불러보세요!"

그녀가 일어나서 정원의 어스름 속으로 나갔다. 신비에 찬 이 여인은 말없이 나무들 사이를 위풍당당하게 걸어갔다. 그녀의 머리 위에서 작고 고요한 수많은 별들이 빛나고 있었다.

내 이야기는 끝나 간다. 사태가 급속하게 진전되었다. 곧 전쟁이 시작되었다. 그리고 은회색 외투의 군복 차림이 몹시도 낯설어 보이는 데미안도 떠났다. 나는 그의 어머니를 집에 데려다 주었다. 나는 그녀와도 곧 작별 인사를 했다. 그녀는 내 입술에 키스하고 잠시 끌어안았다. 가까이 있는 그녀의 흔들림 없는 커다란 눈이 내 눈 속으로 들어와 불타올랐다.

그리고 모든 사람들이 형제가 된 것 같았다. 그들은 조국과 명예를 생각했다. 그러나 그것은 운명이었다. 그들 모두 가려져 있다가 한순간 드러난 운명의 얼굴을 들여다본 것이다. 젊은 사람들이 병사에서 나와 기차에 올라탔다. 그리고 많은 얼굴들에서 나는 표식을 보았다. 그것은 우리의 표식이 아니었다. 그것은 아름답고 고귀한, 사랑과 죽음의 표식이었다.

한 번도 본 적 없는 사람들이 나를 포옹했다. 나는 그것을 이해했고 기꺼이 받아들였다. 그들이 그렇게 하는 것은 일종의 도취였지 운명의 의지가 아니었다. 하지만 신성한 도취였다. 그들 모두 잠깐 동안 고무된 시선으로 운명의 눈을 들여다보았기 때문이다.

내가 전장으로 떠났을 때는 이미 겨울이었다.

처음 총을 쏠 때 흥분되기는 했지만 모든 것이 실망스러웠다. 예전에는 하나의 이상을 위해 사는 사람이 왜 그렇게 드문지 깊이 생각해본 적이 많았다. 그런데 지금 나는 많은 사람들이, 아니 모든 사람들이 이상을 위해 죽을 수 있음을 보았다. 다만 그것은 개인적인 이상이 아닌, 자유롭게 선택한 이상이 아닌, 떠맡겨진 공동의 이상이었다.

그러나 시간이 지나면서 나는 인간을 과소평가했다는 것을 깨달았다. 아무리 임무와 공동의 위험으로 그들이 획일화되었더라도, 나는 많은 사람들이 살아 있든 죽어가든, 운명의 의지에 훌륭하게 다가가는 것을 보았다. 많은, 아주 많은 사람들이 공격할 때뿐만 아니라 어느 때나 확고하고 아득하며, 조금 광기 어린 눈빛을 번득였고, 그 눈빛은 목적이 무엇인지는 전혀 모르면서 엄청난 것을 향해 무조건 정진하는 것이었다. 그들은 무엇을 믿고, 무엇을 원하든 자신들은 준비되어 있고, 쓸모 있다고, 그들이 미래를 이뤄갈 거라고 생각한다. 그리고 세계가 더욱 완강하게 전쟁과 영웅주의, 명예와 그 밖의 낡은 이상에 초점을 맞출수록, 표면적인 인간성의 목소리는 더 아득하고 비현실적으로 울리는 것이다. 이 모든 것은 표면적일 뿐이었다. 전쟁의 정치적 목적에 대한 물음이 표면적인 것처럼. 깊은 곳에서는 뭔가가 생겨나고 있었다. 새로운 인간성 같은 그 무언가. 많은 사람들을 보았고, 그들 중 많은 사람들이 내 옆에서 죽어갔다. 그들은 상대에 대해 증오와 분노, 살육과 파괴의 감정을 품지 않았다. 목표와 마찬가지로 상대는 우연히 정해진 것이었기 때문이다. 근원적인 감정, 가장 거친 감정조차 적을 향한 것이 아니었다. 그 피비린내 나는 과업은, 새로 태어나기 위해서 미쳐 날뛰고, 죽이고, 파괴하고, 죽으려는, 내부에서 찢겨져 나온 영혼의 발산이었다. 거대한 새가 알에서 나오려고 투쟁을 벌이고 있었다. 알은 세계였다. 그리고 그 세계는 파괴되어야 했다.

어느 이른 봄날 밤, 우리가 점령한 농가 앞에서 나는 보초를 서고 있었다. 가끔 변덕스럽게 미풍이 불어왔다. 플랑드르 지방의 높은 하늘에는 구름떼가 몰려가고 있었다. 어디쯤엔가 달이 있을 것 같았다. 나는 하루 종일 불안했다. 어떤 근심이 마음을 어지럽혔다. 지금 나는 어두운 초소 내 자리에서 지금까지의 삶의 영상들을, 에바 부인과 데미안을 간절히 생각했다. 나는 포플러 나무에 기대서서 요동치는 하늘을 응시하고 있었다. 은밀하게 움칫거리던 밝은 하늘에서 곧 거대한 영상들이 연이어 솟구쳤다. 나는 이상하게 맥박이 약해지고, 피부에 와 닿는 비바람에도 무감각한 채로, 내면의 의식이 번뜩 깨어나면서, 지도자가 내 가까이 있음을 감지했다.

구름 속에서 큰 도시 하나를 보았다. 거기서 수백만 명의 사람들이 쏟아져 나와 떼 지어 넓은 풍경으로 퍼져 나갔다. 그들 한가운데서 강력한 신의 모습이 나타났다. 머리에 반짝이는 별을 달고, 산처럼 거대하며, 에바 부인의 표정을 지닌 모습이었다. 마치 거대한 동굴 속으로 빨려 들어가듯 사람들의 행렬이 그 속으로 사라졌다. 여신은 바닥에 웅크리고 앉았다. 그녀 이마의 표식이 환하게 빛나고 있었다. 어떤 꿈 하나가 그녀를 지배하고 있는 듯 보였는데, 그녀는 두 눈을 감았다. 그녀의 커다란 얼굴이 고통으로 일그러졌다. 갑자기 그녀가 맑은 소리를 내질렀다. 그녀의 이마에서 별들이, 수천 개의 반짝이는 별들이 튀어나와 눈부시게 반원을 그리며 어두운 하늘로 떨어졌다.

그 별들 중 하나가 요란한 소리를 내면서 나를 향해 똑바로 쏜살같이 날아왔다. 나를 찾는 것 같았다. 그런 다음 별은 굉음을 내며 수천 개의 불꽃으로 흩어져 나를 확 잡아끌어 올렸다가 땅바닥에 다시 내동댕이쳤다. 천둥 같은 소리와 함께 세계가 내 위로 무너져 내렸다.

나는 포플러 나무 근처에서 큰 상처를 입고 흙에 파묻힌 채 발견되었다.

나는 어느 지하실에 누워 있었다. 포탄이 내 위로 퍼붓고 있었다. 나는 수레에 누워 텅 빈 벌판을 덜컹거리며 지나갔다. 대부분 잠을 잤고, 그렇지 않으면 의식을 잃고 있었다. 그러나 깊은 잠에 빠져들수록 나는 무언가가 나를 끌어당기는 것을, 나를 지배하는 주인인 어떤 힘을 따라가고 있음을 더욱 절실히 느꼈다.

나는 어느 마구간 짚 더미 위에 누워 있었다. 캄캄했고, 누군가 내 손을 밟았다. 그러나 내 마음은 더 멀리 가려고 했다. 그것이 나를 더 강하게 끌어당기고 있었다. 나는 다시 수레에 눕혀졌고, 나중에는 들것이나 사다리 위에 눕혀졌다. 어딘가로 가라고 점점 더 강하게 명령하고 있음을 느꼈다. 마침내 나는 그곳까지 가고 싶은 열망 외에는 아무것도 느끼지 못했다.

그때 나는 목적지에 도착했다. 밤이었다. 의식은 또렷했고, 내면으로 강한 끌림과 충동을 느꼈다. 이윽고 나는 넓은 방으로 실려 가 바닥에 깔린 매트리스에 눕혀졌다. 나는 부름을 받은 곳에 와 있음을 느꼈다. 나는 주위를 둘러보았다. 내가 누워 있는 매트리스 바로 옆에 다른 매트리스가 바짝 붙어 있었고, 누군가 그 위에 있었다. 그가 몸을 앞으로 숙이고 나를 쳐다보았다. 이마에 표식이 있었다. 막스 데미안이었다.

나는 말을 할 수가 없었다. 그도 말을 할 수 없었거나 아니면 하려고 하지 않았다. 그는 그저 나를 바라볼 뿐이었다. 그의 머리 위쪽 벽에 걸린 램프의 불빛이 그의 얼굴을 비쳤다. 그가 미소 지으며 나를 보고 있었다.

한없이 오랜 시간 동안 그는 줄곧 내 눈을 들여다보고 있었다. 그가 나를 향해 천천히 얼굴을 숙였다. 우리의 얼굴이 거의 맞닿을 정도로 가까워지자 그가 속삭였다.

"싱클레어!"

나는 눈짓으로 그의 말을 알아듣고 있다는 표시를 했다.

그는 측은한 표정으로 미소 지었다.

"어린 녀석!"

그가 여전히 미소를 띤 채 말했다.

그의 입술이 이제 내 입술 바로 앞에 있었다. 그가 나직한 목소리로 계속 말했다.

"프란츠 크로머 기억해?"

그가 물었다.

나는 그에게 눈을 깜박여 보였고, 미소를 짓기도 했다.

"꼬마 싱클레어, 잘 들어! 나는 떠나야 해. 너는 아마 또다시 내가 필요할지도 몰라. 크로머를 상대하는 일이든 또 다른 일이든. 그때 네가 나를 불러도, 나는 그렇게 대충 말을 타거나 기차를 타고 오지 못해. 그럴 때는 네 안의 소리에 귀 기울여야 돼. 그러면 너는 내가 네 안에 있다는 걸 느끼게 될 거야. 알겠어? 그리고 또 한 가지! 에바 부인이 나에게 말했어. 언젠가 너에게 힘든 날이 닥치면, 너에게 당신의 키스를 전해달라고. 그분이 나에게도 해준 그 키스 말이야……. 눈을 감아, 싱클레어!"

나는 순순히 눈을 감았다. 아직도 피가 조금씩 흐르고 있는 내 입술에서 가벼운 입맞춤을 느꼈다. 그리고 나는 다시 잠들었다.

다음 날 아침 사람들이 나를 깨웠다. 붕대를 감아야 했다. 마침내 완전히 잠에서 깨었을 때 나는 얼른 옆자리를 돌아보았다. 한 번도 본 적 없는 낯선 사람이 그 자리에 누워 있었다.

붕대를 감는 일은 고통스러웠다. 그리고 그 이후에 일어난 모든 일들이 고통스러웠다. 그러나 가끔씩 열쇠를 찾아내 내 안으로 완전히 내려가면, 거기 어두운 거울 속에 운명의 모습들이 잠들어 있는 곳으로 내려가면, 그 어두운 거울 위로 몸을 숙이기만 하면 되었다. 그러면 나 자신의 모습이 보였다. 이제는 그와 완전히 닮아 있는, 그, 내 친구이며 지도자인 그와.

헤르만 헤세

Hermann Hesse, 1877. 7. 2~1962. 8. 9

독일 남부 뷔르템베르크 주(지금의 바덴뷔르템베르크 주)에 위치한 슈바르츠발트 산맥의 조용한 시골 마을 칼프에서 태어났다. 아버지 요하네스는 북부 독일계 러시아(지금의 에스토니아)인으로 선교사였고, 어머니는 유명한 인도학자이자 선교사였던 헤르만 군데르트의 딸이었다. 어머니 마리아는 인도에서 영국인 선교사와 결혼해 살다가 남편이 사망한 후 칼프로 돌아와 있던 중 요하네스 헤세를 만났다. 헤세가 인도의 종교와 사상에 심취했던 것은 외할아버지의 영향이 컸기 때문이다.

1881년(4세) 헤세 가족은 스위스 바젤로 옮겨가 1883년(6세) 스위스 국적을 취득하고(그 전에는 러시아 국적이었다) 1886년(9세)까지 그곳에 거주했다. 1886년 다시 칼프로 돌아온 헤세는 마을에 있는 라틴어 학교에 다녔다. 칼프에서의 유년 시절 헤세는 시를 쓰고 사색을 하며 문학적 소질을 보이기 시작했다. 1890년(13세) 주 시험 준비를 위해 괴핑겐에 있는 라틴어 학교로 옮겨갔는데, 이때 헤세는 시험 자격을 얻기 위해 스위스 국적을 포기하고 뷔르템베르크 국적을 취득했다.

부모님의 소망대로 훌륭한 목사가 되기 위해 1891년(14세) 9월 마울브론 신학교에 진학했으나 엄격하고 획일적인 데다 강요된 교육 속에서 정신적 갈등을 겪던 끝에 입학한 지 7개월 만에 '시인이 아니면 아무것도 되고 싶지 않다'며 학교를 뛰쳐나왔다. 이 시절의 경험은《수레바퀴 아래서》(1906년)에 거의 사실대로 묘사되어 있다. 실의에 빠져 우울증을 겪었던 헤세는 1892년(15세) 6월 자살을 시도했으나 미수에 그치고 한동안 슈테텐에서 정신과 치료를 받았다. 헤세는 회복되자 바트칸슈타트의 김나지움에 다시 들어갔다. 하지만 여기서도 성적은 뛰어났으나 교과서를 판 돈으로 권총을 사는 등 탈선행위가 끊이지 않았고, 결국 1년도 못 채우고 학교를 그만두었다.

아름다운 자연과 경건하고 질서정연한 가정 분위기에서 누렸던 풍요로움과 행복은 학교 교육으로 깨지기 시작했다. 헤세에게 학교란 자신의 의지에 반해 무자비하게 강요하는 세계였던 것이다. 이처럼 주변 세계와 자아의 분리를 경험하면서 헤세는 비판 의식에 눈뜨게 되었다. 이와 같은 외부 세계와의 내적 갈등으로 인한 고통은 헤세의 문학 세계에 큰 영향을 끼쳤을 뿐 아니라 훗날 제1차세계대전을 계기로 증폭되어 '나를 찾아가는 길'을 걷는 데 중요한 요인으로 작용했다.

학교를 그만둔 헤세는 1893년(16세) 에슬링겐에서 서점 점원으로 일했으나 사흘 만에 그만두고 아버지의 출판사 일을 도우며 책을 읽는 데 몰두했다. 1894년(17세) 칼프에 있는 페롯 시계공장에서 견습공으로 일하다가 1895년(18세)에는 튀빙겐의 헤켄하우어 서점 점원으로 들어가 1898년(21세)까지 다녔는데 이곳에서 문학에 대한 열정을 키워나갔다. 헤세는 헤켄하우어 서점 시절 노발리스를 비롯해 낭만주의 작가들과 괴테의 작품에 심취하면서 본격적으로 문학 활동을 시작했다. 1898년 첫 시집《낭만적인 노래들(*Romantische Lieder*)》을 자비로 출판했고, 1899년(22세) 소설《고슴도치(*Schweinigel*)》(이 원고는 지금까지 발견되지 않았다)를 쓰기 시작했으며, 산문집《자정 이후 한 시간(*Eine Stunde hinter Mitternacht*)》이 출간되었다. 그러나 이때의 작품들은 병적이고 지나친 감성으로 인해 별다른 호응을 얻지 못했다. 라이프치히의 유명한 출판사 디더리히스에서 출간된 이 산문집에 대해 릴케는 예술가의 본질인 경건함이 밑바탕에 깔려 있는 작품이라고 호평하기도 했다.

1899년 스위스 바젤로 옮겨간 헤세는 라이히 서점에 들어가 서적 분류 수습생으로 일하며 니체와 부르크하르트의 사상과 철학에 심취하기도 했고, 1900년(23세) 스위스 〈알게마이네 슈바이처 차이퉁〉에 서평과 기고문을 게재하기도 했다. 1901년(24세) 첫 번째 이탈리아 여행 이후《헤르만 라우셔의 유고와 시 모음(*Hinterlassene*

Schriften und Gedichte von Hermann Lauscher)》을 익명으로 출판했는데, 문학적인 평가뿐만 아니라 독자의 반응도 좋았다. 이 작품으로 시인 카를 부세의 주목을 받아 1902년(25세)《시집(*Gedichte*)》이 부세가 편집하는 '신독일 서정시인' 시리즈에 선정되기도 했다. 이로써 헤세는 시인의 꿈을 이뤘는데 이 시집을 어머니께 바치려 했으나 어머니는 책이 발간되기 전 세상을 떠났다. 1903년(26세) 5월 마리아 베르누이와 약혼하고 두 번째 이탈리아 여행을 떠났다.

1904년(27세) 최초의 장편소설이자 출세작인《페터 카멘친트(*Peter Camenzind*)》가 출간되었다. 자전적인 성향의 이 소설은 시적인 표현이 돋보이는 서정적인 작품으로 괴테의 낭만주의 전통을 독창적으로 이었다는 평가를 받았다.

《페터 카멘친트》로 명성을 얻은 헤세는 마리아 베르누이와 결혼했다. 헤세보다 아홉 살 연상이었던 마리아 베르누이는 바젤의 유명한 수학자 집안 출신으로 사진작가였다. 두 사람은 결혼 후 보덴 호숫가의 가이엔호펜으로 옮겨갔다. 이곳에서 헤세는 전원생활을 하며 전업 작가로 본격적인 창작에 몰두했다.

자연에서 안정된 생활을 누리던 가이엔호펜 시절 헤세는 왕성한 창작 의지를 불태워 장편소설《수레바퀴 아래서(*Unterm Rad*)》(1906년), 《게르트루트(*Gertrud*)》(1910년), 중단편집《이편에서(*Diesseits*)》(1907년), 《이웃들(*Nachbarn*)》(1908년),《우회로들(*Umwege*)》(1912년), 시집《도중에(*Unterwegs*)》(1911년)를 발표했다. 이 기간 동안 브루노, 하이너, 마르

틴 세 아들이 태어나기도 해서 가정생활과 문학적 성과 양면에서 풍요로운 나날들이었다. 한편 1906년(29세) 당시 독일 황제였던 빌헬름 2세를 비판하는 잡지 《3월(März)》을 창간해 1912년까지 공동 발행인으로 활동하기도 했다.

작가로서 성취와 안정을 누리는 중에도 고독과 상실감을 완전히 떨쳐버리지 못했던 헤세는 이를 벗어나기 위해 자주 여행을 다녔다. 1911년(34세) 9월부터 12월까지 화가 친구 한스 슈투르체네거와 함께 인도 여행을 떠났다. 이때의 감상은 여행기 《인도에서(Aus Indien)》(1913년)에 잘 묘사되어 있고, 이후로 동양 사상을 소재로 많은 작품을 썼다.

1912년(35세) 헤세 가족은 스위스 베른으로 옮겨갔고, 이때부터 결혼 생활에 위기가 찾아오기 시작했다. 문학에 몰두하느라 가정에 소홀한 헤세를 이해하지 못하는 아내와 자주 갈등을 빚었던 것이다. 1914년(37세)에 발표한 소설 《로스할데(Roßhalde)》에서 화목한 가정을 꾸리는 데 실패한 화가의 모습을 그리고 있는데, 이는 헤세 본인의 결혼 생활이 반영된 것이라고 할 수 있다.

1914년 제1차세계대전이 발발하자 군에 지원했으나 부적격 판정을 받아 입대하지는 못했고, 베른의 독일포로구호기구에서 일하면서 전쟁포로와 억류자들을 위한 정치논문과 호소문, 공개서한 등을 독일, 스위스, 오스트리아의 신문과 잡지에 발표했다.

제1차세계대전의 발발로 전 세계가 애국이라는 미명하에 전쟁을 부르짖는 것을 보면서 헤세는 환멸과 분노를 느꼈다. 인간성이 파괴되는 전쟁의 소용돌이 속에서 헤세는 초기의 낭만적인 세계관에서 벗어나기 시작했다. 헤세는 유럽 정신의 몰락을 경고하고 전쟁을 찬미하는 말은 삼가자는 취지의 평론들을 발표했으나 되레 독일의 국수주의를 자극해 조국의 배반자라는 비난을 받았다. 1917년(40세) 독일대사관으로부터 시대 비판적인 기고를 중단하라는 권고를 받고 나서 에밀 싱클레어라는 가명으로 기고하기 시작했다.

1914년부터 1916년까지는 가정의 불행과 전쟁 등 안팎으로 헤세에게 힘든 시기였다. 1916년(39세) 아버지가 세상을 떠났고, 아내의 정신분열 증세와 막내아들 마르틴의 질병으로 헤세 역시 신경쇠약에 걸려, 정신분석학자 카를 구스타프 융의 제자 요제프 베른하르트 랑에게 심리치료를 받았다. 이를 계기로 헤세는 프로이트와 융의 정신분석학 연구에 몰두했으며, 무의식의 세계에 눈뜨게 되었다. 이를 통해 내면에 숨겨진 진정한 자아를 발견함으로써 정신적 구원에 이를 수 있다고 여기며 자기 내면에 이르는 길에 몰입하기 시작했다.

내외적으로 힘든 시기에도 헤세는 1915년(38세) 《크눌프, 크눌프 삶의 세 가지 이야기(Knulp. Drei Geschichten aus dem Leben Knulps)》, 단편집 《길가(Am Weg)》, 《청춘은 아름다워라(Schön ist die Jugend)》, 시집 《고독한 사람의 음악(Musik des Einsamen)》을 발표했다.

제1차세계대전이 끝나고 1919년(42세) 5월 헤세는 홀로 스위스

테신의 몬타뇰라로 옮겨가 1931년(54세)까지 이곳에 머물렀다. 아내는 정신병원에 입원해 있었고 자녀들은 친구에게 맡긴 상태였다. 전쟁 이후 스스로 인간 정신을 회복하고자 사유와 창작에 몰두했고, 그렇게 해서 나온 것이 《데미안(*Demian*)》(1919년)이다. 인간의 존엄성을 잃어가는 현실에서 인간 스스로 자기 내면에 이르는 길을 탐구하는 작품인 《데미안》은 전후 공허함과 혼란에 빠진 독일 젊은이들 사이에 폭발적인 반응을 불러일으켜 베를린 시가 주관하는 폰타네상을 수상하기도 했다.

1919년 《동화집(*Märchen*)》이 출간되었고, 잡지 《비보스 보코(*Vivos voco*)》를 창간했다. 1920년(43세) 소묘를 곁들인 시화집 《화가의 시(*Gedichte des Malers*)》, 《방랑(*Wanderung*)》, 단편집 《클링조어의 마지막 여름(*Klingsors letzter Sommer*)》, 도스토옙스키에 대한 에세이 《혼돈 들여다보기(*Blick ins Chaos*)》 등이 출간되었다.

1921년(44세) 《시선집(*Ausgewählte Gedichte*)》을 발표했고, 《싯다르타(*Siddhartha*)》(1922년)를 집필하는 동안 창작의 위기를 겪고 융에게 정신분석 치료를 받았다. 그해 화집 《테신에서 그린 11점의 수채화(*Elf Aquarelle aus dem Tessin*)》를 발표했고, 이듬해 《싯다르타》가 출간되었다. 세상의 모순과 대립을 초월적인 존재를 통해 해결하고자 했던 헤세는 이 작품에서 삶을 깨우쳐가는 부처의 고뇌를 보여주고 있다.

1923년(46세) 《싱클레어의 수첩(*Sinclairs Notizbuch*)》을 발표했고, 바덴의 요양원에 머물렀다. 그해 마리아와 정식으로 이혼한 후 이듬해 스위스 국적을 다시 취득하고 스위스의 여류 작가 리자 벵거의 딸로 스무 살 연하인 루트 벵거와 재혼했다.

1925년(48세) 《요양객(Kurgast)》, 1926년(49세) 《그림책(Bilderbuch)》이 출간되었고, 프로이센 예술원 문학분과 국제위원으로 선출되었다.

1927년(50세) 《뉘른베르크 여행(Die Nürnberger Reise)》, 자아의 양극성을 지향하고자 했던 작품 《황야의 이리(Steppenwolf)》가 출간되었으며, 50회 생일을 기념해 후고 발이 헤세 평전을 펴내기도 했다. 이해에 루트 벵거와 이혼했다.

1928년(51세) 《관찰(Betrachtungen)》, 《위기. 일기 한 편(Krisis. Ein Stück Tagebuch)》을 발표했고, 1929년(52세) 시집 《밤의 위로(Trost der Nacht)》, 1930년(53세) 《나르치스와 골드문트(Narziß und Goldmund)》를 발표했다. 《나르치스와 골드문트》는 지성과 감성, 성직자와 예술가로 서로 대립되는 두 인물의 우정, 이상, 갈등, 방황, 동경 등을 통해 양극성의 대립이 화해되고 극복되어 하나의 세계로 완성되어 간다는 이야기다.

1931년(54세) 친구인 화가 한스 보드머가 지어준 몬타뇰라의 새 집으로 이사한 헤세는 4년 전부터 함께 생활해오던 오스트리아 태생의 미술사가인 서른여섯 살의 니논 돌빈과 결혼했다. 그녀는 이후 30여년 동안 헤세의 반려자가 되었다.

1932년(55세) 《동방 순례(Die Morgenlandfahrt)》가 출간되었고, 대표작 《유리알 유희(Glasperlenspiel)》(1943년)를 집필하기 시작했으며, 《작

은 세계(*Kleine Welt*)》(1933년), 시선집 《생명의 나무에서(*Vom Baum des Lebens*)》(1934년), 《우화집(*Fabulierbuch*)》(1935년), 《정원에서 보낸 시간 (*Stunden im Garten*)》(1936년), 1937년(60세) 《기념첩(*Gedenkblätter*)》, 《신시집(*Neue Gedichte*)》, 《마비된 소년(*Der lahme Knabe*)》을 발표했다.

1939년(62세) 제2차세계대전이 발발하면서 나치 정부는 헤세의 작품을 불온서적으로 간주해 독일에서의 출판을 금지했다. 따라서 《수레바퀴 아래서》, 《황야의 이리》, 《관찰》, 《나르치스와 골드문트》가 더 이상 인쇄되지 못했다. 독일에서 발행된 총 20종의 헤세 작품 중 1939년부터 1945년까지 판매된 것은 문고본 481권이 전부였다.

1942년(65세) 헤세의 첫 시전집으로 《시집(*Gedichte*)》이 취리히에서 출간되었고, 1943년(66세) 헤세 생애 마지막 작품이자 최고의 걸작 《유리알 유희》가 발표되었다. 《유리알 유희》의 집필은 히틀러 정권과 비슷한 시기에 시작되어 정반대의 목표를 향해 걸어왔다고 할 수 있다. 하나는 인간성을 말살하며 유럽 전체를 파괴하고, 다른 하나는 전쟁에 대한 비판에서 시작해 동서양의 학문과 예술에 몰두하며 정신적 삶을 살아가는 유토피아를 그리고 있다. 《유리알 유희》는 헤세가 추구해온 '나를 찾아가는 길'의 극치라 할 수 있는 작품이다.

1945년(68세) 미완성 소설 《베르톨트(*Berthold*)》를 집필했고, 단편과 동화 모음집 《꿈의 여행(*Traumfährte*)》이 출간되었다. 1946년(69세)

헤세의 작품이 다시 독일에서 출간되기 시작했으며, 그해에 노벨 문학상을 수상했다. 그 외에도 프랑크푸르트 시의 괴테상(1946년), 서독 서적협회가 수여하는 평화상(1955년)을 수상했는데, 지병인 류머티즘 때문에 시상식에는 한 번도 참석하지 못했다.

1956년(79세) 헤르만 헤세 문학상이 제정되었고, 1957년 80회 생일을 기념해《헤세 전집(Gesammelte Schriften)》이 출간되었다.

가벼운 에세이와 서정시를 짓고 친구들을 비롯해 노동자와 학생들과 편지를 주고받으며 조용히 만년을 보내던 헤세는 1962년(85세) 8월 9일 아침 스위스 몬타뇰라에서 뇌출혈로 세상을 떠났다.

외부 세계와의 충돌로 인한 정신적 고뇌를 내면에 대한 탐구로 극복하고자 했던 헤세는 작품을 통해 '나를 찾아가는 길'을 제시함으로써 방향을 잃고 암울하게 살아가는 사람들에게 빛을 던져주었다. 인간성 상실, 존재 가치의 몰락, 서로 대립되는 양극단으로 인한 갈등으로 고통받는 인간의 삶에서 끊임없이 깨달음과 더 높은 세계를 찾고자 했던 헤세는 세계 정신사에 빛나는 예술가라고 할 수 있다.

독문학을 전공하지 않아도, 문학을 딱히 좋아하지 않더라도 살면서 한 번쯤은 들어봤거나 읽어보았을 구절이 있다.

새는 알에서 나오려고 투쟁한다. 알은 세계다. 태어나려는 자는 하나의 세계를 파괴하지 않으면 안 된다. 새는 신에게로 날아간다. 그 신의 이름은 아브락사스.

헤르만 헤세의 《데미안》에 나오는 유명한 구절이다. 《데미안》은 《수레바퀴 아래서》와 함께 헤세의 자전적 소설로 꼽힌다. 선교사의 아들로 태어나 신학교와 라틴어 학교를 다녔고, 수도원 기숙사 생활을 한 적이 있으며, 제1차세계대전을 겪은 헤세의 젊은 시절 체험과 방황, 고뇌를 철학적이면서도 심리분석적으로 써 내려간 장편 소설이다. 《페터 카멘친트》, 《수레바퀴 아래서》, 《크눌프》, 그 밖에 여러 시집과 산문으로 주목받던 헤세는 '에밀 싱클레어'라는 이름으로 《데미안》을 발표했는데 작품으로만 읽히고 평가받고 싶은 의도였다. '에밀 싱클레어'는 절친했던 시인 횔덜린의 친구 이름을 빌린 것이다. 전혀 전통적이지 않은 이 이야기는 즉시 문단의 주목을 끌었고, 권위 있는 폰타네상을 받았다. 하지만 작가의 첫 소설에 수여하던 신인문학상이었으므로 자신이 저자임을 밝히고 상을 반납했다.

그 후 출간된 지 1년 만에 16쇄를 찍을 정도로 《데미안》은 독일 젊은이들의 열광적인 지지하에 필독서로 자리 잡았다. 청소년기의 관심사와 혼란, 두려움과 동경이 묘사되어 있고, 작품 속에서 헤세가 제시한 삶의 방식에서 새로운 희망을 보았기 때문이다. 독자들은 이 책을 통해 새로운 지도자를 발견했고, 고마움을 느꼈다.

열 살의 싱클레어는 감수성이 예민한 소년으로, 엄격한 아버지, 자상한 어머니, 자신보다 행실이 더 단정한 두 누이와 함께 살고 있다. 싱클레어는 순결하고 선하며, 사랑과 평화, 기도와 의무를 수행하는 아늑한 집과 친밀한 가족이 있으며, 보호받는 세계이자 천국인 '밝은 세계'와, 자주 지나다니는 다리와 강, 학교, 거리로 대표되는 '어두운 세계', 두 세계에 몸담고 있다. 순진한 호기로 했던 거짓말로 프란츠 크로머에게 지속적으로 괴롭힘을 당하던 싱클레어를 구해주는 막스 데미안은, 데몬(Demon, 신과 인간의 중간자, 수호신, 기독교에서의 악마)과 같은 어원으로 외부로 투영된 싱클레어의 제2의 자아라고 할 수 있다.

데미안은 카인과 아벨의 이야기, 예수와 함께 십자가에 매달린 도둑의 이야기를 재해석하면서 싱클레어의 머릿속에 고정된, '선'과 '악'으로 나눠지는 세계질서를 뒤흔들어놓고, 싱클레어 스스로 자신만의 새로운 신을 받아들일 수 있도록 이끌어준다. 상급학교로 진학하면서 데미안과 헤어진 싱클레어는 술집을 드나들고 거친 말들을 쏟아내며 방탕한 생활을 하지만, 내면으로는 고독에 몸부림치면서 자기의 처신에 괴로워한다. 그러던 중 길에서 우연히 젊은 소녀를 마주치게 된 후로, 그녀를 베아트리체라고 부르고 숭배하며 전환점을 맞이한다.

그러던 중 지구 모양을 한 알을 뚫고 나오는 새의 꿈을 꾸고 난 뒤 그 꿈속의 장면을 그린 그림을 데미안에게 보내고 수수께끼 같은 답장을 받는다. "새는 알에서 나오려고 투쟁한다. 알은 세계다. 태어나려는 자는 하나의 세계를 파괴하지 않으면 안 된다. 새는 신에게로 날아간다. 그 신의 이름은 아브락사스."

한 번도 들어본 적 없는 신에 대해, 우연히 알게 된 오르간 연주자 피스토리우스가 설명해주는데, 그것은 남성적인 것과 여성적인 것, 밝음과 어둠, 모든 것이 하나가 된 그노시스파의 신이다.

대학에 들어간 싱클레어는 다시 데미안과 그의 어머니 에바 부인을 만난다. 에바 부인의 모습에서 자신이 그린 그림의 형상을 본 싱클레어는 또 다른 베아트리체로서 그녀를 숭배하며 따른다. 그러다 전쟁이 터져 참전한 싱클레어는 전장에서 부상을 입고 실려 간 야전병원에서 데미안을 만난다. 데미안은 에바 부인의 키스를 전해주며 말한다. "너는 아마 또다시 내가 필요할 때가 있을지도 몰라……그럴 때는 네 안의 소리에 귀 기울여야 돼. 그러면 너는 내가 네 안에 있다는 걸 느끼게 될 거야." 다음 날 눈을 떴을 때 데미안은 옆에 없었다.

그렇게 싱클레어의 자아를 찾아가는 과정은 끝이 난다. 더 이상 지도자가 필요 없는 것이다. 어두운 내면의 거울 위로 몸을 숙이면, 친구이자 지도자인 그와 닮은 자신의 모습을 볼 수 있기 때문이다. 데미안의 죽음은 그래서 의미 있는 것이다.

1929년 헤세는 마리 루이즈 뒤몽(Marie-Louise Dumont)에게 보낸 편지에서 이렇게 적고 있다.

《데미안》은 젊은 시기의 중요한 과제와 고뇌를 다루고 있다. 물론 그것이 젊음과 함께 사라지는 것은 아니지만 대부분 젊음과 관련되어 있다. 개성화, 즉 개성을 싹트게 하기 위한 싸움이기 때문이다.……《데미안》은 교육에서 가장 불편한 것 중 하나인 개성을 확립하기 위한 투쟁을 보여주고 있고, 젊은이들이 그러한 욕구를 강하게 느낀다면, 평범하고 전형적인 유형에서 완전히 벗어난다면, '광기' 어린 사람으로 보여질 수밖에 없다. 이것은 자신의 '광기'를 세상에 강요하거나 세상을 개혁하려는 문제가 아니다. 자기 영혼의 이상과 꿈을 위해, 그것들이 메마르지 않게 하기 위해 세상에 저항하는 문제인 것이다.

이처럼 《데미안》은 상식이나 사회적인 관습, 체제와 대세를 무조건 추종하고 따르기보다, 자기 내면의 자아의 소리에 귀를 기울이고 개성을 호소하는 이야기다. 이런 점에서 백 년 전 독일과 21세기 한국의 젊은이들에게 그토록 사랑받고 반복해서 읽혀지는 것은 지극히 당연한 일이라고 할 수 있다.

데미안

초판 1쇄 발행 2014년 12월 20일
초판 2쇄 발행 2018년 3월 26일

지은이 헤르만 헤세 | **옮긴이** 북트랜스
펴낸이 신경렬

펴낸곳 (주)더난콘텐츠그룹
경영기획 김정숙 · 김태희
기획편집 송상미 · 김순란 · 이희은 · 조은애 | **디자인** 박현정
마케팅 장현기 · 정우연 · 정혜민 | **제작** 유수경

출판등록 2011년 6월 2일 제2011-000158호
주소 04043 서울특별시 마포구 양화로 12길 16, 더난빌딩 7층
전화 (02)325-2525 | **팩스** (02)325-9007
이메일 book@ibookroad.com | **홈페이지** www.ibookroad.com

ISBN 979-11-85051-84-0 04850